总有些光，
在不经意间
偷偷照亮

徐沙沙 著

九州出版社
JIUZHOUPRESS

图书在版编目（CIP）数据

总有些光，在不经意间偷偷照亮 / 徐沙沙著. -- 北
京 ：九州出版社，2018.11
ISBN 978-7-5108-7697-4

Ⅰ．①总… Ⅱ．①徐… Ⅲ．①散文集－中国－当代
Ⅳ．①I267

中国版本图书馆CIP数据核字(2018)第286113号

总有些光，在不经意间偷偷照亮

作　　者	徐沙沙　著
出版发行	九州出版社
地　　址	北京市西城区阜外大街甲 35 号（100037）
发行电话	（010）68992190/3/5/6
网　　址	www.jiuzhoupress.com
电子信箱	jiuzhou@jiuzhoupress.com
印　　刷	三河市九洲财鑫印刷有限公司
开　　本	880 毫米 ×1230 毫米　32 开
印　　张	9
字　　数	210 千字
版　　次	2019 年 3 月第 1 版
印　　次	2019 年 3 月第 1 次印刷
书　　号	ISBN 978-7-5108-7697-4
定　　价	39.80 元

推荐序：路上的温暖

陈长吟

人是感情动物，一生中都在行走、奔波、思考、总结。

文学的功能，就是记录下我们嗅到的花香、吞咽的五谷、眼观的风景、听来的故事、遭遇到的各种忧伤或喜悦。

由于每个人的出身不同、教育差别、环境悬殊、心态各异，所以性情的养成也就桃红桂黄、春急秋缓，对漫漫人生路上的各种风景的反应和看法也就大相径庭了。

有的人热情似火，有的人冷若冰霜；有的人愤世嫉俗，有的人怨天悲地；有的人心高万丈，有的人胆小慎为……如果搞文字创作，当然就会影响到风格的形成。

我觉得，一生中都能体会和感受到温暖的人，是幸福的人。

有的人活在晴日下，并不快乐，有的人处在冰窖里，照样阳光。这一切都缘自于个人内心的修为境界和处世方法。

读徐沙沙的散文，能感觉出，她是一个敏达的、内心世界丰富而温暖的人。

徐沙沙的这本散文集，记录了她童年的往事、故乡的印痕、生活的哲思、工作的随想、还有行旅的觉悟。

在《应似飞鸿踏雪泥》中，作者讲述了自己与奶奶的故事。情愫真挚，细节感人。其中一句："家里给的压力，对于一个不大成熟的心灵来说，比学习本身，更苦！"带着普遍意义，说出了童年生活的真实境况。作者是从事教育工作的，对此感触良深。做为父母家长，自然希望孩子学习好，又听话，于是不断地进行压力管制，这时，爷爷奶奶在一定程度上就成了保护伞，为我们遮风挡雨。不过，惜护是暂时的，告别才是永恒的，老人毕竟要走完他们的人生路。"就这样吧，悲伤只该留给过往，锁进这文字里，将自己释放。当我再度想起时，可以只剩想念，可以微笑着对自己说，感谢是您带我走过那段最温暖的人生路，又以离去将我送往更深沉的人世。那么我将一个人，微笑着，不哭泣，更好地带着爱与遗憾，向明天与生命内里，平静喜悦地缓步上前去。"这才是生活的要义。

还有《爷爷的果园》《留住手艺》《柿事》等篇章，通过一些生活片段和物什，绘形绘色地折射出故土的光辉与温暖。

大学毕业，走上教师岗位，温暖的客体发生了变化，但主体没变。在《莫因落雨错过虹》中，作者从几个调皮学生的身上，体会到为人师表的温暖。在《站在国旗下哭》中，则从校园普通常见的升旗仪式上，感受出民族与国旗的温暖。

生活常新，温暖常在。《你是我的债》是在公交车上看到的温暖；《好的作品与爱同一，不将就》是剪发店里的温暖；《你现在的样子，就是最准的时间规划表》体现的是一种写作者的情怀和温暖。

作者爱旅行，旅途中有风也有雨，更需要温暖。《海，只是谜面》，道出了大自然的温暖。作者的眼中，温暖无处不在。一章《倔强》，是花草的温暖；《幸甚乐哉，有师如斯》与《愈是大家愈和气》，写出了老先生的温暖；《真情、真文、真君子》是读书的温暖和启示。

阅读徐沙沙的散文，轻松而愉快，她文笔清新，词语晓畅，是一种典型的"教师体"，可以在课堂上进行朗诵和讲解。

她的作品中，忧愁与苦闷少，明朗与温馨多。

我觉得，一个人在生活中，只有知福惜福，才有来自心底的温暖。

一个能够时时感受到温暖的作家，她的笔一定是灼热的。

于是，既温暖了自己，也温暖了读者。

我们的时代需要温暖。

2018 年 10 月 7 日写于迎春巷

陈长吟，中国当代著名作家，文化学者，现为中国散文网总编辑，现代散文书院执行院长，陕西省散文学会主席，西北大学现代学院文学院院长。已出版文学专著二十余部，曾获中国散文三十年突出贡献奖、全国第四届冰心散文奖等奖项。

目　录

故乡情思

路上书

故乡情思

应似飞鸿踏雪泥

其实，从奶奶去世起，我一直没有看透生死。

坐在公交车上听"朗读者"，徐静蕾谈到奶奶去世自己不能面对，我也黯然。她哽咽，我的喉头酸涩；她落泪，我的眼泪也在眼眶里开始打转。但一直忍着，直到她含泪读《奶奶的星星》，听到个中语句，眼泪终于撑不住从紧了半天的眼眶里滚了出来。我使劲睁大眼，仰起头，抬手拭去眼眶一周的泪。车窗外投进来的阳光，明亮得有些刺目。

我清楚地记得七年前，奶奶去世的消息传来，我坐在 13 号线上，举着电话的右手在绝望的哭声里微微颤抖。此后几年，我没有写过关于奶奶的任何文字，不是不想写，是不能。因为只要一想起，眼泪就没有止息地奔涌；只要一想起，心脏真就被一种叫死亡的利刃慢慢剜割；悲伤将肉体一寸一寸撕碎，只剩眼睛，在满目血色里，照见过往。那种痛，无处躲藏。

那一天，我的生日前夜。忽然忆起儿时生日，不觉眼泪又湿了眼眶。妈妈总是记错我的生日，以为是"龙抬头"。每每过生日那天，我都一脸落寞地背着书包上学去。路过奶奶家，我走进去，叫声"——婆"，不说话。奶奶穿过黑漆漆的屋子笑盈盈地走向我，拉过我的左手，把个还热乎着的鸡蛋塞进我手里："今天是过生日呢，要吃鸡蛋。你妈忘了，婆给你弄。"就那样，我的眼泪总不争气地要在奶奶的面前流下来。

那么多年，只有我的奶奶，每年都清楚地记得我的生日，算准我来的时候，刚刚好的，放进我心里一个热乎着的鸡蛋。想到那里，用了整整五年时间才慢慢平复下来的情绪再度崩溃。我将自己关进卧室里，蒙着被子一个人默默地流泪。从学步到童年，从童年到青年，再到离开家读大学前的那十几年里，我每天的生活里永不可少的便是爷爷奶奶。哪怕不像小时长在爷爷奶奶身边，再大些，每天上学前、归家后第一要务总是去奶奶那里走一遭，讨些奶奶特地"藏"给我的好吃的，或只是冲屋里长长地喊一声"婆"，不等她走出来，就一溜烟斜背着书包踢里哐啷地跑开去。只听奶奶远远地喊："我娃学习不要累着啊……"

啜泣声慢慢变成嘤嘤的哭声。奶奶训爸爸，"你也不管娃，让娃一个人跑到云南，又一个人跑到北京，还要一个人去国外待一年，你都不怕把娃丢了啊……"妈妈在街道的网吧里跟我视频，笑眯眯复述这些话的时候，我已经身在异国他乡。

回国。我带了男朋友一起回家见父母。先路过爷爷奶奶核桃园外的小屋子。奶奶脸上的笑意浓得像她捧过来的蜂蜜水，她很郑重地拿出两百块钱硬往他手里塞，说是第一次见，也没准备什么，一定要收下……我赶快推掉那200块钱，说婆啊，我还没要嫁人呢，你怎么就急了……我从钱包里抽出两张美元，给爷爷一张，奶奶一张，说从今以后我给您零花钱了……

然而我给奶奶零花钱的日子还没有真正开始，就永远地结束了。奶奶的病来得突然，去世那天她一个人在家里，就那样，一句话也没来得及留，孤单走了。我的眼泪愈发止不住，嘤嘤的啜泣变成号啕大哭。家人进来吓得不知所措，我却只能说出一句话："我想我婆了，我想我婆了……"接着号哭不止，捂着闷痛的胸口，捶打在软绵绵的棉被上。

那一晚，是我生日前夜，在哭了整整两个小时以后，我终于停了下来，我要给爷爷打个电话，告诉爷爷，我想他了，我想我的奶奶了，我想让奶奶回来……我拨通爷爷的电话，看了眼手机上的时间，又赶紧摁断。夜里九点多，老人早就睡了吧。

从此，我再也没有过过生日。因为过了那一夜，爷爷去世。我的生日，变成了一个最痛的回忆。爷爷和奶奶合葬在一处。葬礼之后，我拍干净膝盖下的黄土，告诉自己——爷爷奶奶不在了，从此，我该真正长大了！

"奶奶去世的那一天，我终于明白，我的童年永远地结束了。"徐静蕾哽咽的声音在耳机里传来。许多年了，她依然看不开生死。我呢，当我走出爷爷的葬礼发誓去坚强面对冷酷人生时，当我的宝宝历经艰难降生时，我以为我已经彻底放下生死执念，放下了痛苦，真正独立于记忆之外。可当久违的眼泪再次随着《奶奶的星星》落下时，我发现自己从来没有。

二

"走，走，走！"爷爷气鼓鼓地扬手撵走卖冰棍的大叔。这之前，他推着四四方方的裹着白色塑料膜的冰棍箱正正地站在我家门外的土路上，扯着嗓子朝屋里悠长地喊："冰棍儿——冰棍儿——冰棍来喽！"我一溜烟从屋里飞奔出来。这位大叔算是我的老朋友，天天差不多的时间就载着凉滋滋、甜丝丝的冰棍在我家门外歇凉，顺便吆喝两嗓子。但今天我并没有遂意，可能是每天都吃冰棍的缘故，大夏天里的挂了两条清鼻涕。爷爷越听那吆喝越觉得气人，赶出门走了戴草帽的，猫腰拽起哭哭咧咧的我往回走……

这画面在我此后的生活里常常浮现，不知是怀念那些年色味纯纯的冰棍，还是为了别的什么。我大概四五岁的样子，弟弟刚出生不久，需要照料。妈妈顾不得我，就将我放在了爷爷奶奶家。那时爷爷老屋的三间厦子房还没有拆掉，老祖母的火炕照旧还在后门边最深的那个房子里。后门外，是隔壁邻家的大桑树。我惯常做的事情，是拿了铅笔在砖墙上画小女孩，不过画来画去也不见任何起色，机械的都像皮影一样，不，绝不如皮影那般精致，只是生硬。或是跑到前院拴马桩那里，在爷爷那匹演过《水浒传》的"名马"肚皮底下钻来钻去。要么便是到后院的树下挖知了牛，捉蚂蚱，打桑葚。老祖母总是偷偷地把别人孝敬她的麦乳精给我冲上一小碗，叫我在外野玩了一天之后解解馋，又怕被爷爷知道，说小孩子喝这种东西是不相宜的。那样的日子里，我不懂得什么叫光阴飞逝，只记得爷爷间或叫我站在门框旁，用铅笔在白石灰沿儿上描上一道。等我上学前班时，那有些歪扭的铅笔线已经长高了十几道，超过了窗台边的水泥沿儿。自此就不再画下去了。

村东头饲养室那几家常跟我玩的哥哥姐姐都去了学校，我也闹着要个书包去上学。听妈妈说，她用两个花手帕一缝就给我做了个小书包，我很像回事地每天跟着大家去"上学"，直到书包丢了两三个才有些不情愿地又蹲在了老屋里。至于学了什么做了什么，我却一概不记得。

爷爷应该庆幸我在家里老老实实地又窝了一年吧。因为从我正式入学开始，爷爷奶奶在干农活之外就有了一项异常艰巨的活计——叫我起床上学去。每天早上鸡一叫，奶奶觉察着窗外已经麻麻明了就叫我起床。但我眼也不睁地赖在床上打滚，就是拎起来也立马软成一摊泥，又滑进被窝里。好不容易把我拽出来穿上衣服送出村口，没等爷爷正式换好衣服下地干活，我就迷迷瞪瞪地又自己走了回来……还有更甚的。早上醒来看见炕上只我一个人，扯开嗓门——哭，非哭的所有人都躺在我旁边睡着，让我再重新醒来一次。或者是一觉醒来忽然想到不知哪里看来的人终究是要死的——大概是爷爷那台黑白电视上吧——我就躺在床上捂着被子偷偷哭，一天又一天。最后忽然想明白，反正人也是要死的，那我就开开心心的活吧。想来好笑，那时我才六岁。

我上学的难题最终有了一个解决方案。每早一起床奶奶照例塞给我一毛钱，叫我到老屋正对着的那家小卖部里买了好吃的。不要小瞧一毛钱，那年头的一毛钱可以买五颗糖、一根冰棍，两个泡泡糖……没办法，为了嘴巴，我勉为其难起了床。爷爷日复一日地背着我去小卖店，再把我背到几公里外的学校门口，才走回家干自己的事。然而有天爷爷刚进门不久，就听见屋外一阵熟悉的哭声越来越近。果然，我竟远远地尾随着他走了回来，再一瞧——脚上只穿着一只鞋。爷爷叹口气没奈何地再背起我去找鞋，那鞋竟歪歪地躺在小卖店门外，原来是我得了糖高兴地踢腾着脚，鞋子踢丢了也一点不知道……

三

"你看这女子哭的，哎，可怜的……"不知是哪个大爷爷家的姑姑在我身后不远处叹息，当我又一次跪倒在地，将整个身体贴在黄土地上掩面而泣。另一个声音道："也该哭，她爷爷奶奶打小就最疼她了……"

妈妈和姑姑拉我起身，"别哭了，你再哭你爷也回不来了啊……"刚被拽起的我浑身一坠，又倒了下去，更加声嘶力竭的号啕起来。"爷啊，婆啊，你们回来呀……快回来啊！回来啊……"姑姑本已停住了泪，又闻声哭坐在道旁，诉说着更悲似我的哀伤。我将脸埋进手掌里，手背贴着黄土，黄土道上不知什么干草枝戳在手上，却感受不到更大的知觉。你压低了哭声一字一念的哀泣："我没有爷了，我没有婆了，没有了……"

那条坟地间的小道，我用膝盖和身体丈量它到最后的边界。而后，默默地站起来，再也不说一字，只是两眼愣愣地望着前方，任泪水一遍又一遍浸湿也不擦拭。

"不哭，不哭，你爷去渭南了，你跟婆待在家里，婆给你做好吃的……"爷爷骑着自行车已经走远，奶奶追在我后面三四米远的地方，大声唤我，那声音在夏天的风里单薄的飘飘荡荡。我不回头，继续边跑边哭边叫骂。我追着爷爷，奶奶追着我，祖孙三人就这样看似滑稽地移动在村东头庄子的大路上，活像一组拉长了的省略号……

我抬起早哭得有些干硬的眼皮往那条旧路的方向望了望，眼睛猛地又酸涩起来，却再也流不出一滴泪。

上了高中我照例常往爷爷奶奶家跑。哪怕是周三放学"飙"回家背馍时，也要先停到爷爷家转一圈再回去。有时我手里被塞上点其实并不稀罕的"好吃的"，有时只是匆匆打个照面就一溜烟回了家，但似乎只有这样，我的心里才觉得满满地充溢了起来。在学校受了什么委屈了，也定要到爷爷那儿坐坐，听他惯常地笑眯起眼睛，讲村院里的一些拉拉杂杂的事情，或只是陪着他静静地听着收音机，心里就能宁静大半。

那年冬天的第一场雪下得异常厚重，雪花飘了不满一天，地上的积雪似乎就已经没过脚踝。两个弟弟等在家门外，院里被雪色映得惨白惨白，挂着锁的家门后却是黑漆漆的一片。大弟说，"姐，二叔走了。"我高中下学回来，雪地上骑了将近两个小时的车子，浑身又是冷，又是热。我把自行车推到门檻底下，使劲抬起车把抖了抖车上的雪渣，一边往窗边靠车子，一边回应他，"是呀，二叔走了。不是前段时间就走了吗？"两个弟弟站在另一个大窗户旁边，一声不吭。雪色那么凉，我看不清楚他们脸上的表情。

"不是，姐。是走了就不回来了。"小点的弟弟结结巴巴地跟我说。

"那当然了，二叔家在白水，他回去肯定短时间里不回来了……"

"不是……"弟弟的声音低了下去，有些湿漉漉的。那一瞬，我忽而明白"走"的真正涵义。

那年我高二。二叔走前的一天到我家来，见我在厨房做饭，就踱进来陪我待了一阵。我絮絮叨叨地说着学校的事情，二叔静静地听着，末了，忽然冒出一句，"二爸知道你学习压力大。你妈老因为你的成绩说你，你别太放在心上，她也是为你好……"我的眼泪簌簌地往下落，在那样的年纪里，家里给的压力，对于一个不大成熟的心灵来说，比学习本身，更苦！

谁曾想那却是永别。

二叔回城后不久，奶奶很少见地走到我家找爸爸。爸爸出外送水还没回来，奶奶低头像是自言自语道，"那就不找了……"走到院子外却停了下来，一动不动。我走上前，恍惚看见奶奶的眼睛里闪着几点星光。那双苍老的长过白内障的眼睛坚定地凝视着远方，又似乎什么也没有注视，空落落。许久，奶奶头也不转地说，"我担心你二叔……你爷爷性子犟，非不让他回来，我真怕你叔一个人两头撑着压力太大……咋办呢？……"奶奶说着落下了泪。我不知道如何作答，只得潦草地劝慰。奶奶没有再说话，站在那里，像一棵老树。她的脸上看不出任何表情，却有种说不出的悲伤弥散在夜色里，如同秋风里漫天飞舞的落叶，怎么清扫都扫不尽。

二叔去后，我未见爷爷流泪，只看他前前后后忙着儿子的丧事——

曾经最疼爱，最引以为傲的孩子的丧事。奶奶倒在炕上哭得起不了身的时候，我看见爷爷也似乎红了眼眶，但立刻又离去。总有太多的事情爷爷需要亲自打理。有时，爷爷的脸上还能看到点别的表情。我不清楚他内心的悲痛长成什么样子，只看到他低头沉思的时候，眼神黯淡，仿佛罩进一面深灰色的幕布里。奶奶的哭声渐渐也走远了，远得有时我们似乎真的忘了有个人真的离开了。

爷爷照例每晚日落的时候自己一个人坐在黑漆漆的房间看新闻联播，或是拧开那个有了年头的红色砖头样收音机听秦腔。若是与爷爷关系熟热的几个老伙计来串门，几个人就拎了木头板凳坐在院子里一面吹风，一面喝茶，说叨些老人们的碎话。有时不知谁说到什么话题，爷爷还会眯起他那细细的眼睛，抿嘴笑几声，那笑容宁静的宛如夕阳的温和。我记得那时节，傍晚的夕阳懒懒地伏在爷爷被冻缺了一小棱儿的耳廓上，像是对谁说着隐秘的悄悄话。

后来，我隔三差五总见奶奶站在我家屋院边上往西面路上张望。奶奶和妈妈一直说话都不太多，她一个人不声不响地来，立在庄子最西边手腕粗细的枣树下，望一阵才又一个人默默地走回自己家。我还很小的时候爷爷就给爸爸分了家，二叔进了城做煤矿工人，成了吃公家粮的，爷爷奶奶自然地跟着小儿子——我的大大生活在了一起。一天我放学回家又见奶奶过来，忍不住凑上前去询问，奶奶淡淡地说："娃呀，你回来了呀。婆给你藏了些好吃的呢，你跟我走。"我扔下车子赶忙跟奶奶走。奶奶又说，"哎，我是看你爸回来了没有。每天看不到你大大进门，听不到你爸的水车响，我就睡不着觉……"我的鼻子忽而酸了，看向奶奶，那干瘦到皮包骨的面容上确又多了几道刀刻的纹路。

四

我到北京读书那几年奶奶和爷爷在环线路旁庄稼田里盖了个二十平不到的小房子，搭起炉灶。两人老了老了还闲不住，务了一亩多的核桃园，每天在家和园子之间来去。果树快要挂果时老两口干脆就住在了这个小屋里，前院拴了狗，后院种起了菜，爷爷甚至还让叔叔很正式地在小屋外墙喷上了广告：修车。那算是平静美好的一段时光，爷爷看园子、修车子，每日和坐了一院子的老伙计们聊天、喝茶；奶奶每天下午提了给羊割的一大笼青草回家看守——叔叔婶婶开了联合收割机满西北的挣钱去；直到奶奶意外去世为止。

大概是我到北京工作的第五年，我们两个白手起家的人终于东拼西凑的在北京买了个小房子。大年初一去给爷爷拜年，爷爷高兴的眼睛又在阳光里眯成了一条缝，"好呀，好呀，我娃在北京有好工作又买了房子，这下子可以安定了。爷就知道我娃有出息。"我打量着爷爷的脸，仿佛更瘦了一些。奶奶去后的几年爷爷一直清苦。爷爷不会做饭，妈妈常常做好了饭三番两次请，他总以各种理由推辞不去。起先妈妈也让弟弟端过一段时间的饭，但总被拒绝，时间久了，也便不再送了。爷爷是个特别有骨气甚至有些拧的老人，他觉着跟大儿子分了家又去吃饭，这在他自身如何也说不通。不仅儿媳，就连自己女儿隔三岔五找着"借口"孝敬来的肉啊、饭啊、馒头啊爷爷渐渐也都推辞了，乃至于后来严词勒令姑姑不许送……果真，谁再送饭来时，大门上挂上了锁子。但叔叔婶婶大半年都在外忙活……

我笑着说爷啊，您怎么又瘦了，这半年我大大和妈妈不是在家呢嘛，怎么还把您给吃瘦了啊！爷爷仍旧是笑眯眯地，阳光穿过玻璃窗打在他的脸庞上，亮亮的，有种暖暖的满足。"我吃得好着呢，我娃不要担心，人老了就是这样的。"我又瞧了瞧爷爷那只每年都要冻烂的耳朵，缺掉的一棱儿似乎又多了几个豁口。我忽然坐直了笑道："爷爷，现在我那里有地方住了，今年暑假我接您到北京看天安门！""好！好！好！今年就去……"

可是说好的要去天安门看毛主席，看故宫，怎么我还在北京等，您那么匆匆就走了呢？

两年多了，每当想起这个再也无法实现的承诺，我的愧疚同悲伤就如同时间一样无法停歇，也无力承受。最后一次见您时我怎么就那么听信了您呢？妈妈叫我请您吃饭，我像以往一样径直推门房间。您紧张地从炕上坐起来，赶忙撩起衣服想要盖住肚子上挂着的那个袋子。我的眼泪忍不住挤满了眼眶，问您那是什么，您怎么了呀……话说一半嗓子眼就堵实了，再发不出一个音节来。您急了，连连说没事没事，爷爷前段时间刚做了个胆囊手术，医生说这个袋子初十就能拿掉了。我才松了一口气，抹干净偷偷摸摸的泪，复又笑了起来，"那就好，那就好。"傻傻的走回家了。每当后来回忆起那一幕，那在这世间见到您的最后一面，我总责备自己的愚蠢，明明那时您说身体不舒服不去吃饭了，怎么我就听信，以为初十真能拿得掉？

其实您也是那般期望。爷爷走后半年多我才从妈妈口中得知事情的真相。那时我怀了身孕，正经受着生的喜悦和惊恐。妈妈有天提到您，说那时医生诊断的结果，其实是癌……时隔半年多我已经平静下许多，但听妈妈说着最后的那一段时光，依然雾了眼眶。

死生亦大矣。说到这里，只剩长长的一声叹息。这么多年我始终不曾放下爷爷奶奶的离去，也许很大的原因，是我不愿放下人生中最单纯、美好的那段光阴，是我不舍得告别自己的童年，去以一颗柔软却坚强的心面对人生长旅中所有的悲欢得失。我们不得不长大，不得不成熟起来，我想那死亡就是上给我们的——最痛的一课。

就这样吧，悲伤只该留给过往，锁进这文字里，将自己释放。当我再度想起时，可以只剩想念，可以微笑着对自己说，感谢是您带我走过那段最温暖的人生路，又以离去将我送往更深沉的人世。那么我将一个人，微笑着，不哭泣，更好地带着爱与遗憾，向明天与生命内里，平静喜悦地缓步上前去。

那也许才是死教会生的，更深邃的意义。

爷爷的果园

爷爷走了。小屋后一亩多的核桃园，彻底荒了。

青绿的果子缀满丫杈，沉甸甸地往黄土地上伸展腰肢时，大道儿上的过路人，附近村子住的远远近近的乡人，知道的，或不知道这果园故事的，就随了性子在大白天、黄昏后，到这园子里来来往往，采了一兜、一袋的毛果子回家，从从容容。随手抠开一个，油绿的核桃皮染得手指发黄，再照着果壳竖着一劈，心形的嫩白果肉就露了出来，像布满纹路的手掌一样，单纯、深邃又满足的笑。

一颗心的形状，无论过多久，在谁的笑意里，都和爷爷唯一一次与我拍合照时手中捧着的那一颗——一模一样。

那是爷爷奶奶在远离村庄的自家地里收拾出的园子，就在简单盖起的一间小屋后。一年一年，小苗长成了两三米高的大树，挂了果子。奶奶去了，爷爷过几年也去了，但那果园还在。园子里的红花照样红，绿果子照样在树上热热闹闹地生长，等到过年时，依然干净利落地躺在红色的塑料袋里，往我们手里一紧——还和老人家在时的情景一模一样。

这些年，核桃是一大家人最不缺的零嘴。当然，不止这核桃，爷爷的果园也绝不止这一处。尤其让人惦念的，在爷爷屋后的那片田。

说是果园子，其实只是房屋后面一亩来自留田。田里插花栽着果树，爬着瓜蔓，种着花，便成了我们眼里最诱人的果园。枣树种在茅厕沿儿上，还只胳膊粗，但没人嫌弃它。风来，青绿的小枣花落在地上，像星星，密密层层，任谁都不愿凑近踩上一脚。到了秋天，马奶葡萄大小的枣子挂的繁茂，像绿棉被上的红花花，一粒一粒在风里微微摆着，仿佛花儿一样绽放了一遍，一遍，又一遍。树小，但尽够我们吃，还能晒些干枣，留到过年时出现在喷香的甜饭或年馍上——被个最调皮的家伙率先抠了吃。

顺着往前走，板凳宽的小道边栽了两三株桃树。桃树数量不多，但数它最美。每到春来，风还冷，夜还长，但某个裹着棉袄的早上你出门不经意一瞧，光秃了一冬的树枝，竟不知何时凸起一串串粉白的珍珠粒儿，粉嘟嘟、嫩嘤嘤，静悄悄地红起来，胖起来，还有那么一两颗已经偷偷咧开了嘴轻笑，笑得春风也轻轻摇漾。待到桃花开得旺盛，那几株桃树就化作一片粉色的帘幕，朦朦胧胧，像一场梦。你推开脸旁的花枝，从花间走过，仿佛是要穿进一片从未到过的美丽地界。它不过就是一片帘幕吧，推开它，就走进春的深处，渐渐看见李花的粉，梨花的白，石榴的红，柿子的青……还有，桃树长满绒毛怕你挠他痒痒的绿果子……

我总是忍不住折上几枝，一半带着花苞，一半开脸笑，回家翻箱倒柜找出个还算好看点的玻璃瓶郑重插上，转瞬，几根桃枝就将掩不住的春色请到了窄小的案几上，清清淡淡地芬芳几日，陪我读书，也陪我做梦。

再往后走，梨树三四棵，苹果四五树，柿子树七七八八地长着，还有一排十来米高的葡萄架——站在两家地畔上，像墙，又像画儿。蝉鸣阵阵，葡萄树们一个个伸长腰肢和臂膀，将墨绿的叶子顺两根横搭的黑铁丝使劲地舒展、舒展，靠得满藤满架全是绿——绿的斗篷，绿的裙裾，绿的腰带，绿的串串珠玉……

暑假里，我总是满怀期待地每天多瞧它几次，但葡萄还是葡萄，一串串浑圆饱满，却青绿依旧。正午静谧的日光打在枝蔓上，巴掌大的叶子垂了头，玉珠似的葡萄却通体透亮，在绿里微微透着黄，仿佛离它泛出红晕的时候更近，更近了。我踱着碎步一串一串摸着过，但葡萄还是玉一般静，玉一般润，玉一般凉，玉一般透亮……并不为谁焦灼的眼神紧追快长，就那样乜斜着眼睛，藏在半片藤叶后，悠然自得地发着光，取笑着谁。

那就吃甜稻薯吧——姑且这么称呼它。它一袭绿衣，身量细细高高，味道和姿态一如还没变脸时的瘦甘蔗。不等爷爷招呼，我们一群大的小的摸个镰刀就窜进园子里，专挑又粗又高的挥动镰刀，一镰一根，极少失手。砍上三四根快步扛回家，在阴凉的院子里聚一圈，齐齐捋下叶子，剁成几节。眼明手快的一眨眼工夫就摸走了中间偏下最甜的那一段。我是老大，但在抢东西上却从来不得优势，手笨、脚笨、眼又拙，只好吃吃地啃着梢头的那一节，看着弟弟妹妹斜着嘴巴一口一口撕下薄的青皮，咬一口，嚼三下，甘甜清冽的汁水也清泉似的淌进了我的唇齿里。

当然，好吃的还有伏在地梁上的甜瓜，西瓜。瓜们轮番地鼓起来，又鼓起来，直鼓进圆滚滚的谁的肚子里……

爷爷园里的果子数不尽数，一年四季总勾留着孩子们的一份念想。再回想起来，小小的一块田地真的成了童年时每个孩子的乐园：看花，捉虫儿，捕蝉，拣蝉蜕，拿根棍子打果子，或是直接攀上去挂在树上大吃大嚼……那么多滋味，又那么寻常，着实地让每个人着迷。

记忆里爷爷是个爱笑的人。我们这些孩子在跟前的时候，除了谁淘气，爷爷总是眯着眼笑。你去找他时，他往往打开电视，搬个凳子给你坐，看一会儿，沉默一会儿，说几句新闻上的事儿，再沉默一会儿。呷几口茶，又想起问问学校里的事情，说起什么"上学要认真，将来要争气"之类的话儿，还有什么"我娃要争气，以后考学到城里吃公家粮"……

来来回回在不同人嘴里倒腾过无数遍的话从他那里笑眯眯地说出来，却没谁真觉得厌烦。喝过半盏茶，爷爷腾一下站起身，想起什么似的快步往后院，不一会儿，手里捧着几个果子塞进我们手里；或是起身走向卧室一角的纸箱，摸出个烘得又红又软的火柿子，嘱我们慢慢吃，别把肉泥都蹭在衣服上……

有时爷爷要去果园里劳作，我叽叽喳喳地跟着，左摸摸，又碰碰，或是静静地跟在他旁边，看他拿着大剪子给果树们裁掉冗枝，听他讲什么果树什么时候要挂果，嫁接什么更好吃，什么时候会成熟，什么时候要去提防着鸟雀，像样儿的话，还要弄个什么稻草人架在高处——但我最终也没见过任何稻草人，大概鸟雀儿也像孩子一样，都去吃去啄了，果子才会更见香甜，爷爷的心里也更甜更自豪吧。

如今再回故乡，爷爷已不在，后院里的果树、藤蔓也早没了踪影，只剩一片片连绵的麦田，齐整地像是谁的叹息。有时我会不经意想起那园子，想起春天的蜂蝶花朵，香形绿影；夏天的瓜果芬芳，唇齿留香；秋天的火柿红枣，满目金红；冬天的一园静谧、玉树琼枝……

我想，爷爷的果园子是种在那些年，种在我们的眼前，种在嘴角，种进了心里，更种进了永恒的相伴，与一生中最美最甜的时光里。

柿事

　　爸爸瞳孔里一颗颗小太阳定格下来，红彤彤、亮闪闪，似有泪光。爷爷不语。从那天起，爷爷便琢磨开春栽几株柿子树。一年，两年，不是没成活就是嫁接失败……直到第七年，柿子树开满黄绿色的四瓣小花，爷爷注视着鹅黄细嫩的花蕊，嘴角笑出了柿子样的向往，那样甜蜜，那样圆满……几层秋霜过，个头比当年高出一半来的爸爸噌噌噌爬上树去，那多年的甜梦终于从眼眸握在掌心，飞扬在舌尖上。爷爷告诉我后院这棵柿子树的来历时，火苗一样晶透的火柿，正密密匝匝地挂在头顶上。

　　柿子树二三月开花，九十月成熟。刚结出的青柿指尖大小，藏在花蕊后，羞赧而青涩。到了秋天，果实的颜色由绿而黄，由橙转红，袖珍灯笼一样火红火红缀满枝头，那个头、模样在黄天黄地的秋风里愈发喜人。秋叶落尽，柿子们团团簇簇聚拢一枝，火红一树，交头接耳，有家一样的亲密温情。记得小时候柿子熟，我陪爷爷抱着搪瓷茶缸，坐在院里老树旁有一搭没一搭的闲谈。爷爷说着说着总喜欢眯眼斜睨天空，阳光软绵绵地落在他的面庞上，暖成了柿子红……奶奶端出盛满的茶盘，只见一枚枚落在盘里的小太阳，又眨呀眨的，挑衅起你的眼、你的手、你的唇齿、你的味蕾来。

　　橙黄的硬柿不可轻易下嘴，一不小心它就在你的舌苔上涩出一层厚厚的霜来，让人叫苦连连。吃柿子，心急不得。奶奶从纸箱里又轻又慢地摸出烘好的软柿子，细心撕去外面一层薄皮，沙沙的果肉就完全裸露了出来。奶奶叮嘱道，撕的时候力度要匀，免得里面的果肉咧嘴笑出声来……阳光从树荫里漏下来，穿过柿子，好像为谁点了一盏玲珑的水晶灯。

熟透的柿子香软甘甜，一戳一弹，一咬一口蜜糖，滋溜一声化在嘴里，甜丝丝的爽滑。制好的柿饼适合久藏，它挂着面粉似的白霜儿，看着不美，吃起来却别有一番滋味。不同于柿子的饱满水灵，柿饼体格纤瘦干瘪，色泽暗淡沉实，老人一般，在与时间的对峙与相惜里，越发睿智甘醇……柿子还可烙成酥甜的馍馍，酿成醋，也可以药用，它总在四季和生命的诸多时节里，以其不同的形态、特有的滋味，与我们别样重逢，一年又一年……

小时候不知道为什么每到年关妈妈总要买包柿饼备成年货，说是爸爸要吃，手头再紧也要挤出几块钱来。印象里爸爸是最馋柿饼的，后来大些才渐渐懂得他深埋的心思。当初分家不久，家境愁人，爸爸外出做活也总是不大顺遂，收入无多。为了给我们姐弟置新衣，总得悄没声地年跟底挪到邻村大伯家借钱过年。但不管怎样，每每辞旧迎新，柿饼照例是要买的，不为别的只为解馋，更因"吃了这柿饼，明年兴许就能心想事成，日子慢慢红火起来……"如今生活越过越好，买柿饼依然是家里的老习俗。我想，在爸妈的心里，那甜甜的柿饼早已变成美好的愿望与祈福了吧。

北京的冬天几场雪过，寒意更浓。有时走在校园，抬头望见高大挺拔、挂着几枚残果的老柿树，便不由得想起故乡的柿子来。这个季节里，家乡的柿子树怕是已经站成了一幅风中枯淡又浓烈的水墨画了。那树干粗壮质实，纹理仓黑皱褶，如岁月划过的历历刀痕；枝杈向天空抓去，姿态遒劲，力抵梢头，宛若条条探问苍穹的虬龙……黄叶尽褪，罄枝丹果，笑对荒寒。在这般的孤傲遒劲、饱满浑圆里，我读得出一树爽利傲岸的风骨，读得出那股子桀骜不屈的精神。

　　故乡，老树。你打树下经过，你自树上打量，你红衣黑帽，你玄枝赤果，而同样分明如光的———是你永恒的温暖，明亮，坚韧，与流淌不息的自由生命。

　　愿，柿事如意。

祖母的小脚

　　我唯一近距离目睹过的三寸金莲，是老祖母的小脚。老祖母是我爷爷的母亲，我叫她巴儿。

　　那天我从外面疯跑回来，碰巧看见老祖母坐在藤椅上剪脚趾甲。房间里的光线阴暗昏黄，她安闲地坐着，手拿老剪子麻利地铰着，一点没注意到气喘吁吁愣在门外的我。那是我第一次看见祖母赤裸裸的小脚，着实被吓了一跳。那脚十厘米左右的样子，比放在它上面握剪子手好像还要小巧得多。但它实在称不上美，简直可以用骇人来形容。

　　那双脚裹在袜子和又小又严实的鞋子里，常年不见光，有一种不可思议的病态的白。大脚趾斜成一个怪异的弧度，向内收拢，最外面的三根脚趾都弯进脚掌，紧紧地扣进肉里，满是死茧，显然，那是早都断了的……整只脚弓起来，构成一个奇怪的形状，很难想象那是怎样一种扭曲又痛苦的保持平衡的方式。

　　我那时大约只有七八岁，还没有如今关于小脚的种种知识，呆立在门外，满心的好奇、惊惧与茫然。八十几岁的老祖母回头看见是我，就动了动没剩多少牙的瘪嘴，将我唤到跟前坐下。我想不通，好好的脚为什么要弄得这么丑？疼吗？这要怎么走路呢？……一连串的问题冒了出来。祖母套好袜子，慢慢讲起她们那个年代裹小脚的故事。

　　"那么疼你不害怕吗？"我问。

　　"害怕啊，还哭，骨头都夹断了，疼死个人！裹完脚以后好些天疼得走不了路，就躺着不走动，不得不下来走的时候，每一步都像走在烧红的炭上，疼得紧。脚用布一层层牢牢缠着，我怎么哭闹啊都不给解开，直到长好了……哎，我们那时候的女娃们都是这样过来的。"老祖母说的女娃们大都只六七岁，甚至更小。我下意识地瞅瞅自己的脚，缩回半步，心里道，还好还好……

我还是不解，"那为什么您的脚比别的老太太的都小呢？"

老祖母微凸的薄下巴颤巍巍地抖动着，笑了。"那是因为家里人觉得脚小更容易找到好人家嫁了啊，大脚多笨呀，没人要的……"

老祖母多少血泪换来的小脚也并未给她带来什么好姻缘。我陪她坐在门外晒太阳的时候她曾讲过，她还小父母就让一个老婆婆从四川带到陕西，大抵是做了一个大户人家的童养媳。那户人家是当地叫得上名的商贾，车马众多，搞运输生意，富甲一方。可惜出了个败家子，抽大烟将家底全败光了，一个家族也就没落了……记得小时候有个哑巴爷爷过一两年总要从蓝田到我家来做客，看望爷爷和老祖母。他有一样编织竹笼竹席的好手艺，还给我们带来过自己编的篮子。爷爷说，这个哑巴爷爷就是以前老家的亲戚，叫老祖母婶婶，如今也是辛苦谋生，又不会说话……都过得很苦。后来，老祖母辗转到了我们家现在的村子，作为一个外姓人家，艰难地扎了根。

小时候，我问过老祖母四川老家是什么样子的，还回去过没有？她只说，家在哪里记不得了，只知道那里有大片大片的桔园。而后默默垂下眉眼，像是在回想什么。

我不清楚当年那个大家族败落后祖母经历了些什么，她一双小脚从一个地方跌跌撞撞挪到另一个地方。那个年代战火四起，我的家乡有幸未经战争，但还年轻的老祖母却在无声地与她的命运进行着一场又一场没有炮火声的战役。她要离开，她得生存。

许多年后，老祖母带着还小的姥姥和爷爷独自生活。她一双小脚，风里雨里，雪里霜里，肩挑手扛，走起路来如柳轻摇、歪歪斜斜，却还是依靠自己本不硬实的肩膀撑起了一个家，勉强给孩子们糊口。我时常想象，孤零零的老祖母带着孩子受着他人眼光在田里劳作时是什么样子，那样瘦弱的身板，一米五几的个儿，那样一双不到十厘米长的变了形的所谓能给她带来好姻缘的小脚，如何前行？我无从知晓，那些最艰难的岁月里她是否暗暗流过眼泪，而老来有我见证的岁月里，她的脸上永远挂着淡然的神情，不悲不喜，不惊不惧。阳光落在那皱皱巴巴的面庞上，皱纹里都是明亮，都是故事，却不敌眸子里、嘴角边的精神矍铄，以及长篇小说一样的从容、曲折与丰富。

我八十多岁的老祖母在我婴孩时照顾我，那小脚一颠一晃，竟还能稳稳地抱着我，不需要任何人为我们费心。这个苦命又好强了一辈子的老人，老来也没给任何人带来任何麻烦。她身体好，能做简单的家务，八九十岁的高龄了，眼不花耳不聋人不糊涂，永远打扮得干干净净、体体面面才出门，戴着陪伴了她一辈子的银耳环和磨薄了的银镯子……青春早已没了任何影踪，她却依然能让人觉得美丽而姣好。

她喜欢搬着爷爷买给她的藤椅坐在大门外阳台上与人闲聊，晒太阳。每每看见我疯疯癫癫地跑回来，就又开始嘀咕"你这个女娃子又光着屁股在外面到处乱跑了，也没人管，哎，真是的！"老祖母的观念里，穿着裙子露出胳膊腿儿就是有伤风化就是光屁股，她一辈子都不曾逾矩，装扮得严严实实，和她那裹得紧紧的从没给外人看过的小脚一样，夏天再怎么炎热难耐，谁也没见过她换下过那又厚又古板的斜襟长袖和老式的腰间系绳的大裆长裤来，永远是那灰黑色系长袖老衣衫，宁静安详地坐在院里或树荫下扇着竹扇，像个老去的旧时代一样。

老祖母九十三岁时去世，没生什么病，算是寿终正寝。我唯独放不下的就是最后一次见她时的情景。滴水不进的迷糊了几天之后，老祖母破天荒地精神了起来。她见我进去探望，急急说，"我肚子饿了，要吃东西。"我喜极而泣，连忙跑出去嘱咐奶奶，"老祖母要好了，她要吃东西，赶紧给她做饭吃……"第二天老祖母却还是走了，走之前，也没吃上最后一口饭。过去很多年我都不能解开心里这个疙瘩，妈妈说老祖母当时可能只是人离世前的回光返照，就算喂到嘴边也吃不下什么，吃不吃，都一样……虽说这样，但我总为受苦了大半辈子的老祖母吃不上最后一口饭这事儿耿耿于怀，好多年。

埋葬老祖母的时候，她的所有衣物，连她袖珍的黑色鞋子们一并埋入了黄土。并没有太多难过和伤感，走过那么曲折多舛的一生，从清末到民国，民国到新中国，从旧社会到新时代……老祖母在旧时的黑暗、艰难里顽强如蒲公英一般活下来，开着不起眼却明丽的小花，体面又优雅地将生命和希望释放向远方——家庭和睦，儿孙满堂。一双小脚，走的摇摇晃晃，却又稳稳当当。

她以旧式的小脚一步步走到了崭新的今天，又连同她的小脚与旧式的观念一同远去。但那历经风雨后的平和宁静却一直留存了下来，让我无论在何时想起便会淡然、便会微笑，便会想起那双脚曾踩过的坑洼坎坷，曾摔过的跤，和印在家族记忆里坚韧不屈。

那样的小脚，真实展露在我眼前的小脚，大概再也不会见到了。但我好好的脚掌，一定像老祖母一样，把我们的一生好好走下去。

妈妈做的饭

我不擅长做饭，都怪我妈做得太好了。

我一上灶台我妈就开始唠叨：面擀的薄厚不匀，洋芋切的又慢又粗，调个味道调的一嘴苦味，泼个红辣子都能弄焦了……最后黑脸一黑，大眼一瞪，凶巴巴地撂下一句：你看你除了擀饺子皮啥都做不好，行了行了，看得把人急死了，我做饭你读书去！

于是我就只会吃，还领了一个光明正大的理由：读书去。

妈妈做饭的速度，用句陕西话说，就是三锤两梆子，味道呢，那叫杠杠滴、嫽扎咧。但妈妈也不是一开始就做得这么好。她在家排行老小，上面有三个哥哥一个大姐，做饭的事情都是外婆和大姨操持，妈妈基本上从小到大不沾锅沿儿。做饭这事儿，据说和织布、绣花、纳鞋底这类手工活儿一样是她结婚后才从头学起的本事。

有的本事是被逼出来的，有的本事是时间磨出来的，有的本事是因为热爱一发不可收拾起来的。妈妈做饭的本事，大概算不上热爱，只是恰巧随着放进饭菜里的照料和爱而越发的细致、精熟了起来。作为是一个典型的农村妇人，妈妈身量健壮结实，有着宽大厚实的手掌和粗壮的臂膀。尤其是那双手，从我有记忆起就是黑红发亮的，手背上的皮肤糙的像门口的桐树皮，手心的纹路又深又粗，赛过雨天泥地上冲出来得条条沟渠。那手看起来胖胖的、木木的、笨笨的，平放的时候几根指头因为干多农活的缘故都有些弓着，怎么看也不像双巧手。但只要一拿起菜刀、擀面杖来，就好像冬去春来的泥土一样，有着一股子天然的生机与活力。

妈妈一切菜，就是一场华山论剑。只听见刀落案板，噔噔嚓嚓，你以最快的速度数着数儿也跟不上刀动的节奏，只得作罢。往往我从里屋还没走进厨房，刀光剑影的较量已经落幕。打眼一看，盘子里的蔬菜被麻利地切成丝、成片、成条、成块，通通是大小匀称、薄厚适中，随手挑出两片来都是分不清的孪生姐妹。都说切土豆丝最见刀功，我每次被妈妈嫌弃到边上时，呆眼盯着，但见她拿刀的右手好像都不曾挪动一般，圆溜溜的土豆就被一刀铲起，根根不乱地丢进了碗里……刹那间，我连学的心都没有了。有一种打击叫，妈妈太厉害！

擀面也是北方人做饭的基本功。妈妈擀面的时候进进退退，不是对峙，是手谈。裹在上面醒好的面饼随着擀面杖一会向前，一会儿拉回，一会儿换一个角度摊开，再来重复同样的流程……又按又揉，那样子很像是给面饼做个浑身按摩；更像交谈，手在面上一推一抻，细心揣摩这团面所需的刚刚好的拉伸与力度。只有按到了面的心窝里，最后才能摊成一案板一米见方、薄厚匀称、韧劲儿恰到好处的高质量面皮。这活计看似简单、机械，实则是个纯粹的技术活，妈妈的大手常常前后左右一轱辘，卷起放下，再挪挪，面团就从最初的一小疙瘩舒舒服服地平铺在了宽大的案板上……

我向来以自己擀皮儿的手艺为傲。每每朋友聚会捏饺子时，我一人擀皮供三四个人包丝毫不成问题。大家站在旁边围观，看我一手捏着边儿一手擀着面，两手同时工作一秒不耽搁，那心里美滋滋的仿佛自己真的很会做饭一样。其实擀皮只是末技，真正值得夸赞的是包的功夫。我的手指太拙，包子饺子之类都不擅长。每次擀好皮儿的空档，我就看妈妈包。妈妈的手异常灵巧，一手托住皮儿放好菜，轻轻一拢，右手两个手指飞速压花，首尾圆转，包出的包子饱满高挺，又不担心破皮漏菜。逢年过节，挑个好天气，半晌功夫院子里太阳下就会晒出了各式各样的包子，肉包子圆圆的，顶部掐花；糖包子三角形，朴素大方；油包子像船，只在皮儿上方简单捏紧……还有各式各样的花馍花卷，看着好看，蒸出来更是馋人。

幼时家里并不富裕，粮食都将将够吃，更没什么闲钱谈什么鱼呀肉呀。但印象里，却有比鸡鸭鱼肉更美的滋味。春天时，我提着小笼去麦田里挖荠菜、蚂蚱菜、油油勺……挖够一笼，择好淘好，妈妈就会剁碎和上白面，捏成菜团子一蒸。出锅后蘸上拌好的汤汁，就成了香喷喷的"野味"。有时我们捋下榆钱，打下槐花，送到妈妈手里，出去玩一圈的功夫，它们就已经变成美美的麦饭，妈妈站在门口大喊一声"吃饭了"，馋嘴的我们就匆匆往回跑，哈喇子直流，生怕晚回家分的少。现在早尝不到榆钱饭了，还好槐花开的时候，还能在香味浓烈的槐花树下，想起小时候槐花饭的清甜，想起它刚端出锅时青绿泛白的俊秀模样，冒着热气儿，将花朵从树上开到我们的唇齿，我们的胃里。

从小到大，我和弟弟从没有因为吃的问题烦恼过，因为不管什么简单的食材，经过妈妈的手，总能变成一道道朴素又喷香的饭食。长大离家之后，乡愁里最浓的一缕就成了房顶烟囱上的袅袅青烟，就是那一味——妈妈做的饭。

每年寒暑假回家，妈妈照例会让我说出每样想吃的东西，她列个单子，一天一样照着做。这样的厚遇和宠溺，是比过节更让人幸福的事情。于是，包子、蒸饺、韭菜煮馍、盒子、菜卷卷、枣沫糊、搅团、漏鱼儿、麻食、碎面、油馍、锅盔……天天不重样儿，每顿饭都成了最美的期待。等到每样儿都吃遍了，人也胖了几斤，就又该离家了，又是半年甚至一整年流着口水的盼望。以往只有我们姐弟的时候，妈妈这样一顿顿做着我还觉不出什么。如今自己嫁了人，妈妈腰不好，还要照看小孙女，依旧一句话不说地拴起围裙让我"点餐"，心里的"馋"渐渐也变了质，生出更多复杂的情愫来。

妈妈做的饭，不是什么山珍海味，细细想来也说不出什么独特滋味，可吃进嘴里就是大不相同，那是童年、故乡，和家的味道。这种味道，在一顿一顿的细水长流里，将我们节节拔高，种麦子一般；在一口一口的扒拉里，驯化了我们的味蕾，乃至一辈子的饮食偏好。年已三十，我还是习惯性地会在生病或孤单的时候想起：要是妈妈在就好了，就有好吃的了，病也好得快……

妈妈做的饭，是舌头最眷恋的滋味，无可替代的象征。它是爱，是暖，是陪伴，是我们眼前或心间——可品、可视、可触、可感的盘盘碗碗，是刺啦着油烟味的温存。

我想，这世间确有一种永受追捧的老字号，叫作，妈妈做的饭……

爸爸的生日

　　爸爸和爷爷的生日只差一天。往年，一大家人的精力都在给爷爷过寿上，轮到第二天爸爸的生日，就只剩妈妈给做些"好吃的"潦草庆祝下。一年里很少跟爸爸说上几句话的我，这时也会挂个电话向他道几声"生日快乐"，礼节似的叮嘱要吃些好吃的庆祝庆祝啊，妈妈今天做了什么好吃的啊之类的话语……

　　今年却大不同。爷爷不在了，爸爸当上了爷爷。我托弟弟去县城里买个蛋糕送给爸爸，五十多年了，这个黑瘦却沉默辛劳的像头老牛一样的爸爸从来没在自己的生日里见过任何蛋糕，没有收到过来自儿女的任何礼物……

　　晚上一下班，我立刻打了个电话回家，问爸妈蛋糕的滋味可好。妈妈接的电话。她吭哧着说还没吃呢，他们在后院的田里浇棉花，爸爸忙着开豁口导水，腾不出功夫来听我电话，弟弟买回的蛋糕也还没来得及打开看……我忙说，天都要黑了，别浇地了，赶紧回家吃蛋糕吧。我细碎地叮嘱着，记得要插上蜡烛，要许个愿再吹……妈妈在电话那头笑呵呵地应承着，还补充说："你给弯弯买的健身架上有生日歌呢，到时候也放上。"我笑说好。

　　良久，弟妹发来家人吃蛋糕的照片。看见爸爸打着手电给蛋糕拍照的那张我就笑了，笑着笑着忽然心里酸酸的。家里光线暗，爸爸打着手电，要把这第一个生日蛋糕照下来，存下来！我似乎挖空所有记忆，都找不到爸爸何时拿着手机拍照的丝毫印记……爸爸那个手机是我毕业工作第一年时买的，他唯一的要求就是铃声要大，不然听不到，影响他送水的生意。于是我们将手机的铃声调成了最响亮的《国际歌》，还加上诺基亚那毫不含糊的震动，至于拍照的功能，这么些年似乎都没被谁想起过……

弟妹的语音打断了我的回想。"你都不知道咱爸妈有多浪漫，俩人在蛋糕的四角和中心插了五根蜡烛，还一起蹲在桌边使劲地吹。末了，咱妈还补上一句，'原来这蜡烛这么不经吹啊'……"我边听边笑，为这两位老人的认真、严肃和可爱，眼泪却奇怪地开始打转儿。那一头，婴孩健身架上的电子生日歌叮叮咚咚地唱着，热闹又机械；弯弯奶声奶气地"咿呀"着，甜甜的声音就像她嘴边沾上的奶油蛋糕；他和她憋足气鼓着腮帮子吹灭烛火，学着城里人洋气地许下心愿……这是多少年来我从未看过的一幕，从未怀抱着的愧疚。

"不过爸妈吹蜡烛的表情看起来有那么些奇怪，说不出来的感觉。"弟妹的话有些吞吞吐吐。我不语，也没有追问，一张张翻看着她发来的昏暗的图片，反反复复。照片里小时候新粉刷的墙面已经发黄发黑，有些白灰剥落，露出一块块疥疮样的土坯墙面；爸爸斜后方挂着的还是那幅我本科毕业时从云南带回来的"羊皮画"，旧旧的，藏族姑娘的脸上尘灰满面；房间里的光线依旧昏暗，黄蒙蒙的，又长又亮的那根灯管一直装着，却还是没舍得亮堂着用；不会走路的小侄女扶着茶几站着，黑黑胖胖的小手伸向蛋糕，笑的满眼小星星，妈妈蹲在地上双手扶着孙女的腰，满足而欣喜地注视着她和眼前奶白色嵌水果的大蛋糕。顺着妈妈的手臂向下看，地面的红砖被四五双脚和多少的岁月踩磨得高低不平，粘着扫不下来脚底泥，黑黑斜斜，竟现出我不曾在意过的苍老与辛酸来……多年来变着戏法拿回好吃的哄我们开心的父亲，如今戴着王冠式的、印着他不认识的英文字母的寿星帽子，捧着儿女自千里之外悄悄送上的生日蛋糕，一口一口，那滋味里不知是甜多一些，还是苦，或酸？或许，说不清……

久久凝视着手机里这六七张照片，一遍又一遍，我仿佛穿得过眼前的高墙与几千公里的夜色，望得分明那奇怪神色里更细腻的表情与心迹。

父母之年不可不知，一以喜，一以惧，其实还有，那听起来浅浅的深深期待。以及那些我们从未说出口的，刻在彼此年轮里的爱与陪伴。

礼物

　　每次出门前我总要磨磨唧唧的捯饬一番，尤其是饰物。那天也一样。

　　我匆匆忙忙打开柜子，拉开一个个抽屉、盒子，定要找出那对能搭配身上这件黑色蕾丝裙的耳钉。翻箱倒柜半天，耳钉没找到，却在一个小玻璃瓶里意外发现了一枚老戒指，愕然。那是上大学前妈妈送的银戒指，它静静地躺在瓶子里，光秃秃的，通体着满灰黑的氧化物，像谁家刚从灰堆里抢救出来的灾后物品。原本的银质光泽早在时间与空气里慢慢氧化、变黑、变老，只有梅花戒面上几瓣凸起的花蕊，还隐约透出一丝往昔的亮泽……原以为它早还给了妈妈，此刻再看到，竟生出一种莫名的亲切来。

　　四五岁时我就开始变得臭美，整天缠着戴银耳环、银镯子的老祖母给我也扎个耳孔。八十多岁的老祖母小脚一晃一晃，从后院的花椒树上摘下几颗花椒，在我的耳朵上用力地捻呀捻，直到花椒的汁水渗进皮肤了，耳垂的中心变得透明、麻木时，一针扎下去。结果针还没扎下去，我哇的一声哭着跑开了……但从那时起，我就迷恋上了各种饰物。不说耳环、项链、手镯、发饰，仅就戒指，已让人眼花缭乱：金的、银的、铂金的、珍珠的、钻石的、玉石的……这些设计别致又精美的戒指一出现，妈妈送的那枚显得非常土气的戒指就有意无意的隐退了。但它的来历和价值却最不寻常。

　　北国冬天的乡村总是最静谧，人们怕了刀子样的寒风，大都躲回自家火炕上保暖，连惯常蹲在院子外闲聊、晒太阳的大人都少了些许。但那天，村里前院远远传来悠长而响亮的吆喝声，以及不知何种器物撞击发出的叮当声。村子里一下子热闹了起来，人声一声、两声雨点一样越来越密。

"银匠来了！"妈说。

妈妈闻声从炕头的箱子底翻出一个包了一层又一层的小布包，取出一枚簪子、几个银圆，再藏回布包往外赶。我从来没见过这种好东西，赶忙扔下手里的旧杂志，一蹦三跳地追着妈妈看热闹。妈说这是她做姑娘时外婆给的东西，这些年一直珍藏着，今天正好拿去熔了，做成耳环、戒指之类的，以后我长大嫁人了就是嫁妆。

我那时怕是还没有十岁吧，听着嫁人什么的一下子就羞了，但想到有耳环、戒指给我又一下子乐了起来，紧随妈妈往前院快步赶去。

前村大院里已经围了很多人了，一个皮肤黝黑的中年男人坐在简陋的"工作台"前，叮叮当当地敲打着，额头上细密的汗珠在火光里闪闪发亮。等了个把钟头终于轮到我们，我凑上前紧挨银匠站着。只见他先将银器烧熔，倒进模子里。待到冷却，用铁锤一遍一遍用力捶打，直到变成又薄又光的银片。这时，银匠按照妈妈的要求将银片放进预备好的模子里，使劲挤压，一枚戒指的大致模样就呈现出来了。又见他娴熟的轧花、细细雕琢、打磨，最后套在一根指头粗细的铁棍上调整形状、大小，一枚戒指终于完工……

打眼看去，刚打磨出来的戒指并不像如今银器店里镀了一层东西的饰品那样光亮、诱人，甚至可以说有几分钝、几分冷，几分拙，但正如新出生的婴儿一般，它的稚拙反添几分真淳和欣喜：那一锤一锤的敲打，是手艺人的耐心与技艺，是手指的触摸与温度；那一凿一凿的打磨，是妈妈一分一秒的凝视，是殷殷的等待与期盼，是爱与时间凝结后的珍贵。它熠熠生辉的，早已不是价值与外在，而是寻常如空气一般的情感，淡淡的，像家门后飘起的炊烟一缕。

妈妈拿来的那些"压箱底的"总共打了几枚戒指，一对耳环。都是最简单的形制，但却是那些年贫穷的我们见过最贵重的物品。爸爸那枚戒指一直带着舍不得摘，后来似乎因为总是干活的缘故磨断了。一枚给了姑姑，一枚送了婶婶，还有这枚戒面是梅花的一直跟着我从南到北从地球这一面漂洋过海到远方一路漂泊……而妈妈，一枚也没有留给自己。

后来我慢慢地有了零花钱，陆续买回一枚枚新鲜、个性的银戒，便理所当然地淘汰了这一枚。再后来我连当时铸的那对耳环也还了妈妈，说是当成纪念品留给儿媳妇吧，不用给我了，事实是我嫌她土嫌她老旧……这枚戒指也是一并要还回去的，大概因为我收东西的随性、邋遢没有找到，也便就此作罢，不放在心上了。

现在想来，我当年还耳环给妈妈的时候不知道妈妈心里有没有浅浅的难过，只记得她若有若无地"哎"了一声，就将东西放回了原先那个布包，裹好手帕又重新压回了箱底。

我从小玻璃瓶里取出发黑的戒指，刷刷干净，又套回右手的无名指上。每当有意无意瞥到时，总会微微一笑。仿佛带在手上的不止是戒指，更是妈妈的心意和牵挂。戴着它，就如同妈妈近在身边。

妈妈大概永远不会知道我为这枚老戒指写了这样的一篇文章，也不会记得当年她说过结婚时要拿它做我的嫁妆。妈妈不知道这枚戒指不只是嫁妆，更是我成长岁月的旧磁带，一按动，依然能唱出叮叮当当的歌儿来，就像她不知道，此时坐在土制床单上打字的我，眼前闪现的是她坐在纺织机前一扔梭一踩脚的默片形象……

无论走多远，走多久，妈妈和家，其实总在身边，总在心里。

留住手艺

那天照看侄女时，凑巧瞄了眼侄女脚上的小猪棉鞋，心头一动。这样的猪娃棉鞋，我们小时候不知道穿小了多少双……

北方乡村冬天异常干冷，带着黄土的西北风刮在脸上、手上，像是削胡萝卜的小刀。上学路上，天还麻麻黑，我扯紧麦绿色方巾遮住脸，两手缩进棉衣口袋。那棉衣是妈妈新缝制的，内里塞着厚厚的新棉花，暖暖火火，穿着它，就像裹着秋天棉花田里捉虫时暖暖的阳光。脚下是冻硬的黄土，但踩下去却是软软的，那软，是妈妈一个针脚一个样板纳出来的红棉鞋，厚实、耐看而合脚。

我问妈妈这样鞋子还有没有，等我以后有孩子了，也要讨几双穿。"这又不是什么稀罕的东西，多的是……"妈妈轻描淡写地说着，脸上却挂着笑，放下手边的活计，从炕头的旧箱子拎出两个粗布包袱丢给我。倒在炕上一看，全是鞋子：有做成小猪样的，老虎、兔子样的棉鞋，有绣着青蛙、小猫、花朵等形状的单鞋，甚至还有用毛线勾成的靴子样的时髦花鞋……

眼花缭乱里是种陈年的熟悉亲切，忽而又夹杂了几分惊叹和感慨：那些年我穿过也曾嫌弃过的，竟是这样真淳动人的手工艺——在我们这代人手里近乎绝迹了的手工艺。可离我们远去的手艺，又何止这些鞋子？

一些破碎的影像闪在眼前。小脚的老祖母坐在纺车前，手摇纺车，左手捏着棉絮慢慢拉长，抽成了线；我搬个小凳，屈起胳膊，双手举到胸前帮忙撑棉线，按着妈妈的规律左边右边来回摆动，帮着绩线；硕大的织布机在屋子里一摆就是半个冬天，妈妈有节奏地踩踏板，扔梭子，卸布匹，裁床单，剪抹布……那不曾佝偻的背影是记忆里最美的画面……

那时村里还有好些匠人。爸爸是木匠，斜对面的牛娃爷是铁匠。小时候我学步用的三轮简易童车，家里的脸盆架，以及现在还摆在爸妈房里的那个柜子都是爸爸当年亲手制作的。妈妈的音乐是剪刀、针线，织布机，爸爸的乐声却是刨子解板，锯子断木、墨斗弹线……当家里的木工活儿让人看厌，满地刨木花儿的清香和形状也不能再吸引人的时候，我便跑到牛娃爷家里看他打铁。牛娃爷辈分高，年岁只比爸爸大不了多少。那时他也就三四十岁的样子，光着膀子，手握铁锤，对着烧的红彤彤的生铁龇牙咧嘴地砸下去，一锤紧跟一锤，直从烫红砸到灰黑，火星子四溅，刺啦一声扔进水里，捞起来，就成了。看他打铁就是看热闹，早就记不清他那时打的都是些什么铁器了，对一个孩子来说，最有趣的莫过于他抡锤时"呼嘿"的闷声和丑态，还有那生铁变红的光亮与神奇了。有时村里还会很稀罕地来个走街串巷的银匠，人们就过节似的带着传家"私底儿"聚过去，一阵叮叮当当之后，满意而归……

而今，织布机上的梭子声，哐哐的踏板声，棉线抽过鞋底的呼呦声，针屁股撞上顶针的细微金属声，刨子推过木头的吱吱、嗡嗡声，墨线弹在板上清晰短促的嘣的一声，敲砸银器、铁器的叮叮当当声……以及新浆过的褙褙的面粉味儿，刚织好的棉布味儿，渐渐全消失在了便捷、全能的流水线和童年回忆里。

朋友赵送我一本日本人写的《留住手艺》，虽未读完，却看得出日本民间工艺相似的命运。书里介绍的多是寻常的手艺人，如做木舟的，做席子、盆子的，很多已经到了举步维艰的地步。但我们从中能够读出老辈匠人执着的坚守与传承，读出年轻人艰难却笃定的回归，以及文化学者、普通民众对于民族艺术回暖的持续关注。可喜的是，这样关注与传承的呼声，在我们身边也日渐密集、响亮了起来，宛如春天粒粒顶出土皮的绿脑壳儿。

打老家回来时，弟媳妇送了我两双她八十几岁高龄的奶奶为孩子做的虎头鞋。那是河南人的手艺，技艺高超，说它是艺术品毫不为过。我带了一双回北京，摆在沙发靠背上，每每望见，欣欣满目：那是千百年的悠久，是婴孩的生长和生命。

那一声叫卖哟

"洋葱！洋葱！"门外传来两声短促利落的叫卖声。我坐在庭院里洗衣服，婆婆闻声小跑着出去，不一会儿，拎回来了一大袋洋葱。

洋葱装在塑料袋里，约么十来个的样子，我隐约看见又圆又大的个头，紫色的皮。"买了这么多啊！"我说。"便宜着呢，这么多才两块！"婆婆笑着说，脚下的频率一点也没有放慢。

我们昨晚刚从北京驾车回家，半年不住，满屋满院的灰尘、死虫儿，还有些黑黑的小粒大约是老鼠屎……这么大的房屋，连个粘屁股的地方都没有；院子里的葡萄架塌了，繁密、沉重的葡萄藤奔拉了一地，打开后门，荒草遍地，厕所门口的砖缝里野长了几株树芽儿，连进都没法迈入。所以从昨晚到早晨，全家人都在紧张的清理、打扫中，别说菜了，连下锅的米、面统统都没有。也就在这时，陌生又熟悉的叫卖声响起，"洋葱！洋葱！"是个女人浑厚的声音。那声音是多么亲切啊，仿佛她的到来就是为了帮助这些需要买东西却没有时间、精力的农家人。

"甜梨，甜梨……"悠扬的声音小曲儿一样传来，我依然坐在小凳子上洗宝宝的衣服，但那样一位中年男人的声音却让我仿佛嗅到了家乡梨子那甜丝丝、凉津津的味儿来。许是绿皮儿的吧，我最爱吃的那种。"外面卖什么呢？"孩子他爸在屋里喊。我回他，"梨！"他不言语了，假如不需要，屋外的叫卖声就是乡村宁静的晨间最悦耳的插曲。

"凉鱼儿！凉鱼儿！谁要凉鱼儿！"这是扩音喇叭传出的声响。呀，我一屁股从沙发上跃起来，"快叫住啊！"我朝卧室外急喊。"你自己去买嘛！"孩子爸说。我赶忙扔下手里正叠的衣服从屋里向外飞跑，"停住！停住！"扯圆了嗓门儿，我大声唤他。凉鱼儿是我最爱吃的东西，幼年时最幸福的事情，就是奶奶做好了面糊糊，我拿着舀面勺在满是指头粗细小孔的瓦盆中搅。手按着往下一刮，出溜儿，一排排面鱼儿摆个尾巴落进底下装满凉水的盆里，沉了底儿；再抹几下，又次第坠入，扎个猛子进了水……可当我跑出门外，卖凉鱼儿的小贩已经没了影儿，只有扩音器里"凉鱼儿凉鱼儿"的声音远远地响在拐弯处。

哎，这人肯定是开三轮儿的，否则怎么跑得那么快，叫人撵也撵不上个尾巴呢。真是的！不晓得现代化的便利为他的生意到底帮了啥子忙呢？或者，是因为卖货的郎官儿心太急？或是媳妇做好了香喷喷的早饭在灶间等呢！

我有些扫兴地回到家。不禁想起每年我回娘家时那碗甑糕。卖甑糕的这位大叔每天用自行车载着一大锅热腾腾的甑糕，嗓门儿嘹亮地招呼着老顾客们，一喊，就不知道多少年！因为老家方言的原因，多少年来我一直以为我爱吃的东西叫"定糕"。早上七八点，"定——糕，定——糕～～"的叫卖声鲜明地回荡在乡村的土路上，比树梢上唱歌的雀鸟声还要悦耳几分。我以为，那声音喜气、带劲儿的就像过节一样——是的，嘴巴的节日就是最让人期待的喜庆！

甑糕用厚厚的蓝粗布褥子裹着，我端着洋瓷碗穿过长长的庭院呼哧呼哧跑到他跟前时，他眼神明亮地笑一下，露个白牙招呼我，"小丫头，你来了啊！"说着，一手接过瓷碗，一手揭开蓝褥子，操起铲子娴熟地在锅里活动起来。先是白色的糯米，他"噜噜"几下，薄薄的几片镜儿糕左七右八搭在了碗里，"多要些枣儿！"我往进探探脑袋，盯着锅里赶忙喊。他嗯一声，一大铲子平刮在最上头，满满一面儿蒸成了泥的红枣儿、葡萄干儿……我口水一热，正欲欢笑，谁知就在入碗前的一瞬铲子往锅沿儿一滑，送到碗里时，我使劲揉揉眼，枣儿还是变戏法一样溜掉了一小半。但这也是没办法的是，甑糕，枣子与米的比例大致多少大致也有个数，假如如了意吃多了，甜腻甜腻，怕是不过三两天不会再想吃第二顿。这么看来，"抠门儿"的货郎其实扣的是口舌的分毫。

口水都要流下来了，可惜一整个早上我都没听见甑糕的叫卖声，这是婆家不是爸妈家，不知道那位卖甑粥的叔叔如今还在没在做这样的甜蜜营生？"唐村醋，唐村醋……"此时屋外又传来货郎的亮嗓儿，一男一女，两口子一起出门做生意。婆婆又往外跑了一遭，拿个壶打了两斤醋回来。我怕质量不好，添太多工业醋精，就朝着娃儿爸爸小声嘟囔几下。他从妈妈手里接过醋壶，尝一口，"没问题，是咱这边醋的味道。"婆婆补充道，"唐村醋是咱这儿有名的，那个村儿专门有醋坊，就在你们渭南官邸那块……"

一下子不知该说什么，家乡的货郎卖的不只有自己辛苦重上的蔬菜瓜果、百货小吃，还有那一份乡土的放心。

货郎们大多只是应季的，卖些自家地里产出的新鲜蔬果，菜饭小食，油盐酱醋什么的。也有"专业"的货郎，在别处进些货，图个腿快嘴勤挣几个钱儿。夏热冬冷，农人们懒得出门或惧怕出门时，这些赶脚的货郎就是他们最欢迎的客人。还有些家用的必需小件，平素想不起来，等门外叫卖声喊起了，才忙赶出去采购了来，想着上次找不着了，颇是不便。

有些小贩实诚点，价格低廉，临了还给你的菜篮子里添上一两个，说是尝尝；有的货郎鬼大，秤杆子不提防往上抹一抹，秤砣就往后移上了几星儿；有的货郎嘴巴太能谝，说到你不买一点她的西瓜什么的你都不好意思走；有的货郎专打老顾客的主意，比如小时候那个卖冰棍儿的大叔，天天都要在我家门外桐树底下喊上半晌，直到我闻声捏两角钱跑过去……

记得爸爸也是做过货郎的。那些年家里穷苦，妈妈让爸爸出去过几回，但以爸爸不善言辞的木讷性格，前前后后也就只转悠过屈指可数的几回。印象最深的是那年卖西瓜。

那是我六岁时，那会儿我还住在爷爷几间厦子房的老屋，刚跟邻居大娘学会了织发带。爸爸在三帧地里种了瓜，我和小两岁的堂妹时不时结伴"跋涉"到瓜田，钻到瓜棚里，美其名曰"看瓜"。瓜熟时，爸爸开着新买不久的手扶拖拉机拉了圆滚滚的平平一车瓜，喜滋滋、满心期待地开了出去。傍晚回来，爸爸的白脖颈晒出了个黑红倒三角，我爬上车一看，瓜却没少多少。原来爸爸太讲究，想着大下午的村里人家都在午睡，不好意思叫卖。等勉强喊上几下凑上来几个人时，心善的爸爸又热情地招呼人尝。一个拳头砸下去，红红的瓜瓤咧了嘴笑，露出一粒粒黑牙。乡里人买东西照例是喜欢讲价的，这是习惯，人家磨上一两句，爸爸拉不下脸来就便宜卖了……回到家一算，换回的麦子似乎还不够本钱。爸爸索性请了村里人来家吃瓜，大家随便装点麦子送来，一车瓜也就解决完了。妈妈自然是笑不出来的，黑着脸，也不愿再说爸爸什么。那以后，我家似乎也没再种过瓜。

公公也是如此。如今的关山镇是全国有名的甜瓜之乡，我们在全国各地吃到的甜瓜相当一部分便是从这里运输过去的。人们产、销一条线，只要瓜丰收，售卖、运输这件事其实并不需过多操心。但多年以前并不是这样的。

据说公公一家是关山种瓜最早的那一小拨人。头脑活络的姨夫看准了大棚种甜瓜这个活路，叫了公公婆婆一起务瓜。瓜熟的很好，原本这是叫人高兴的事情，但公公一家却犯了愁。没有销售渠道，怎么办？没有车运输，怎么办？愁煞人！

婆婆让公公载着瓜走街串巷，公公是个浑身文艺气息浓厚的乡村艺人，实在抹不开脸，愣是不去。勉强受不了说载了两笼出去，自己却不好意思叫卖，生生在哪里的路上歇上半天，万幸有人来看了，实受价卖出一点；没人买了也并不着急，出去怎样回来又怎样的满载归来。婆婆急的火急火燎，这瓜熟蒂落，再不卖出全要腐烂在地。她一个身板瘦弱的女人家只得骑了自行车自己走街串巷地叫卖，但小水扑不灭大火，于一棚成熟的甜瓜而言并没有太多的帮助。我想象不出婆婆这样寡言、内秀的人当年是怎么在麦熟的大热天里驮着两笼甜瓜一家一家门口张望过去的，只听说最终的结果——婆婆一人扛几麻袋的甜瓜上上下下，跟着小姨姨夫的车，硬把瓜从关山载到了西安去卖。再后来关山的甜瓜火了，但婆婆只是感慨，也再没起意种过瓜。

叫声悠远，回忆更长。那一声声叫卖呀，跟鸟儿、知了和炽烈的日头争些短长——它那么悠长又那么带劲，那么清脆又那么悦耳，那是秦人黄土的质朴、厚实，是秦人秦腔的狂野、粗放……你听，此时又是谁在街巷里扯着嗓子？那定是秦人在唱秦地的生活。

年的回味

　　不能回老家过年，冷冷清清地在外呆着，便会越发怀念起家乡过年的热闹光景了。不时想着，妈妈定是像往年一样扫舍了、蒸花馍了、炸麻糖了、做甜饭了……每天都有每天的期盼和讲究。

　　回顾往年。除夕夜，一家人坐在茶几旁边看春晚边包饺子。包过饺子，看完春晚，时钟跨过旧年的十二点，爸爸和弟弟从前院响到后门的震天炮仗声就正式宣告了新岁的到来。每到这时，妈妈摸出早已包好的压岁钱郑重地塞进我们手里，尽管只是小小的十块、二十，但在我们这些孩子的心里，却分外沉重、温暖。

　　最喜庆的自然是大年初一。我们从头到脚换上新衣新鞋，不等早饭做熟，就踩着火红一地的炮仗花儿跑到爷爷奶奶家拜年去。回来的时候兜里满满的，揣着爷爷给的压岁钱，奶奶塞的糖果瓜子儿。手里也是满满的，左手页页麻糖，右手棍棍的，一路蹦一路往嘴里不停塞，乐乐呵呵。兜里的瓜子儿到家时已经洒掉小半，却多了两条小尾巴——堂弟。一进门，两个小家伙看见爸爸就乖巧地磕起头来，嘴里还说着电视上学来的讨喜的话，双手一伸——讨红包。待红包拿到，立马一溜烟没了影儿，飞到院门外和一群小子、丫头们摔炮去……

　　接下来便是串亲戚，提着几样儿礼和出门馍馍，一家一家走，一家一家唠，一家一家吃的嘴边油油，心里乐融融。有时候赶巧哪家亲戚的孩子完灯，那就加倍热闹、好玩了。完灯时主家敲锣打鼓，满屋宾客，流水席少则七八桌、多则十来桌，干果、鸡鱼轮番摆上，再来瓶陈年的西凤，好个盛大、喜庆。

这完灯的习俗在我们渭南地区最为流行。每个孩子从出生开始，外婆或舅舅家会在春节拜年之时送去灯笼、蜡烛和馍馍，一直送到十二周岁。不同地区具体所赠之物略有不同，但一定都有带来光明、祛除邪物的器具，以往是各种花灯和蜡烛，如今随着生活方式的变化，送手电的也越来越多。完灯这年家里会在正月十五之前选上一个好日子宴请亲戚。宴席盛大而隆重，它预示着送灯结束，意味着孩子从儿童时期跨入少年。从某种意义上说，完灯是继满月之后，我们关中地区孩子最重大的一次成长礼。有时候生活是需要一些仪式的，仪式感天然地蕴含着诚挚、敬重、祝福或信仰在里面，这是一种由外向内的洗礼。

慢慢地，年也到了尾声。老辈人说，过了正月十五这年就过完了。但就是这个正月十五元宵节，又将年的红火推向了新顶点。记得很小的时候，人们总在元宵节这天成群结队地奔向街道看社火表演。在锣鼓喧天与各种民乐声中，长长的社火队伍缓缓走来，有信子，高跷、龙船、花车、大头娃娃、锣鼓队……花花绿绿、喜气洋洋，像是节尾呈上来的最后一盘斑斓多样的糖果盘。不仅有好看的，一旁做生意的小贩们也是鼓足了劲儿吆喝，社火刚过，大人小孩子们便一股脑儿围向街旁，吃糖葫芦、吃甑糕、吃油糕、吃藕粉、吃甘蔗，吃透透亮亮又凉凉的关中凉粉……有一年我还真幸运地参加过一次元宵节的社火表演，画着厚厚的桃花妆，穿着水袖悠长戏服，心里美得不得了！不过踩着高跷中途一个腿儿松掉，只好被人背着赶队伍，实在丢人……

不急，好玩的还没有完。小孩们新年最后的盛典就要在月儿最圆最亮的元宵夜开始。吃罢元宵，一群孩子打着灯笼萤火虫一样在村子里四处转悠，比比谁的灯笼大，谁的灯笼漂亮。女孩子打着灯笼转圈起舞，调皮的小子们有时打闹起来，熄灭蜡烛或烧着灯笼的情况也偶有发生。这种时刻，孩子们立刻行动起来，帮着刚刚还翻脸的那个人点上蜡烛、扑灭火，免得回家挨妈妈一顿说去……

关于春节的回想是说完了，但那妙趣真是说不完。只要你细细回想，还能流出口水，笑出声来……

春节的习俗各地可能略有不同，但一模一样的是新年开启时人们心中无尽的欢欣与祝福。这些节日民俗让我们的"年"更加有味儿，也更加有情，它还是我们民族物质文明与非物质文明极其重要的组成部分，真真切切地向世界展示着中华民族的文化血脉，描绘着我们中国人的真正生活，它值得我们珍视与传承。

也许很多在外工作的人像我一样，因种种原因不能回家团圆，虽有遗憾，并无后悔，让我们一同举杯欢庆：哪怕人在家之外，但家与年，一直都在眼之中、心之内。

再见芯子

上一次看芯子的时候，我比自己的孩子要大一些。

耳畔的锣鼓声越来越响，人群里的笑声也由三两响连成了一片片。我挣开爷爷的手，以瘦小的身板挤穿眼前密不透风的人墙，歪站在最前面，向前张望：

来了，来了，"大头娃娃"们手拿穗子左甩右甩，左扭右扭，各种滑稽的动作配上大头上喜气又夸张的表情，逗得大人娃娃都哈哈大笑。那穗子往边上一扫，人群便在笑声中往后齐退两步，再一扫，一退，被看社火的人挤瘦的街道瞬间松敞了些许。

再看，踩高跷、走小跷的上前来了。踩高跷的巨人们大步子迈着，看着教人惊心又稳当——那脚底踩得木头棍子比我一米多点的个头还高吧。他们噔噔噔地跨过我的眼前，我却心猿意马，巴望着后面的小跷。终于，甩着水袖，着了雪白、粉红的桃花妆的男孩女孩，骄傲自信地挺胸走过。身上的戏服虽显宽大，但裹着青春的身体，托着俏丽的笑容，总觉美的像仙，又像谜。

那年头，走小跷是很多孩子做梦也盼望着能去做的事，我当然也不例外。小跷不像芯子，有更多体格、体力上的要求；小跷的"鞋底"也就二三十厘米，易学又不危险。最重要的是走起来飘飘的——美。好在，一两年后我终于实现了走小跷的梦想，参加了飞机城几十周年的庆典。

抬轿子的、走旱船的、锣鼓队、敲八仙鼓、扭秧歌的、舞狮子的，也一一走来。但最精彩的，还有这些节目共同烘托的那个主角——芯子。

你看，空中有一个蚌壳。你瞧，蚌壳里有一个小姑娘。

蚌壳里的姑娘两臂不停挥动，两扇金灿灿的蚌壳一开一合，一开一合，在太阳之下闪耀着七彩的光。小姑娘在半空中微笑着，化了浓妆的粉脸又羞又美，像从天上下凡的小仙子。我见她高高地悬在空中，一只小脚只踩着树枝样的东西，稳稳地站立着，斑斓的彩衣在正月十五的微风中轻轻浮动，好看的如同梦境……

我抱着自己的孩子赶到镇上新建的民俗村看芯子时，第一眼望见的，也是那个蚌壳姑娘——远去的背影。

去得晚了，社火队的表演都过去了一小半。妈妈抱着自己的孙女，我腰间的小凳上坐着我的姑娘。

宝宝还小，坐在我的胸前被密密匝匝的肢体挡的什么也看不见，但两只小腿踢腾的欢实，随着锣鼓对密密的鼓点上下摆动。小嘴里啊啊啊地尖叫着，兴奋异常。我只好两只臂膀环着她，身子一斜一侧地往前挤，好让这么一点大的小人儿也能看清楚故乡社火的样子。

刚窜出来，一台名叫《老有所乐》的芯子正对眼前。芯子在大卡车上，车慢行，两个中年男子在两旁高举红绸武装过的撑杆，护着最高处的红头发的小"老人"。那"老人"六七岁的样子，一头火红的卷发，独脚站在"儿子"举着的物件上。芯子在我头顶四五米处，着实看不清是个什么物件。小"老人"在顶上晃晃悠悠，连表情都僵在了风里。紧跟的那架芯子上的小演员却截然不同，她穿着一身粉色绣花的丝绸袄裙，披着火红嵌金的流苏披肩，回眸低目，看向路边的我们，嫣然一笑。

"呀，这个小姑娘好，还冲咱们做表情呢！"人群里浓浓的乡音辗转。眼前的蓝袍书生擎着一束怒放的白蔷薇，那笑靥俏丽的小姑娘就轻巧地踩在一朵花上。

小宝宝静静地仰着脑袋观望，眼眯眯地笑着，像是跟天上的小姐姐打招呼。那小脑袋里大概也在想着：上面的哥哥姐姐究竟是怎样站得那样高的呀？哈，小孩子哪里知道，芯子的精髓就是这高空平衡，而平衡的秘诀，就在那"看不见处"。关中芯子巧妙地将支撑物与花车上的花篮、树枝、扇子之类的道具结合在一处，悄悄掩饰，再将小演员的身体用绳子或带子紧紧固定钢棍上。芯子"抬"起之后，再由人从旁边以长杆搀扶。就这样，小演员们才高高地、花枝招展地站在芯子上，明眸流转、长袖轻舞，美的那样飘逸奇巧。

两架芯子之间总有别的社火表演前来过渡、热场，八仙鼓、花轿、划旱船……这些更"接地气"、更热闹的，恰是小宝宝们最喜欢的乐事。

花轿前的丑媒婆时而扭着老腰，与八抬大轿的轿夫挑逗打趣，亲脸、揽腰、挠痒痒；时而咂一口烟袋，喷一口白烟，挤眉弄眼猫身走到观众近前，呆呆傻傻逗你笑，等你拍照。

划旱船的还是姑姑大队上当年的阵容，船似乎还是旧船，演的花式也多是传承，精彩如旧。只是十几二十年过去了，姑姑坐在船队前的芯子车里朝我招手，而婶婶也不再把桨，抱着孙女和我一同站进了人群里。

最叫人眼前一亮的却是曾经最不起眼的扭秧歌。没了腰间的大红绸子，大妈们在两前一后的传统步法里玩出了新花样，一会儿变一个队形，一会儿舞出一个新花样……可惜我的位置只能从背后观望，抱着孩子在粽子一样的人群里看不分明。心想就这样算了吧，不就是个人人都会的扭秧歌！然而人群里的掌声和议论声却不停撩拨着我的心，生怕小宝宝错过了哪样从未见过的精彩，决定突围。左突右钻，好不容易挤进秧歌队的最前方。瞧，粉衣衫、黄围巾、红红绿绿的头上花环，以及厚厚的粉底与腮红下，笑的春花烂漫的天然笑容……一声"变"，七彩粉扇瞬间变幻化出一个"梦"——中国梦。

芯子一架架驶过，锣鼓、唢呐声也渐渐淡、远。

我拉着爷爷跑向街边的小摊，吃凉粉、吃油糕、吃甘蔗……

我抱着自己的孩子，逛古镇，看辘轳、看马槽、看旧年的蓝花花门帘……

再见芯子，转眼已是十多年。

不禁感慨：有的东西多了，有的东西少了。但庆幸，芯子还在！有故乡，有芯子，记忆里年的颜色、味道与气味，就永远在。

一场火，灼痛了谁

心里太不平静。

总觉得有个生锈的铁塞子堵在心上，却怎么拔也拔不出来，愤怒、憋闷，担忧又无奈，一时间头脑只是乱。

带孩子去外婆家，外婆躺在床上休息——大清早的躺床上休息是极罕见的事情，除了身体大不适，一般你不可能发现她大白天卧床。但我当时只顾着看孩子，放东西，并没有注意到这一点。妈妈起身抱她的外孙，逗逗，又端了盆子给我们洗水果。前前后后忙着，说笑着。我并没有注意到她笑容里隐藏的内容，那是，忧愁……

不一会儿，弟妹从外面回来，放了两大袋食物在桌上。有几个肉夹馍从蓝色的塑料袋里探出头来，要不是我刚吃过早饭，那油香油香的样子肯定忍不住摸出一个大吃大嚼一阵。弟弟忽然叫我出去，悄声提醒我让妈吃点东西，从昨晚到现在妈一点东西都没吃……我脱口而出，"你是不是又跟妈拌嘴，把她气着了？"弟弟是个倔驴，常为点鸡毛蒜皮就跟妈妈顶嘴，为这事我在北京也没少操心。

"才不是呢！"他甩了甩手奇奇怪怪地笑了，嘴巴歪着，"你问问妈，你问问妈是咋了。"我立刻进了门，一面催妈妈吃东西一面询问缘由。妈妈推说没事，好着呢，只是不饿……又经不住我缠问，斜脸往窗外看着，清清淡淡地说："咱家大渠那边的五亩玉米地被烧了……"

"什么？你说什么？"我一下子从板凳上弹起来，如同被同样的烈火烧灼。"怎么烧的？怎么会烧了啊！"妈妈低下头，满是皱纹又松垮浮胀的眼皮耷了下去，好一会儿，才抬眼看看我，愤愤说："昨天下午不知是哪个狗日的在地里点麦茬，把咱的地全烧完了！全烧完了，左右两家的地才烧了半亩，就咱的全烧了……"妈妈越说越激愤，那火焰，分明还在心中风长。

"报警了没有？"孩子爸爸插嘴道。

"报了。报了警更生气！什么警察局，来了就给自己开脱，说什么虽然穿了这身衣服，但查起来实在不好查……我一下子火了，又哭又骂，说老百姓活命的庄稼全毁了，你们要敢不查我天天到乡里闹去……才说帮查……哎，谁知道呢……"妈妈的神色越发黯然。家里的地没有保险，就算政府能给赔偿，一亩地顶多赔个两百多，又能算个啥？再说了，也不图那几个钱，主要是……妈妈把话咽了回去，不说了。

我的母亲是一个非常硬气的女人，能吃苦，能吵架，一点没有女人家丝毫的娇气。在我记忆里妈妈这半辈子从来没穿过裙子，一直是干练的短发，干练的衣裤，一年四季。爸爸常年外出送水，地里、家里，农活、家务活，大多是妈妈一人操劳，村里人都喊妈妈黑牡丹，一是损她为人太厉害，二来也是对妈妈里外能干，能言语，能弯腰苦干的一种褒奖。母亲给外孙找出两件凉快点的衣裙，递给我，我又看见那胳膊、那手，风雨阳光之下早早粗糙成了老树的模样。

"您吃呀！"我放下东西，又催她。"吃了呀，吃了的。谁说没有吃……"妈妈也不看我，走到一旁忙自己的事。"行了，您别骗人了，我都知道。"她笑了笑，没说什么，又接起刚才的话题絮絮地说起来。

"五亩地呢，先不说打多少粮食，人家的地都没烧就只把咱的烧完了，这让人知道了多晦气。丢人的很！别人还以为我们怎么了呢！"她叹口气，看了眼桌上的肉夹馍，转头又出去为我们准备下午饭去了。

记得没出嫁的时候，每年暑假回来妈妈都让我列个清单，把爱吃的——做个遍，等吃完了，也就该返程了。安心和姐姐将一大袋玩具骨碌碌地全倒进水盆里，一大一小两个人蹲在脸盆边上捞着又往里扔着，时不时大的还从小的手里硬拽玩具，我见小人儿也没有哭，两人还算和平共处，虽说一屁股坐在满是泥水的地上，纸尿裤上的黑水滴答坠落，但分毫不影响两人对这新"游戏"的酷爱。我放下心来，到后面去帮妈妈做饭。

妈妈正蹲在地上，将手里剥好的大蒜一瓣一瓣往瓷碗里丢。那半大的碗里丢了一底儿，妈妈还在埋头剥。我问做什么饭呀，"做蒸饺，你不是最爱吃嘛。"妈妈笑着说。可是做蒸饺要和面，做馅儿，擀皮儿，老家四十度的气温，厨房里又连个风扇都没有，如何做！我当即拒绝了。"不热！一会儿就好。"说着，她端着蒜碗进了蒸笼一样的厨房。厨房因为常年烧柴的缘故，已经落上了一层烟熏的黑，一盏橘色的小灯泡挂在正中，若有若无地亮着，屋外的逼人的阳光聚在门窗那面排成一条队，小屋里却愈显的黑。

妈妈叫我出厨房，说是一个人热就够了，用不上我。我还想说什么，张了张口却一个字也没说出来。这些年妈妈这样照顾我们一家人已经习惯了，哪舍得孩子多吃一点苦呢，热，就自己受着，苦，就自己憋着。刚才说话时提到爸爸戒了烟也才轻描淡写地告诉我，二月里爸爸肺出了毛病，一直咳嗽，输了几个星期液才好。我再追问肺怎么了，却又没下文了……这大热天做饭，我回想了下，似乎十多年里，我确乎没有帮过任何忙。以前不觉得什么，如今自己当了母亲了，才懂得做孩子的，除了接受，好歹也该为母亲分担些，无论多寡。

妈妈脖子上搭个毛巾，双手麻利地在案板上揉面。她揉面的手极快，力度又大，霎时，案板上咚咚的闷响震动了厨房，连额头上的汗都震的一粒粒往下滚豆子。我又近前，拉过毛巾一角给她擦，妈妈却说没事，硬是嫌弃我的"干扰"，将我赶出厨房。

整整两个钟头，蒸饺，蒸油膜，蒸红薯，两盘炒菜，一盆饸饹，绿豆汤……一份一份端进了空调房里，香气满满、热气腾腾。我喂完孩子，自己又狼吞虎咽地蘸着汁水一口一个蒸饺。那是我最爱吃的啊，笋瓜、韭菜、粉条加肉末的馅儿，皮儿透薄又不破，蘸水里的蒜泥裹着油，吃的人也满嘴流油。我一瞥妈妈，坐在沙发上又不动了。

"您吃呀！"我扬起筷子磕磕碗。

"我喝了一碗绿豆汤了。"

"吃蒸饺啊，多好吃！"我有些急了，"事情已经这样了，要想开点，饭还是得吃的！身体要紧！"妈妈的性子我是懂的，要不说通，她不知会这样撑多久。

"我不是不想吃，昨天下午从一点到四点都在地里，估计是晒着了，吃不下……"

"在地里那么长时间干吗？"

"扑火啊，很多人一起扑，扑了几个钟头才扑灭！"

我不说话了，只把蒸饺往妈妈碗里放了两个，她又叹了两声气，拿筷子木木地夹起一个，放进嘴里干嚼起来……

秦岭脚下清冽的河水自石头上、脚丫上凉丝丝的滑过，山风习习，宛转的鸟鸣流淌在疯长的山花山树间，但忆起前一天的事，我的心忽又跌进了冰冷的水底。想到那五亩烧光的玉米苗，大概已经有一两寸长了吧，不知是全成了灰烬还是烧成了炭似的遗骸，在无边无际地热浪里冷森森地唱着悲歌……

我不解，到底是什么样的人不顾法规要求，不顾干渴的庄稼，不顾财产安全，不顾他人感受地点燃第一丛麦茬，或无聊，或有意，酿成一场毁灭性的大火。不，准确地说，是酿成火灾！这火对辛苦播种、施肥的几户农家来说，不就是一场人为的灾祸？说是因为风才火起，但与风究竟有什么关系，如果没有点燃第一点星火！人呀，"勿以恶小而为之"！

　　不知道妈妈好好吃饭了没有，不敢问；不知道纵火的人查出来没有，不敢想；不知道此时还能补种什么庄稼，我一直读书，早成了另一种"没文化"的人，不敢建议……但我坚信，总会有正义的光照在善良、勤劳者的身上，让寻常的我们，始终有希望。

看病记

凌晨一点，我还在高速上，回家。

公公的腰替我们看孩子时扭伤了，一开始只是些微有点痛，公公想着躺躺就跟往常一样扛过去了。谁知这一躺就卧床不起了，整整三天，公公除了吃饭就再没离开过床。可情况并未好转，反而更让人忧心，在躺了几天之后，公公的腰痛不但不见减轻，连睡着都觉得疼痛难忍了。

我坐立不安了。孩子爸爸出差在外，我又不会开车，只得请了他的一位朋友连夜载着我们去医院看急诊。公公说，早上他打了个喷嚏，整个腰仿佛要从中间断开了一样，疼的实在是受不住。公公的腰有旧疾，几十年了基本上每次反复只要歇上几天就好，谁知道这次这么难受，他连从床上坐起来都要用胳膊倚着床，另一手扶着柜子一厘米一厘米慢慢地撑起来。我远远瞅着他，仰头闭紧眼睛，咬着牙微微发抖，真像受刑！

真是为难老人了，吃饭时坐十分钟都觉勉强的公公在医院一直坐着等了两个钟头，每次回头看他时，他分明在咬着牙关；实在受不住了，悠长地"哎"一声，狠吸口凉气。近夜里十二点时，默默用手拄着后腰，闭了眼靠在急诊室的板凳上。

看到这种情景，我脑子里全是妈妈当年得了腰椎间盘突出的画面。妈妈是个倔强的人，在前二十三年里，我从没见过她掉一滴泪。但那时她趴着诊所的窄床上，用毛巾捂着脸，嘤嘤地忍着哭。那年我大学刚毕业，原本准备在昆明找份兼职，多逗留一两个月再回家。妈妈这一病，我就立即卷了铺盖回老家，陪她一起住进了泾阳县城一家治疗这种病方圆百里颇有声誉的诊所。

那是一家私人诊所，病人就住在医生的家里。医生诊病的手法是传统的"扳"，用现在时髦的说法应该就叫牵引法吧。听说这位看着肥头大耳的医生手艺是一代代传承下来的，可惜他只生了个女儿，按照传男不传女的规定，这门手艺大概是要失传了。

每天最重要的工作就是扶着妈妈从住的新屋去另一个老院子治病。早晨无论什么时间到，病人和家属照例围着诊病的木板床站了大半圈。细瞧去，大都是些熟悉的面孔，相互笑笑，匆匆询问下彼此的康复状况就又屏住呼吸欣赏起大夫的"手艺"来。新来的病人趴好，大夫往脊椎上摸几下，就开始播报，你的脊椎那个位置哪几环间隙过紧，你的脊椎那个位置脱出了，哪个位置……一口气说完，跟患者手里他还没动过的 X 光片结果几乎一模一样。围在一旁的患者和家属无不点头叹服。

这位医生有个奇怪的规定，他不允许病人把之前做过的现代化的检查结果拿给他，相比之下，他更相信的是自己的手。假如有人不知道递了上去，他总要负气地瞪一眼，嘴里念叨着，"你要不相信我的手，就不用让我看……"

诊断完后，最惨烈的画面就上演了。只见他单手或两手按着病人背部、屁股、尾椎的不同位置，力度各有不同；或是直接上了胳膊拐子在腰上使了狠劲摁，左一下，右一下，躺在床上的人就开始"嗷嗷"叫，杀猪一样惨烈。最"好看"的，是一手扯住肩膀斜扳过来，一手摁在腰间把人钉在那板上不放开……

妈妈的治疗差不多也是这样。我看不大懂，只记得医生很厉害，简单摸几下后，做出的诊断跟我们在市里人民医院做的检查结果一模一样。每次"扳"完，我扶着妈妈再从诊病的老屋走回自己住着的"病房"，两屋中间只有五十米左右的一个小巷道，但我们走走停停，总要披了一身臭汗磨很久：妈妈是疼的冒虚汗，三两步就得停下大喘气，我扶着她的胳肢窝，咬牙往上提起，防止她走不稳摔倒或再趔了腰，走到床边扶着她慢慢躺下，一松手，浑身也因用力过大要散架了一般，胳膊酸软无力，鼻子尖上沁出细密的汗。

安置好妈妈，帮她调整好躺的位置，我一天的第二个工作——买菜做饭就该提上日程了。

妈妈住的地方是间民房，从砖头和大梁上红布的色泽上看，大概只新盖了两三年。平房大门一进来是个宽敞的客厅。但那时摆了好几个案板、两个炉灶，各家厨具，以及几张半新不旧的高背木头椅子。看起来虽不显局促，但也不再敞亮。房里有三个大约二十来平米的房间，每间放三四张单人病床，白天供病人躺着，晚上家属也挤在这一张床上，头挨脚的顶头睡着，将将睡去。

临床病人的家属是位四十来岁的阿姨，白净体面，话不多，但见人常带笑。每天从市场买菜回来，我就到大厅厨房瞅准没人的时机赶快动手。我会做的不过是些拍黄瓜、蒸茄子、炒西红柿、余豇豆、蕃茄炒鸡蛋之类最简便不过的家常菜，中午煮了白米粥拌着一两个菜，下午做些煮面条、烩麻食、棍棍面、碎面这样的寻常面食，做起来又快又好吃。妈妈因为病痛，对我的厨艺睁一只眼闭一只眼，不像以前那样挑三拣四或是怒目相对，可以说，那段时日算是我自八岁会做饭以来过的最惬意的时候了。

"刺啦"一声，土豆丝刚倒进烧煎的油里，旁边的阿姨扭头就说，"哎呦，姑娘，土豆丝可不是这样炒的。"我不解，一边用铲子来回翻炒，一边等她接下来的教诲。在那年最困窘的时候，我却知道了炒土豆丝的诀窍：油煎了先倒进蕃茄，炒出汁水来再放土豆丝，这样土豆丝就可以保持脆嫩又入味……

我们这一个房间里大约有十几家的病人住在一处，"厨房"设在客厅内，人多，厨具又有限，所以每到做饭的点大家总要占据有利时间、位置，否则就得多饿会儿肚子。但假如出门抱着蔬菜相遇，却又都笑盈盈地拍拍盆子让他人先做，说是自家上一顿吃的晚，还不是很饿……

有时回忆起来竟觉得那段时间是我真正与锅碗瓢盆平静相处的时候，因为照顾卧病在床的妈妈，做饭做菜用心也就更多，慢慢也不像以往那般讨厌下厨，反而为自己能为妈妈做上还不太难吃的饭菜而开心、满足。

早晨七点多，对于我，雷打不动的工序是到街道西头买当天要吃的蔬菜、馒头或压好的面条，买完沿着那条有着百年历史的寺庙边上往南街走去，给妈妈买早餐：包子、油条、豆腐脑……间隔着插花买，图个口上新鲜。回来时妈妈大多已经醒了，躺着，紧蹙眉头嘶嘶地吸凉气，不言语。

有天旁边病床的阿姨扶着他男人回家了，中途又搬进来几个新人，其中有一个竟是我们大队上的乡亲。进来的人个个双手拄着腰，猫着身子走或直挺着僵硬地走。有人戴着别处买来的护腰，黑色或褐色的，硬挺挺，远看像是裹了一圈钢板。但只一躺下，时光就单调了，大抵都是长久躺着，只在傍晚太阳下去那阵被家人扶着在门外街道上走动走动，免得躺太久肌肉萎缩更不利于恢复。每到那时，诊所外面二三十米左右长的一条街上满是出来锻炼顺带放风的病人，有的已经可以独立走上一会再停下来歇歇，有的被家人扶着胳肢窝站着，走两步，歇一小会，再走几步。

到了大概第十五天的时候，医生例诊完吩咐我可以收拾铺盖回家了，现在虽然还是疼，不能多走路，但腰上突出的脊椎环节已经恢复得差不多了，回家慢慢静养。那年下第一场雪时，妈妈的腰腿恢复得已经差不多了，我才从弟弟那里得知，妈妈这要命的病是外面做活扛西瓜袋子落下的……爸爸说那阵农闲无事可做，妈妈非张罗着要去外地人包了的西瓜田里干活去，钱嘛，不挣白不挣。爸爸劝她在家好好待着做饭、看家，她嘴里应着，等爸爸出去做活时她还是偷偷跑要出去扛西瓜……

哎，忙了半辈子，真要闲下来父母这代人着实坐不住，仿佛不让她干干农活动弹动弹，她就会怀疑起自己存在的价值来。一袋子西瓜六七十斤，妈妈年轻时常扛百十斤的麦子，但现在不比早年，年岁长了，腰腿的退行性问题不可避免，背那一袋子西瓜可真跟背了一座大山似的，如何扛得住呢！

每次打电话问询，妈妈总气鼓鼓地强调腰已经好了，好了，你咋不盼我个好儿！事实上我们心知肚明，要恢复到原先健康的状态基本是不可能了。活干得稍多一些，路走得长一点了，腰腿就会承受不住。前年夏天妈妈来北京看我，在故宫侧面的出口瞪圆了眼睛朝我吼怒吼："你要以后再让我出来旅游，我一辈子都不来北京了！"我知道那话说得有多重，她身上的病痛就有多痛。

妈妈好些了，公公的腰却是因为帮忙带孩子不慎扭伤。在那家全市有名的医院，我恳求医生先给治治缓解一下要命的腰痛，医生却并不动容，只说这是基本症状，只能休息缓解，真正的治疗还得在做完所有检查得出定论后挂个专家号再定夺……急诊时先拍了个 X 光，又补个 CT，第二天又遵医嘱到一家普通医院拍了核磁共振。果然，腰椎几环都有膨出、错位的问题。

"那怎么治呢？医生。"我问。

"目前最好的方法，是手术治疗……"医生淡淡地答道。

我不禁又感念起多年前那个动动手就能确诊的"江湖医生"了。不知道他的那门"手艺"最后传下去了没有？

"生"的二分之一

我爸妈有两个终身事业：一是养育儿女，一是盖房。这两者都是他们最挂心，且付出一生心力与激情的伟大事件。

近两年我们姐弟俩成了家，生活也基本稳定了下来。爸妈的生活重心就完全转到他们人生的另二分之一上——盖房。

上周末我给妈妈打电话，妈妈说着却有些忧愁起来："哎呀，这一个月来三天两头总下雨，本来打算这两天先把前面的老房拆了，等到把麦子一种就能请人盖房了。谁知道这雨下的，哎……"

妈妈近两年一直张罗着要盖房。和我家紧挨着的有六户，除了最东边那家随孩子迁到城里之外，其余几家陆陆续续全盖起了新洋房。"哎呀，你邻居婶婶新盖的两层楼房都住进去了，那地基还那么高，比的咱家都没法看了……""东边姨家从前院盖到后院，前面一座大敞间，中间一排平房，后面还有几百平的两层楼，还有地下室，前前后后盖了三十多米长……"这两年无论我回家还是电话里，妈妈偶尔念叨的总是这些话。

我说房子怎样没那么重要，盖那么阔气住不了几间完全没啥意义。我妈大喝一声："胡说！房子是脸面，不说比人家盖的都阔，好歹宽敞、气派，出去说个话胸膛都能挺起来。"

是呀，一辈子辛劳干活，不就是为这个梦想嘛：扬眉吐气、挺起胸膛。儿女不能为父母扬名，更没有给予太多物质基础，老两口儿如今肚里鼓鼓的一口气儿就为着盖房了。每每妈妈描绘盖房的蓝图，那张黑得发亮、刻满皱纹的脸庞似乎都年轻了好几岁，神采奕奕。

其实说起来，家里的经济基础在老实巴交的一辈辈农人里并不算弱。爸爸常年送水，辛苦异常，收入平均下来倒还算可以。妈妈是个闲不住的人，虽然腰腿不好，但从来不知休息，不喊苦，牙咬下来硬生生咽进肚里。你劝她别去帮人摘瓜、挑菜、卸苹果，那几个钱咱不缺，犯不着……她说啥活儿也不干不就成废人了嘛！反倒愤愤不平。没办法，说不动，七八月的大太阳顶着，爸爸送水送到两三点，妈妈还在葡萄架下帮人家干农活！

"要争气，怕苦怕累能弄成啥，自己不苦一点，鸟儿给你从天上下鸟屎吃啊！"我时常想到妈妈这句话，就会笑到眼睛酸出水来。父母是吃过苦的人，犹知道"争气"的写实涵义——它的起点，就是盖房！"谁都不要小看咱。"

我家的第一座"房"是村里的饲养室。饲养室空出了几间厦子房，爸爸和村里其他两个叔伯一人收拾了一间，暂且住下来。爸爸是老大，娶了亲就要从"大家"里挪出来，但那时家里太穷，爷爷还没钱给小两口盖新房。六岁，妈妈给我缝个小书包，答应我跟在大孩子屁股后上学时，我们还住在那里。虽是"寄人篱下"，但孩子的世界却简单得多，如今想来，我只记得随了哥哥姐姐在大桐树底下抓迷藏，那样的快乐似乎从未真实的存在过，只有桐花淡紫色的香气还袅袅娜娜，飘过来散过去，始终是童年时香甜的记忆。

大概在我七岁时，我们终于住进了新房。新房青砖、灰瓦，有一根不大粗壮却看着异常坚挺的房梁，是陕西关中人俗称的那种拱拱房。那匹上梁时挂上的红布多少年来始终骄傲地仰首昂视，哪怕一天天在灶膛之上落了灰，褪了色，依然红火地向世人宣告：立起来了，立起来了！那年，我的父母三十岁。

　　新房长约十米，宽五米。房内东面是卧室，现在看来虽不大，但那时却要比饲养室的厦子房不知富余几许。推开只刷了层黄漆的新木门，正对的一面立着妈妈的嫁妆——枣红大立柜。北面是火炕，又宽又大，炕头整齐地摆着妈妈出嫁时装喜被的红漆箱子，因为擦得勤快，似乎还是当年贴着红喜字的喜庆模样。坐在炕上往下看，红砖铺成的地面上还有扫不净的土渣渣，正中摆着爸爸亲手制作的方桌，几把椅子。那时爸爸还是方圆十几里有名的木匠，手艺不错，但留给自家的作品大概也就这套桌椅和我学步时的那辆小推车了……再往前是个矮衣柜，别无其他。卧室外面是锅灶，案板挨门摆在左面。西面、南面放几口装麦子、玉米的大缸、洋石灰柜，以备农用。

　　这就是爸妈第一座真正意义上的"房"。五六年后，爸爸送水的生意越做越有起色，爸妈的第二座房子也随着除夕夜压过炮仗归家的车轮——盖起来了。

　　好生气派！

　　你从村西头或村北边路上经过，看见的最打眼的那一排房屋就是我家了。爸爸垫高地基，将庄子扩长了十几、二十米。从老房向后数，紧挨老房，原本是牲口间的位置盖了背西面东两间平房；再往北，歇在大拱拱房边上的是间独立厨房，十多年来，我们唯一一间专用的，且和正房一样镶着红漆门窗的厨房，真正意义上的厨房；厨房之后，高出老房半米的地基又窜个猛子，坐落着更高、更宽敞的拱拱房。上梁的那个冬天我读六年级，红布搭上去，几串长鞭噼里啪啦响了将近十分钟。我捂着耳朵退出门外，红红的炮仗皮在灰白的烟雾蹦蹦跳跳，我的视线却随青烟升上去——头顶那根房梁，那么粗，那么圆，那么直！

　　这座最阔气的新屋后来成了我的居所。爸爸请人装了落地窗帘，铺了地砖，还到镇上专程买了个工厂里出来的，床头上雕着花儿的大席梦思床。住进去那一晚，我一个乡里娃娃恍恍惚惚，仿佛梦中城里人的生活也不过就这样。

我上了大学，弟弟住进去。等弟弟结婚，那房间再一装修，又成了婚房。然而父母始终住在最前面的老房里。夏天热到没法忍受的时候，他们才从那房子出来，在后面大房的客厅里铺个凉席，或是一家人一起上到平房顶上，吹风，聊天，看星星……我从来不认识几个星座或星星的名字，但无数个夏夜酣眠之后，夜空和星星总是我幻想中天堂的模样。那么美丽，那么辽阔，又那般寂静……好似在星天之下，凡俗的苦乐都归于眼中的明亮，胸中的喜悦。

老房子真的老了。火炕靠着的三面墙白灰片片剥落，天天扫也扫不干净。挂着新画儿的老墙上，白漆也斑驳的厉害，这一片，那一片，在岁月和尘埃的里模糊成黑、白、灰相间的大花脸。地砖倒是和泥土融成了同一种颜色，看不见新渣土，但原本采光极好的屋子整个地窝在另一座高楼旁边，局促地畏手畏脚。

"你看，你看，人家那地基比我们高了半米多，这房再不盖实在是没法住了……"妈妈又开始念叨。我了解那一份心，嗯了一声，又想起多年前妈妈为了地基问题和邻家婶婶干过的那些杖……

我已过而立，弟弟的孩子也蹦蹦跳跳进了幼儿园。爸妈在老房里住了二十年之后，小钱大钱地攒了多年之后，终于，强劲的热情再度涨起，势如潮涨。妈妈狂热地规划着，里里外外张罗起来，要做预算，要拆旧屋，要定日子，要设计新样式……看起来，这才更像她为之痴迷的事业。爸爸忠厚老实，不善言语，但拖拉机上那个劳作的背影，始终笃定。

听闻家乡秋雨连绵，雨下得沉沉，想必妈妈的脸色也是沉沉。然而心里的喜悦总是雨后高天的骄阳，热烈、盛大而无可隐藏。雨天就快要过去了吧！"轰隆""轰隆""轰隆"……有什么声音在我脑海中一声声劈裂，如阵阵春雷。承载二十年记忆的老房终将奉献完半生安稳，倒下去，让另一个更宏大的愿景，更伟大的事业，再从这黄土地上立起来，响亮起来！

"种了麦子，就盖。"妈妈的话又在我耳畔回荡。我想，等新一茬麦子播了种，农人经营了半生、期待了半生的新居所也将一块块砖石，一桶桶泥水地蓬勃生长起来，越来越高，越来越宽敞，越来越坚固，越来越洋气，就如农人眼中——幸福生活的模样！

婆婆的怪癖

　　婆婆就像一盘菜，不同的舌头尝出不一样的滋味来。有说辣，有说酸，有说苦，少说甜。而我的婆婆，独占一味"咸"，是盘其貌平平其味浓浓的小咸菜。人常道，"人无癖不可与交"，我那时常挽着袖口和裤腿的婆婆却可算是眉目清平、癖好鲜明。

　　婆婆瘦，婆婆的瘦是一种身心怪癖的后遗症。"我不饿""我不爱吃""我吃不完""你们先吃"……这些话天天循环播放，构成了婆婆餐桌印象的自选关键词。

　　民以食为天，婆婆却是"异类"。婆婆做饭永远少做她那一份，譬如，鸡蛋少蒸一个。盛饭永远少盛她那一碗，譬如，饺子只舀三五个。吃完永远是最后一个，因为，她定要吃光所有收拾停当。

　　每逢吃饭，我那怪脾性不计较长幼的婆婆便自己一人悄没声坐在最边上，拿起一个白馒头，慢条斯理又聚精会神的啃。

　　"妈，你坐里面，别坐那么远。"她儿子说。

　　"你坐你坐，我不爱坐。"

　　"妈你吃菜呀！"我催促。婆婆往嘴里塞着新掰下来的一小块馒头，头也不抬地回"吃着呢，吃着呢。"吃什么呀，明明从开吃到现在大半盘菜都进了我的嘴里，她压根还没开始正式动筷子。

　　这样的对白重复过无数次，结果依然一样。等我们都吃差不多了她才渐渐有了食欲，嘴里还叨叨，"本来我也不吃，剩下倒了多可惜。"

　　婆婆的最爱，一块白馒头，一碟油泼辣子。但凡好吃的她都不爱，不爱吃鸡蛋，不爱吃肉，不吃饺子，不喝牛奶……于她，世上最美的滋味就是白馒头。你说怪不怪！你怎么苦口婆心讲饮食多样性，讲搭配，讲营养和美味，她只一句挡着———"我不喜欢"。除非你说，你再不吃就放坏了，或说，你要不吃我就扔掉。有时气得人放狠话："妈，你吃，咱们不缺吃饭的钱！怎么像我们虐待你似的。"婆婆还是坚若磐石顽如草韧，"不是舍不得，就是不爱吃。"教人愤愤无语。

你出门购物问她要吃什么，她说不吃，偏得你回来摆到她跟前塞进她手里。我说您呀，就是得让人像小孩子一样"伺候"着才吃啊。心想，真是旧时的苦日子过惯了，半辈子贫穷生活养了一个不吃肉的胃！恍然明朗，吃什么其实只是一种身体和心理的惯性而已。

别说好吃的不爱吃，难吃的就更不爱吃了，像是药。婆婆热心肠给隔壁邻居送菜，雨天路滑摔跤扭了腰，躺在床上两三天不能动弹都不去看病不吃药。你说是怕看病麻烦吧，烫伤了家里有药也不抹，硬生生看着创口破溃，教人看的心悸。我有时打趣，您是在享受病痛吧。笑而不语。

其实呢，"吃"与"不吃"还都是小菜，婆婆最大的癖好还是那红光闪闪的钞票，骨子里的"爱财如命"。

我心血来潮要写篇与家乡有关的文字发出去，"写那个文章能挣多少钱？"啪，一盆凉水泼过来，说的人一下子没了兴致。写小宝的文字在别的公众号上阅读量几万，好评诸多，我兴奋不已，跟婆婆絮叨。"那个发了给钱吗？"得，又来了。我说某某的男朋友是作家啊，真好！婆婆热乎乎地凑上来，右眼一挤，嘴往前一撮，"挣钱多吗？"我……

怎么分分钟都不在一个频道呢？

不过话说回来，婆婆说这些话的时候眼睛里并没有金光闪闪，她在一切事物都以"又花了多少钱"为起始句的对话里，更多流露的其实只是她的俭省。而这俭省，简直已经发展成了一项光辉卓绝的事业。

这半年几次为婆婆花几百大洋买的衣服一句没落着好，倒被唠叨了很久"花这么多钱干什么！"听的人恨不能当个恶媳妇，一毛不拔。夏天热的汗气蒸腾，裤子从中裤一路缩短，还是喊热不迭。但婆婆长裤依然，只是从膝上挽起，天天如此。不用问，婆婆肯定会说我就爱挽裤子。我连日琢磨终于悟得，挽了裤腿长裤变短四季都能穿啊！简直就是天才啊，好会过日子的主！

有段时间我看那些"断舍离""极简主义"之类的文字久了，决心自己实践一番。抬出大箱子，打开大衣柜，一件一件眼都不眨地开始清理。顷刻扔了几堆在旁边，一些送了婆婆，一些给了小姑，剩了些谁也穿不了的随手扔在垃圾桶旁，准备丢掉，谁想一会儿就不见了踪影，也没放在心上。有天需要找些纯棉布料给孩子做枕套时苦寻不得，婆婆转身拿出一大片好料子，黑白条纹，半新不旧，好生眼熟！婆婆笑，"你穿不上要丢掉的那个衬衫我见布料挺好就收起来了，裁开做布使。往年做鞋子的时候还专门买黑白条的布包鞋边呢，这下不愁了……"

我这婆婆呀，还真是又智慧又会省，那俭省简直可以当作教育我这类败家媳妇的范本。婆婆跟我们在外吃饭，没看菜单要了碗34元的过桥米线，愣是唠叨了好几天，"我哪知道一碗几块钱的米线卖得那么贵，早知道白送都不要"；买菜少找了两元，婆婆进进出出掐算，末了倒出所有零钱分分角角清点清楚，又将所有账目拿只铅笔在纸上清算一遍，和手里的余款依然对不上，是下去找他们还是不找呢？犹豫半响；婆婆伺候月子做饭切破了手指头，一个防水创可贴次次被她用完收起，生生是用了好几天，儿子放在她眼前的一整包动都不动……

这样的案例说起来如数家珍，怎么说也说不完。

有时候我实在忍不住开导她几句，人活着就是要享受生活，那么省钱干什么。近来新晋文学中年的婆婆引经据典"贾平凹说，大钱要赚，小钱也要省……"我疑心，贾平凹真的说过这话？

不说了不说了，婆婆催我给娃盖好了。只说最后一句，婆婆这盘小咸菜啊，简单、平凡、味美，离不了。

村中岁月长

村子里没有多余的人或事物，除了时光，除了静。

我坐在村人给搬出来的小板凳上，看孩子，看孩子们挖沙子，堆积木。小男孩儿铲子下来止咳糖浆瓶里的沙子就冒出了尖儿，他吸溜吸溜鼻涕，拿只小黑手抹一抹，使劲往上盖盖子。两个小女孩一声不吭，各自摆弄着手里的积木，有五颜六色的木块的，有拼接的塑料长条的，还有一种我头一次见过的小圆球，像脑神经的树突似的，一节一节牵连不断……和沙土同样颜色的小手慢腾腾的拼着，摆着，像在思考，又像是种享受，酡红的有些皲的侧脸上似是挂着满足的笑，浅浅淡淡。

我的小姑娘一会儿拿着小铲子凑到小男孩跟前踉踉跄跄地挖两下，使劲一扬，没倒在事先摆好的硬纸盒上，却差点扬进别人和自己的眼睛里。一会儿扭到比她大些的两个小姑娘旁边，巴巴地望着人家玩积木，好不容易棉花包一样窝下蹲着，摸两块黄的红的木头又走了神，哼哧着起身又拾起铲子……

我笑。我的孩子也许是小，也许是在城里眼花缭乱惯了，还不懂得我们村里孩子的专注和自得，一群蚂蚁，一小堆沙子或几片泥巴就可以快乐地度过整整一个下午，不挪窝，不厌烦。

我就这样看着几个孩子玩耍，一个小时，又一个小时，心里无比宁静。近来躁动了很久的情绪忽而散去，心神平静下来，平和下来，想来一切都没有预想的那么急迫，那么纷乱，那么重要，如同眼前的时光，一寸一寸流逝下去，没有声音，没有痕迹，没有焦虑，没有期待……静静的，慢慢的，就像一点也没有变动一样。

孩子问，那是什么声音？我扭过头，那是房顶融化的雪水顺着管子滴到地面，嘣嘣梆梆，似是老僧敲木鱼。那个"咚空咚空"是谁家拉风箱的声音，"噔噔蹬蹬"是菜刀斩过案板声，铁锹铲雪声，空调滴水声，山羊的咩音，狗吠声，三轮车声，卖馒头的吆喝声……

孩子指着天空问，那是什么声音？我静耳听，那是小鸟的声音啊。不是不是，她摆着脑袋，小鸟是叽叽喳喳。难怪，我再一辨，有叫"啾啾啾"的，是麻雀；有在村头高树上"谷谷谷"地长吟的，大概是布谷？我不确定；还有"叽叽啾又儿嘎嘎"的，歌声婉转，站在头顶桐树的树梢上，身量小小的，只看得见白色的肚腹；再往土壕那边散步，我听见说是猫叫的，往前再走了一段儿，发现那声音一直响在天上，大概是猫头鹰吧……

妈妈，树上那是什么？树上那是一串一串黄色的小疙瘩，虽然确定已经干瘪了，但远远地望着，还都浑圆饱满，像是挂着什么水灵灵的果子。独独的一棵树站在那里，挂着黄彤彤的小球球，像开了一树繁花似的。路旁是一蓬蓬高高低低又细密的蒿，枯黄发褐的色泽质地，依稀还是当初野性繁密的姿态，倔强挺立，一个粒儿似乎都不曾掉过。还有碗一样的麻疙瘩，黑秃秃地昂着头，我折了一枝下来给孩子玩，摸摸那枝子，尼龙一样绵而滑……

我们走到田野里，雪化后的田地刚喝饱，泥土是软而湿的，麦苗是暗青色，还很短，伏着地。大棚里的青菜叶大色绿，胖胖的，长在它们的春天里，咧着嘴巴笑。五六个农人又搭起了几排新棚架，还是像前一天一样有些异样或好奇的，悄悄瞟两眼又溜达到地里，还说着普通话的一大一小……

　　这时，这里，人是少的，车是少的，时间是充裕而懒散的，而很多事物却是多的。这少和多，叫醒了我。

　　我们有多久不曾这么静静地去看过，去听过，去不急不躁地体会过我们的生活？在这如此平常的一个关中村落，星星竟密密麻麻地那般亮，耳朵里的声音竟是那么清晰多样，小鸟竟有那么多种类别，草和树在干枯收敛之外竟还有那么多从不曾发现过的动人样态……只不过是早回来了几天，村里还没有年轻人，没有手机电脑音响喇叭，没有年的热闹。

　　果真是村中岁月长，连长在村里的孩子都仿佛长得更加实在。因为他们有大把大把的时间，够他们尽了性的沉浸、沉静，够他们专注；因为他们与泥土打成一片，滚成一片；因为他们简单与开敞的也像乡间广阔的天地……

　　然而那些走出乡村的孩子，像你，像我，我们的那份平和、纯粹、专注、自足和草一般的韧劲，还在不在？我们，还认不认得最初的自己？

教育随想 |

莫因落雨错过虹

前两天出门办个手续，眼看要办完的时候，一直弯腰站在旁边指导我填表的大姐忽然冒出了一句，"徐老师，刚才还想着如果今天这系统恢复不了的话就让我儿子明天给您送学校去。"我盯着笑眯眯的她看了几眼，还是没有任何印象，只好尴尬的冲她笑笑。"那么多家长呢，您肯定不记得了，我是您第一年工作时带的那个班某某的家长……"这一聊，一下子将我拉回了初为人师那一年。

那年我刚刚研究生毕业，剪着波波头，眼眸还水亮，无论与学生还是家长说话，总是开口带笑，平等尊重。然而，教了三四年汉语，与外国孩子相处惯了的我，对中国的孩子和家长却少了最起码的认识，对于教师本身生存境遇的了解更是一张白纸。那一年的班主任生涯最终以学生的敌对和纸条上极低的打分终结。此后两年，我都挣扎在与那群孩子的对抗、防备和互相厌恶的黑色漩涡中，越卷越深，越想挣脱就窒息的越彻底。直到走完三年的轮回，再次成为新一波孩子的班主任，我才在不断的学习和成长中，发现当年错误的源头，其实是我自己。谁说只有教育的成果是滞后的，人们自己的觉悟和成长往往也是要经历长久的彷徨、错误和冲突才得以水落石出。没有捷径，也不可重来。

三月莺时。那个周五，我照例去初一六班的教室上中华传统文化选修课。窗外两棵繁茂的松树在三月的春风里显得愈加深邃。巨大的丫杈伸展开来，仿佛将整个教室都裹在树冠里，让人误以为是随了座位上的一群小精灵回了森林里。阳光从墨绿的松针里一缕缕漏下来，明媚而又清亮，枝叶的浓稠和着光的斑斓跳跃，邀你和绿海深情共舞。我总喜欢在孩子们活动的间隙习惯性的瞥一眼窗外，为这样一间美丽的绿房子而静静喜悦，而曾经，同样的班名同样的教室，我却视它为拔舌剥皮的恐怖炼狱。

窗外莺声呖呖，窗里的我们笑声阵阵。我正眉飞色舞地引导孩子们探究成语中的服饰文化内涵，一斜视，瞟见后门玻璃上有个黑色的人影，以为是某位领导的常规视察，便没有在意。可等进行完一个环节，那个身影好像又在后面晃了一下。前门竟也同时出现了一个身影，一个青年的模样从玻璃门后露出来，还笑嘻嘻地冲我摆了摆手。这真是搞得我又好奇又莫名其妙。打眼看去，那面容似乎有些眼熟但只一闪面又实在看不清是谁……待到下课，我差不多已将这事给忘了。一拉门，两个小伙子杵在门外，直直的戳进我眼睛里。有那么几秒我呆呆地愣在了原地，心脏似乎都在那两张面孔前凝定而止，这不是，这不是……这不是我带的第一个班里的那两个常常扎的我心疼目痛的大"毒刺"嘛！我立时笑了起来，打量着他俩的新形象，无比尴尬又高兴不迭地聊了起来。两个家伙一个胖了，一个小帅；一个从高中退学去了技校，一个说一直在学校瞎"晃荡"；一个说他还和我的小课代表在一起，一个坏坏的打趣他痴情……小帅的那个冷不丁问："徐老师，几年不见您您还没变，还在咱们的这个班上课啊。"这轻轻的一句话引得人顿时心里有些微微发酵的酸涩。就是这个曾经笑闹过，也争吵过、斗争过无数次的地方，两个长大了的"坏孩子"竟然来看我！两个人在教室外面前门后门来回看着，等我这位他们曾经极不喜欢的老师——整整半节课。这两个孩子，是曾经让我上课抓心挠肝，回家大哭无数次甚至想要立刻辞职的恶浊小兽。而今站在我面前，竟似忽遇自己多年不见的老友。

记得除夕夜正摇红包摇的起劲时，接到一个小姑娘的电话。当我径直喊出她的名字，电话那头竟激动到支支吾吾，说不出完整的话来。这姑娘当年带头闹腾、耍心眼，搅得半个班都不安生，多年之后却想起在除夕夜里给老师打个电话、拜个年。

还有那个在班级里公开质疑我的男孩，情形恶劣到学校坚决让他留校察看。他的父母恳请我再给他一次机会时，他低垂的眼帘里掩藏着的那股怨恨、不服气的神情长久以来都像一把回环的尖刀剜进我心里，而如今每当在学校里碰见，那变粗的声带里一句羞涩的"老师好"，就能冬日暖阳一般，融掉心里冰封的芥蒂，让所谓的疮口，结上痂，褪去疤。

很多年过去了，孩子们都长大了，我也变了，不再觉得他们可气、不可理喻，也不再轻易动怒、动气了。每每课上看一眼调皮捣蛋的家伙，总会情不自禁地从心底笑出来，偶尔被冲撞、被冒犯，也总是平平淡淡的两句话便让孩子放下。多年以后我才明白，孩子的硬壳或尖刺，都是因你自知不自知的被忽视、被误解、被伤害。真正的受害者，原来从不只是我。一个未成年的孩子，尤其是男孩子，哪怕再不羁、再无理、再使坏，在老师面前，他也只是一个需要被包容、被指引的弱势者，一个孩子。而作为成年人的教师群体，无论经受多大的不敬和挑战，都应该努力放下情绪，倾尽全部的爱与智慧去认识他，去理解他，去帮助他，不止在知识的传授上……也许你会发现，当你放下对抗去试着接受时，便是彼此靠近的开始。

送走那届孩子后，我加倍努力地学习起了如何做一位合格的班主任，再次带的班也方方面面大都称得上优秀。有一次在外校讲课恰逢一个学习习惯极差的班，同行的老师惊讶于仅三年多教龄的我缘何招招接得住，还都能游刃有余的引回正题，漂亮地完成教学活动。我笑，那都是因为我曾经接过那样一个班啊，我曾经无能的让他们变成了一个出了名的乱班。而正是他们让我超常态的成长和成熟；正是曾经所有的煎熬和失败，造就了如今的我，一个在何种情况下都能理智的以孩子为核心处理问题的我，一个不再脆弱，不再感情用事的我。

这几年，获过不少教育征文的奖，有全国一等奖的，有区里的，有发在核心期刊上的、网络上的……而这一切不是因为我优秀、我成功，而是因为我曾经深深的愚鲁与失败。我想，所有的失败都值得感谢！我可以从失败的阴影中站起来，继续前行，但那些与我相伴三年，被我的不经事无意伤害到的孩子，大概一生都没有机会再去弥补。

"鸿渐于干，小子厉，有言，无咎。"

古人几千年前就说得如此透彻的道理，而我们，非得用自己的生命一寸一寸地去体会，才得发现其中奥妙。我辈愚且鲁，好在时间面前，一切都渺小如斯，一切都简单如斯，一切都可洞明、都可化解、都可原谅、都可深藏。

再前行，还未太迟。

比星空更璀璨

军训的第一天，孩子们就给我这位新任的班主任上了意味深长的第一课。

夜幕缓缓垂了下来，而黑暗的降临却并未带来几分预想的清凉。空气中混杂着尘土和汗水的味道，让人无由的烦闷，我踩着短促、有力的号角声，一路小跑在此彼伏的口令声中寻找我的孩子们。终于，在操场的东南角，我看到了正在操练着的他们。

教官声音已经显出一丝沙哑，但声调却青烟一样越升越高，"队列里不要有小动作，步子要大，摆臂用力……"

我的心也被那训导声狠狠地纠住，走到队列近前仔细观察，有几个孩子在队列里小声说着话。立时，教官停止了训练，命令孩子们在原地站军姿。站在一旁的我不禁焦虑了起来：孩子们怎么这么不懂事呢，这才是军训第一天，骨子里的不安分就已经暴露无遗了。我该如何引导呢？

我心焦地站在不远处观察着，思忖着。队列被分成了两拨训练。口号声、脚步声在我的耳畔喷薄、交融，摆臂上上下下，迈步高高低低，男生们的队列时而齐整，时而参差，时而威武、豪迈地一字向前迈进，时而随着几个小捣蛋的偷懒或笑声成了不规则的线段。女生的情况则让人满意的多，她们一个个气宇轩昂、口号铿锵，无论从哪个角度看过去，队列一律是整齐有序。但我很快发现，淘气的姑娘们竟然在训练的时候不时发笑，更不可思议的是，她们"竟敢"在休息的时候取笑教官！一阵阵清脆的笑声传过来，悦耳灵动。可我越听却越不心安，刚开始就这样的"大胆"，这样的"不规矩"，以后还不知道让人如何是好呢！

训练依然如火如荼，夜色不知不觉更深了，微微起了风，吹开几片薄云，现出繁密、璀璨的星。繁星悬在深蓝色的天幕上，渐次闪烁，像一点一点海上的波光，更像一颗一颗含笑的眼睛，满含期盼地轻轻眨动。教官们随着哨声跑去了主席台集合，孩子们接受命令在原地休息。刹那间，在我跟前的女生们就炸开了锅。有的几个凑在的一堆说说笑笑，有的嘻嘻哈哈地仰首转圈，有的捡了小石子猫着腰在地上描画着什么，原有的队形顷刻荡然无存。心里的无名怒火熊熊烧起，我实在想放开嗓门大声呵斥一阵，但转念一想，孩子们训练了这么久放松一下也无可厚非。我现在该做的不是训斥，而是心平气和地要求、提醒。

清了清嗓子，低声却严肃地说道："同学们，老师看到大家刚才练得很努力，队形走得也非常好，值得表扬。我们可以适度地放松一下，但无论是蹲、是站、是说、是笑，但请保持原有的队形，压低声音，不要影响到他人。"听罢，孩子们回到自己的位置上，依旧说说笑笑、转圈圈，但声音明显比之前小了不少。

"别画了，大家休息一会儿吧。"第一排的几个姑娘一直不停地在前面画着些什么，我小声劝阻。但大家画得那么专注，竟没有一个人回应。我走上前去，想善意地继续制止："别画了吧，休息休息！"

"呀！"一个小姑娘大叫了起来。我吓了一跳，心里有些惊诧，继续向前走，"老师你不要过来，不要踩！"怎么能用这种语气和老师说话呢，我不觉有些生气，继续想看个究竟。"老师您踩到星星了！"我一愣，赶忙又从她的画里退了出来。原来孩子们仰头转着圈圈是在看星星，原来不好好待在队列里胡乱作画是让星星落在我们的身边，落在地上，原来，我总是自以为的去从自己的力量去判断孩子们的行为和心理，从没有真正的走近他们，认识他们。心里羞愧又满是喜悦，我认真地对她说："不要怕，星星不怕踩，它不只在天上，在你的笔下，更在我们每个人的心里。你有一颗发现美、珍惜美的美丽心灵，真好！"

小姑娘笑了，我在心底也畅然地笑了。他们展现的点点滴滴不正是孩子最真实的天性嘛！

我忽然明白之前的焦虑是多么的可笑！一个教育者不该是远离孩子而颐指气使下命令、下判断的人，而应该是真正走到学生身边，走到学生心里去的人。学生不是修剪齐整的行道树，而是有着自由生命，有着鲜明个性色彩独立个人。十几岁有十几岁的任性，有十几岁的困惑，有十几岁的不懂事，而所有这些都是成长的真相，不需责备，不需忧虑，身为教师的我们只有蹲下身子，让我们和十几岁的人儿保持同样的心灵高度，才能真正站在孩子成长的立场上给予最好的理解和最恰当的引导。正如眼前的这帮孩子，他们不虚伪，不造作，不讨好，不畏惧，遇见他们，是我莫大的幸运。虽然孩子们身上还有些不规矩的旁枝末节，有不光滑的节点，但在我们共同细心、真诚和艺术地修剪之下，生命之树必将更加旺盛，更加本真，更加美丽。

是孩子们告诉我，教育是一种慢，是一种靠近。是孩子让我发现，心灵——比星空更璀璨。

你，不能忽视的"一点点"

四月天，是一年中最美好的时节。大地披上了翠绿的织锦，柔软通透，锦缎之中绚丽着各式色彩明丽的花朵、纹路，阳光洒落下来，碎金闪烁，春天的一切生机与明媚游弋其间。与春天同样明媚起来的，还有人们蓬勃萌发的生命意识。人们去踏青，去看花；人们在一年的起始之季确定计划、开始耕耘，同生长中的万物一样去吮吸阳光、雨露，去长高，去学习……这个时节也是学校里孩子们最喜爱的，因为渴盼许久的春游也在这时到来。

春游那天，孩子们一个个背着装满食物的书包乐颠颠地上了车。等车刚一开动，我这个做班主任的就提出了要求，请大家谨守六个字：安全、安静、有序。

谁料话音落地还没几分钟，几个孩子就兴奋地聊了起来，声音越来越高，整车的人似乎都被这几根"火柴"点燃了，全然忘记了我刚刚的叮嘱。有的人在大声说笑，有的三三两两玩着游戏，有的同学索性拔了耳机放起了音乐……车里一阵欢声笑语。还有一些同学专注地读着书，在喧嚣中附和的微微一笑，或是蹙起眉头，努力地集中精力读自己的书。

孩子们好不容易盼到了一起出行的这一天，心里的兴奋、激动不言而喻，这时要求他们完全不交谈是不现实的，更是不合情理的。可是声音这么大也着实不行。我回过头，用目光示意大家安静。等稍静一些了，我起身嘱咐："请大家控制声音，放低音量，尽量只让聊天的双方听见声音，不要打扰到他人。"然而收效甚微，几分钟后声音又如潮涨。我再次站起来郑重提醒。

"老师，有人睡觉吗？"正和同学嬉闹的小迪不解地问。

"没有啊。"

"那我们为什么要控制音量呢？"

我笑了笑，向车厢里的大家说的："大家平时都坐车出去旅游吧？"

"嗯"

"那车子上每次坐得都是自己的熟人吗？"

"不是。"

"这就对了。我们和自己的朋友在一起聊天这是合情合理的事情，特别是在旅途中，朋友间的交谈会让旅途更快乐快丰富。但是我们不能忘记，我们的身边还有很多陌生人，还有没有参与交流的朋友。也许有人在休息，也许有人在读书，也许有人在观赏窗外的风景……我们声音太大的话就会影响到别人，把自己的快乐变成别人的不快和负担。如果你是他们，你愿意吗？"

没有人回答我，大家只是若有所悟地摇摇头，又点了点头。

"己所不欲勿施于人"，你希望别人怎样对待自己，就应该以怎样的方式对待他人。大家彼此自由，互不干扰，在双方的体贴和包容里获得自己想要的舒适，那样的相处许是最好。

车里刚刚的哄闹声渐渐低了下去，孩子们轻声哼唱着歌儿，聊着天，我扭头望向了窗外。

一个民族真正的文明素养体现在他的人民如何对待他人，甚至是素不相识的陌生人。文明，简单说来，就是为他人多想一点点。这多想、多做的一点点就是友善，而这一点点友善的总和，就构成一个和谐、美好的文明社会。随着现代社会的发展，我们已经从传统较封闭的"熟人社会"逐步走入一个开放、自由的"生人社会"，人与人之间彼此独立又相互联系。从广义上说，我们每一个人其实都是更多人眼中的陌生人。想要别人怎样对待自己，我们就应该首先以同样的方式为他人着想。"爱人如己"，所以"待人如己"。

作为一个教育者，我们必须让孩子知道，文明不是因为别人要求的，不是做给别人看的，而是我们真正应该对待自己，对待他人，对待外界的方式。文明也不是什么高不可攀或让人敬畏的事情，文明就是我们点点滴滴的生活中一言一行、一举一动，是我们对待每个物件和每个他人那多一点点的体贴和关注。

实践活动即将结束的时候，一个外班的同学朝我走来。她气愤地向我控诉："徐老师，昨天彩排的时候，我们班同学在上面唱歌，您班那几位同学都捂着耳朵，我们觉得这样非常不礼貌。刚才我们在上面表演的时候，我们班主任特地观察了一下，您班那几个人又在底下捂着耳朵，脸上还带着笑。所以老师让我把这事告诉您，请您处理一下。"我心生疑惑，班上这几个合唱的孩子平时很有礼貌，不大可能会有这样的举动呀！我立刻找出班里负责合唱的小雨。

"小雨，你们和别班合唱的同学是闹矛盾了吗？"我看着她的眼睛，正色问道。

"没有啊，老师。怎么了？"小姑娘一脸迷惑，清如水的明眸里，写满诧异。

我简单说明了缘由，只见她长舒一口气，美丽的脸上露出了标志性的甜笑："老师，咱们班和他们的节目是连着的，他们唱的时候我们就在下面捂着耳朵练咱们的歌了，没想到他们会那样以为……老师，真的不是他们想的那样……"我一下子明白了，只是让她找到那位同学解释清楚，并为我们的疏忽道个歉。没有责备。

回程车上，和同学们闲聊的时候，我带大家玩了一个"击节者"和"猜听者"的游戏。游戏的参与者里就有刚刚参加合唱的几位同学。我以敲击座椅把手的方式将孩子们极其熟悉的歌曲节奏敲出来，大家根据我敲的节奏来判断歌曲的名称。大家原本都觉得简单，可当敲击结束后，竟没有一个人猜出我敲的是《生日歌》。几个孩子觉得非常好玩，自己又津津有味地玩了起来，然而每次只有极少数人猜出来。

"大家知道为什么猜出来这么难吗？"我打断了玩得正高兴的他们。

"老师，我知道！我们敲的歌虽然大家都很熟悉，但是只有敲打的声音没有曲调，所以听的人很难猜出来。"一个女同学自信地说。

"敲出来的响声太单调太模糊了，没有我们想象的那么好分辨。"一个负责猜歌名的同学补充道。

这两个着实聪明，这么快就找到了问题的实质。这是我偶然在一篇文章里看到的一个心理学游戏，游戏的实验者最终得出结论：只有不足百分之四的人能猜中歌曲的名称。因为敲的人心里有一段韵律随着敲击声清晰的流淌，他理所当然地认为猜的人也能从敲击声中听出旋律来。而听的人只能听见干巴巴的击打声，除此之外什么都没有。所以，听者很难猜出来对方真正想要表达什么。很多时候我们都和这个"击节者"一样，以为别人应该知道我们在做什么，想要表达什么，可实际上我们和他人之间存在一个认识的隔阂，这样误会就产生了，矛盾也就产生了。我特地转头看了看趴在椅背上听我说话的小雨，问道："你们觉得是这样吗？"

小姑娘的脸一下子红了，害羞地低下了头，继而又咬着嘴唇抬起头来，环视了一周唱歌的同伴，点点头。我看见那红扑扑的脸庞，大大的眼眸里，有星星点点的光泽在闪动。青春的他们，是如此的单纯美好；成长中的他们，又是这般的真诚质朴，心里不禁生长出一分喜悦和感动来。如果孩子们可以感受到——文明，就是为他人多想一点点，就是为"我"之外的万事万物多想几分，小到朋友相处，大到我们的社会、我们的未来、我们的民族，就会再添几分文明的可能。不能小瞧那一点点，那一点点，其实就是文明与野蛮的分水岭，是自我意识向公民意识的伟大过渡，是个体与群体的和谐共存，更是人类文明向前推进发展的强大动力。

　　而我们心里的这个"一点点"，还要多久才能抵达？

人生天地间

　　每年春天，学校里都有一场盛大的赛事——广播操比赛。今年的比赛恰在清明节放假前一天。比赛一点钟开始，待看完四个年级近四十个班级的两两较量，再加上全校各部门教师的体操"比赛"，时间毫不客气地走到了五点半。我看了看表，想着四点就出发来接我的那位，立刻拔腿出了操场。

　　跟我一起走的女神褚爷还在跟班主任说着什么话，我只得扭过头，站定等她。但就是这一回头，我的脚步却挪不开了，被操场中央穿裙子的女孩们深深吸引住了。女孩子们亭亭玉立，穿着一身白底儿浅蓝边儿的裙子，那裙角渐变的颜色，就像头顶的天空一般，透蓝透亮，远远看着就觉出一股子清气来。毋庸置疑，按照学校的惯例，广播操比赛结束后该是舞蹈队、体操队同学的表演项目了。

　　褚爷走近前来，见我停步观望的样子就看出了些眉眼来，"怎么？想看了？""恩，咱们就站在操场边儿上瞧两眼再走吧。"我回应道，视线还是凝视着操场正中央的七八朵云彩。"嗨，你瞧你！想看就别将就"，她干脆拉起我的胳膊，"你跟我走，不看就走，要看就走到跟前好好看看。"我于是跟着她一路走上主席台上，站上了观看表演的最佳位置。

　　那时我才看清楚，面对面站着的两列白衣舞者虽是未动，中间一个瘦长腿的女孩子早已开始跳跃、起舞，无论是从衣着还是动作上看，这个女孩子无疑是领舞。她身穿蓝白竖条衣裤，站在两排白衣姑娘的中央款款舞动，只见她左右张望，慢慢舒展开肢体，像是在寻找，又像要逃离什么……那面孔上初时还有些明媚的笑容，渐渐似有茫然，不断旋转、奔跑、跳跃，复舒缓起来，面容上似乎又流露出几许平静和释然来。

我再看了看她的服装，深蓝色竖条纹衣裤，宽松、白底儿……那，那不是，病服？我想起前些前小病住院时的情景，心忽而沉了下去，被暴雨猛灌了一般，又湿又重地，沉了下去……

"那——那是不是以那位优秀的小姑娘为原型设计的舞蹈？"我恍然大悟，凑近褚爷耳语道。

她一惊，回头看着我，沉默了一秒，又迅速扫视了眼被一群白裙使者环绕着的女孩，"哎呀，还真是。"她轻轻点点头。虽然谁也没道破，但我们彼此对那个事件，那个孩子，都不陌生。"你这么一说，看的人还真有些心酸。"轻轻地，她叹了一口气，而我的心也在一种奇怪的悲伤里强忍住想要落泪的感触。

舞蹈跳到最后，独舞的女孩拾起一颗洁白闪烁的星星，紧紧地搂在怀里，又虔诚地捧向头顶的天空，细细凝望、凝望，面容上，始终挂着一抹淡淡的哀愁，与淡淡的微笑……我远远地望着她的脸，心酸的又要落泪。小姑娘抱着的星星是希望吗？虽然只有微光。我想，她十八九岁的心灵里多么渴求有希望，然而最终，她还是变成了星星，变成了满天繁星中同样闪烁又独一无二的——那一颗。

心口堵得有些难受。我虽然没有直接教过那个孩子，但她的品行、学识以及种种超群的才华与荣耀，那六年来何曾不是历历在目？可，那么美好的小姑娘却被上帝唤了回去……

一舞终了，几个白衣使者扶着她，渐行渐远。她猛然回头，脸上露出一抹从容又平静的笑意。

看罢，我们两人心里都有那么一些沉重。我说那么好一个孩子怎么就那样薄命呢？褚老师坐在办公桌前，顿了顿提高了嗓门说："也不一定，你看《三生三世十里桃花》演的，那些有才华又容貌却英年早逝的人往往都是天上的神仙，人家只是到凡间历练一遭，早点回去，会有更重要的事情做。"

我情愿相信是这样。

"人生天地间，忽如远行客。"我们活一场，不过就是一段来人间的历劫和修行，一场不能重来的生命旅程。生如逆旅，无论停留长短，只要用心去对待眼前的一切，认认真真活一场，哪怕离去也没什么好遗憾。

活着的时候好好活，好好爱，好好锤炼自我、舒展自心，好好享受每一次的艰难或美好，此生无论长短，也足矣。在这清明节气，想对远在天国的每个认识的人说：人生有你们出现过，真好！而还走在行旅上的我们，亦将平静、欢喜，努力让活着的每一日变得更精彩、更有意义。那么就让想念，随着绿树啼鸟，几缕青烟，伴着长天里散步的云朵，慢慢慢慢，落进你心里。

站在国旗下哭

小学三年级时，老师布置我们写第一篇作文。题目已经不记得了，只记得我跑去问爸爸，爸爸说，你就写：我们这代人"生在红旗下，长在新中国。"我很认真地将这句话写在了开头。作文发下来，一整张作文纸上，老师唯独用红笔划下了那一句。我不懂为什么，只知道那是个好句子，是一句很好的话。那时我还对国旗没有任何认识，那句话就成了孩童时期有关国旗的——最早的启蒙。

后来，我在各种场合经历过无数次升旗仪式，除了敬畏，却似乎从没有一次在心底真正生出深切的情感来。对国旗的认识，也在一个个庸常的日子里，凝成了每周一次的庄严仪式，化为一面由无数先烈热血染红的，象征民族自强与自由的神圣符号。这种意识就像胎记一样长在每个中国人的心里，却也像胎记一样让人慢慢习以为常。它无比郑重庄严，却始终与真实的生活、情感遥不可及。只有仪式：从行少先队礼到注目礼，从注视到护旗，从清唱国歌到和着音乐，从学校操场到天安门……

你什么时候懂得了国旗，就真正懂得国家的意义。

2008年，那是一个让中国人举国欢庆的年份，我却浑身酸痛地历经35小时的航行，在鸟巢的沸腾与喜悦里，穿过整个太平洋，跨过半个地球，来到陌生的国度——墨西哥，成为墨西哥最有名的一所私立大学的汉语教师。汉语一到汉语四的课程全由我负责，虽然工作繁忙，但初来乍到的新奇和墨西哥人的热情好客却从未使我感到丝毫的伤感与孤单，连想家的情绪都只是偶尔闪现。直到那一天，我站在一群墨西哥人中间，毫无预兆地泪流满面。

那天清早两节课后，学校忽然响起一阵特别的集合声，广播上不停地用西班牙语说着什么。我听不大懂，只觉语气异常严肃。一个学生边整理校服边兴奋地告诉我，今天是全校的升旗仪式，几个月才举行一次，非常隆重。"全校师生都要参加的。"她见我站在讲台上手足无措，一脸茫然，上前拉起我就快步跑向学校正门前的广场。广场上站满了人，有学生，老师，还有餐厅、复印处等所有的校工。小姑娘带着我站到了汉语班的队首，悄悄地叮嘱我只需要安静站着看就可以，什么都不必做。学生们见我出席都激动了起来，尤其是汉语班的那几个小子，纷纷向我微笑致意，七嘴八舌地介绍着他们的国旗文化。我才顺着学生的手势向前看去，一面硕大的国旗在一列旗手手中擎着，前方站着两队"士兵"，一队手持乐器庄严肃穆，一队荷枪实弹的威风凛凛，朝天的枪口在高原毒辣的太阳下隐隐泛起白光。

忽然，一声令下，全场静寂。护旗兵踢起铿铿的步子大步向前，所有人都仿佛屏住了呼吸，只任目光紧抓旗帜。许久，乐声起，全场师生抬起一只手臂抵在肩前，声音洪亮地唱起国歌。我站在队首，却仿佛陷入了一个孤岛，周围的高亢激昂将我包裹其中，我却决然不是其中一体。异常宽大的国旗缓缓上升，红白绿相间，一只雄鹰站在未展开的褶皱里……我静静地注视着那面沉沉升起的国旗，眼中却飘扬起另一面国旗的样子——五星红旗。中国。一抹红色在我的眼中渐渐清晰又渐渐模糊起来。第一滴泪滑落，我想起远在地球对面的祖国。第二滴泪顺着脸颊流下来，我看见昨天还晃动着的朋友的脸，看见一张张黄皮肤、黑眼睛的面孔，听见拥挤的人群中东拉西杂的普通话和一声声悦耳的方言。一串串泪珠滚落下来，每一颗里都是那面曾经习以为常的五星红旗。我用尽全身力气克制自己的情感，不许流泪，不许哭，不能在另一面国旗面前失礼。可是我控制得了身体不抽噎、不颤抖，却不能不流泪。那一刻我才真正明白，我们的国旗究竟意味着什么，我们从小到大口口声声说过的祖国究竟是什么？如果说这样一场升旗仪式是墨西哥人庄严的宣誓，那么对于我，一个中国人，就是一场灵魂的洗礼。此后，我再没有参加过这里任何一次升旗仪式，只有敬意。

站在异国他乡的土地之上，我才顿悟般懂得，国旗就是国家，国旗就是民族血脉，国旗就是凝聚，国旗就是归属……我才懂得为什么我们每个人离开祖国的时候，老师都叮嘱我们带上一面红旗。因为，红旗是国的象征，而国就是家。从那以后，国旗不仅挂在我的办公室里，更永远招展在，一颗中国心里。

从没有任何时刻，能比身处异国时更爱国；从没有任何时刻，能如此真实地懂得海外游子的拳拳乡情；也从未有任何时刻，能比身在他乡时更感受到祖国的力量，祖国的荣光，祖国的尊严，祖国的伤……

我们从来就与祖国不可分割。母体的脐带生来断裂，而血肉永葆同源的基因。祖国的脐带看似无形，却永远与我们紧密相连。入境时，机场观看奥运会的人回头看见我，满是羡慕地伸出大拇指；外出旅行时，总有热情的当地人涌上来和我们拍照留影；旅途中言语不通时，善良的墨西哥人带着我们到达目的地再原路返回，毫无怨言……凡此种种，我们受到的所有优待，都因为我们是中国人，都是因为我们祖国愈发富强。当然，我也还记得在坎昆旅行时被单独要求出示护照，在墨城转机时被工作人员无理要求出示签证，差点发生争吵的愤怒与耻辱……生活在他乡，你，我，一个人就是一个中国。

08 年底，我和房东家人一起出游，同行的还有租住在一家的荷兰朋友。我们一直是很好的朋友，却因为旅途中他对中国的一句无礼非议，我便埋头写下了三千多言的英文长信，阐述详情，平静辩驳，从中国的盗版货说到几千年的中国历史，从中国人的民族心理说到他不屑又不解的越南战争……

在外生活得越久，对祖国的认识和感触也便越深，越复杂。如今我早已告别汉语教师的身份，成为中学里一名普普通通的语文教师。每个周一，我都随着全校师生一起升旗，但站在红旗下的我，心态已和学生时代完全不同。面前的国旗不再是一个空洞的符号，不再是一种不可理解的神圣，不再是单纯的它看起来的样子。"红色的底色是烈士之血，黄色的五星是民族团结"老师当年的教诲在滞后了许多年之后，终于变成了心底与灵魂的体认。

而孩子们并不懂得。不懂国旗，不懂国家，与当初的我们一模一样。

当班主任的时候，每周的升旗都让人惆怅。总有孩子站在队列中偷偷讲话，还有说笑的、打闹的。看到这些情景，心里虽有不满但并不想过多责备孩子，只以眼神严肃地示意。生长在和平年代的孩子们，没有经历过战争的残酷，大多也没有在异国生活的经历，"国旗"和"祖国"承载的东西，更多的只是教科书中的一些概念以及外在仪式的附加的郑重。甚至这种大人眼里的庄严、郑重反会在孩子的心中产生一种戏剧化的效果，生出一种非常态的可笑来。事实总是这样的，有孩子在升旗的时候说笑，班主任留下来说理，让其反思，而再次升旗可能再出笑声。可能是换了另外的孩子，也可能是同一个孩子隔了不同的时间。说来说去，不是班主任思想工作做得不够彻底，而是真正的思想从不在言语或说教中产生，它需要体验，需要感同身受，需要从内里生发。

近年来，国家对于民族意识的培养和爱国主义教育越发重视，颁布了一些颇有见地的法令、措施。2014 年 9 月 30 日是国家通过法律规定的第一个烈士纪念日。纪念日这一天，全国各地通过各种形式纪念英烈。这是我们民族意识成长的一大步，是我们现实的幸福生活中对死难的烈士们的铭记与感恩，是我们从"国"的整体走下来，向个体的"人"的生命致敬；是我们从"国"的宏大叙事中跳出来，向"人"的视角望过去。今天的国庆花团锦簇，歌舞升平，幸福洋溢，曾经的战士抛头颅洒热血，烈火硝烟，焚毁了他背后一个个家庭的完整与幸福。一个个生命陨落了，一个个家庭破碎了，他们用血与泪献祭给整个国家的和平与富强。我们谁都不能忘记。

9 月 30 日晨，八点。学校在运动会开场前举行了一场祭英烈活动。领导讲话，诗朗诵，一分钟默哀。"物质的纪念碑也许会在时间的冲刷下垮塌，但心中的纪念碑永远屹立"这个诗句在我的脑海中不断回旋，不断回旋……站在学生群中，默哀。身边的孩子们活动刚开始时的躁动已经完全平息，整个世界都静了下来，只剩呼吸。那一刻，只有沉重，只有庄严，只有感恩。还需要什么来衡量？那一刻的宁静与瞬间的改变，就是意识唤醒的开始，就是全部的意义。

仪式结束后，我回到主席台上继续审稿。有张偏离了运动会主题的稿件闯入了我的视线，我无法放它通过，只能用手机拍下来留作纪念：

"致烈士：100 年来，中国大地上不知有多少为了自由而战的烈士。为了向洋人证明我们不是东亚病夫，你们毅然踏上战场拼杀；为了解放生活在水深火热中的中国人民，你们在战场上奋力拼杀。100 年后，我们不会忘记你们所做的一切……"

质朴的言辞，有点标签化的口吻，还有一丝不可否认的功利动机，但是，一颗青春心脏被触及，被打动，在思考，在致敬，就已足够。

　　9月30日，晨，十点，国家领导人向人民英雄纪念碑敬献花篮，参加烈士纪念日活动。9月29日，晨，7点30分，升旗仪式，我远远地望着五星红旗，又一次想到遥远的日子，又一次，悄悄地，满含热泪。

别小瞧了那筐土

"啊！失败了！"队友们一片哀鸣，有人已经打算掉头，奔赴另一个挑战点。二十分呢！努力了半个钟头，这是最后一次挑战机会了。然而，在万众憧憬的那一刹那，喜悦和希望陡然被打了个结儿——所有目光为它凝聚，所有呼吸因它凝重的那一张 A4 纸，依然没有撕成不断开的长环。纸环中间，五六根细纸条粘连不断地牵扯两端，随风摆荡……

"等等！"

"别急！"

我和另一个队友同时喊道。记分员按秒表的手应声停了下来。

根据攻略，我们将 A4 纸折叠，按照建议一步一步小心翼翼撕开。没有理由失败啊？我不死心，盯着面前的纸环。对，撕开纸条！我的脑子豁然一亮。同一时刻，默契的队友已经开始行动。一根，两根，三根……根根心弦也在跟随撕纸微弱"咔哧"声上下震颤。

没有断，没有断，真的没有断！我们成功了，在即将宣布放弃的最后一念。

这是整场定向越野中于我们而言最难通过的任务了。但就在最后一根纸条被撕开的瞬间，沸腾的欢呼声和掌声宣告了成功。我问同事，你是怎么想到这么做的？同事的脸还因刚才的紧张、兴奋泛着红粉。她边笑边说："我只是突然想到以前看到的那张漫画，就差一榔头，一个人无功而返，一个人挖到了宝藏。"

生活，不就是这么一回事吗？有时候重要的，就是最后那一榔头，那一个尝试，那一狠心坚持！

前段时间开家长会，很多家长留下来咨询孩子语文学习的问题。我反复提的一个关键词，便是坚持。成长和成功都没有诀窍，只有锲而不舍这一个老掉牙的真理。

这学期我们阅读的名著是《水浒传》。对初中孩子而言，《水浒》算是本比较难啃的大部头。制定的学习计划中，学生每天需阅读一回，并完成相应的任务。才开始没几天，很多孩子就打了退堂鼓——读个开头，或者读到中间就放弃了；还没看到美丽的风景，只被脚下几个垫脚的石子磨碎了幸运。

不禁想到这几天正在读的《论语》。

子曰："譬如为山，未成一篑，止，吾止也。譬如平地，虽覆一篑，进，吾往也。"孔子以堆土成山为喻，讲勤勉和坚持的重要性。眼看山要堆成了，哪怕只差一筐土，也堆不成；哪怕是在平地上，哪怕只倒上了一筐土，但只要坚持不懈地倒下去，就一定能成山。这个比喻简明通俗，道理却一点不含糊。"积土成山，积水成渊"，"千里之堤毁于蚁穴""功亏一篑"……这些成语不都在告诉我们别小瞧了那一筐土嘛！不到最后一刻绝不放弃，任何细小的疏忽、懈怠都不可以有。这是老生常谈，但老生为什么常谈，因为它永不过时，它体现的是人生真理。

其实最重要的不仅仅是最初和最后的那一筐土，而是整个堆山过程中的任意一筐土。我们常常兴致勃勃地立下志向做某事，热火朝天地干起来，但过了新鲜劲儿，又或者工作、生活特别繁忙时，总是容易心生懈怠，为自己找各种借口逃脱。最终，没了扛起那筐土的意念，没有扛起那土筐的重担，那一筐土终于没有倒下去。

自此，一筐土的缺失就变成了一个长长的省略号。有了一筐的停滞，所有的懈怠就开始膨胀，第二筐、第三筐……后面的每一筐土都不被想起，不被投下。

就像我的《论语》的学习。每当工作特别繁忙的时候，常常真的感到找不出一分钟时间去做作业。于是就为自己开脱，我不是不想写，是工作真的太忙，有心无力……然后，课业慢慢真的就落下了。开个小口，一泻千里。

真的忙到一点时间都没有吗？鲁迅先生不是幽默地说过吗，时间就像海绵里的水，挤挤总是会有的。就看我们能不能熬过那个最想懈怠的时刻，咬牙扛起土石，重重地扔下去！然后你会发现，其实真的没有那么难啊，难在放弃太容易，而坚持的意念和行动太不易！

子曰："语之而不惰者，其回也与？"

子谓颜渊曰："惜乎！吾见其进也，未见其止也！"

子曰："苗而不秀者有矣夫！秀而不实者有矣夫！"

孔子总是夸颜回，有进，无止。我们不必是颜回，不必做胜任，但精进的学习与人生态度任何一个普通人都不应休止！那么，请不要小瞧，不要忽略过任何一筐看起来无关痛痒、无伤大雅的土。倒下去，再倒下去，一座高山终将矗立。

我是怎么读起书来的

我出身中文系，但实话实说，大学那些年除了要对付考试的一些理论书，并未真正的读上几本书，着实对不住谆谆教诲我们要多读书、好好做学问的老师们。那些年，我好似只读完了图书馆里能找到的所有沈从文先生的书，单纯是因为迷上了先生笔下的湘西世界。其他的书，记起来的只是寥寥。若说是真正地读书，还得从工作后说起。

我原本是学语言学的，还是国际汉语教学。若论语法、教学法可能还有几分拿得出手的地方，但文学性的东西，与语文课程关系紧密的文本解读的相关知识，于我这个半路出家的语文老师来说，我是几乎不懂的。为了"救急"，我只得在每天工作之余，挤出那么一小段时间读读书。到后来，就不是"挤"了，每晚睡前必做的就是打开杉哥在我们出国任教之前拷给每人的海量电子书，边读边摘抄，遇到喜欢的句子还要多念叨几句。直挨到不得不备课的时候，才藕断丝连地停下来，一边备着课，一边脑子里还回放着书里的故事、语言，或是某个文艺理论大家说过的什么精辟观点。

所以我读书的开端，原是我的无知。读书给我最初的印象也很简单——有用。它对我的工作用处巨大，读了，我的理解能力和鉴赏水平有了显而易见的质的提升。不说别的，刚入职时我从国外归来不久，兴许是和外国人接触时间久了，自身的汉语水平与自己学生一般无二。当然，这是夸张的说法。真实的表现是，我在语文课堂上常常无法完整地说出一句搭配正确地话。

"说话不要说半句！不要总像让学生填空一样！你面对的是中国人，理解能力没那么差……"当年，一个非常关怀我的领导直截了当地戳到我的痛点。我的眼泪簌簌地流。然而，不幸即是幸。做自己不擅长的事情是痛苦的，但也在另一个层面上真正给了我磨炼与成长的机会。不到半年时间，我翻了比自己前十年读的书总数还要多的书籍，授课的间隙读，周末休息的时间读，等车的三两分钟读，甚至蹲个马桶也要抱上一本书才觉惬意。我读的书也越来越广，从文学到历史，到文艺学、哲学……站在课堂上，不仅可以流利地说整句话，甚至，越来越多的孩子说，"老师说的话真有文采啊！"

读书的用处由此可见一斑。它让我有足够的能力与资本站在岗位上，更让我真正爱上了读书本身。

那是一段我们与书的蜜月期，但接下去读的时候，便有一种切肤的痛苦从中产生。

越读书，越发觉自己知道的太少，觉得看过的好书、好文那么少！书海浩瀚，故事与知识那般广阔，情感与思想那般深邃，假如做个最庸俗的比喻，将书籍比作大海，那么海的颜色——深蓝、浅碧、银白、深灰……就是不同作家笔下多彩多姿的文字式样、语言风格；波涛的高低、海水的深邃，物种的丰富，地貌的多样，海底世界的美丽、神秘，以至凶险……无一不是作品中内容、思想的丰富、深刻处。想要穷尽，作为年寿短短百年的人类而言，只能终其一生向深远之处遨游、潜入、泅渡……

有时候会愧悔，为什么现在才发现好书太多，而我却看了那么少！那些年，我都干什么去了呢？

有段时间读了一点与诗歌相关的书籍、文章，写了大小几万字的诗歌鉴赏，发了几篇不大不小的与诗词相关的文章，我便得意洋洋，以为自己多么了解诗一样。然而近来再翻新书，看叶嘉莹先生的讲读，听蒙曼、郦波侃侃而谈，羞愧的发现，原来诗还有这么多读法，它的解读竟还有那么多我从来就不知道的视角，一首诗除了字句本身竟有那么多诗歌之外与诗看似无关又密切相连的东西……着实令我汗颜。于是埋首，沉潜，再读书。

文字是有力量的，方块的汉字，读来还兼具一种美感。读一本书，就是在经历一种我们没有机会去过的人生。

阅读小说，读着读着，情节和文字将我们牵进文中的世界，作者和主人公的境遇、情感却慢慢变了形，立体了起来，似是更真实了，真实的就变成了自己的生活与世界。我以为那人就是我，他做着我做过或从没做过的事，但本质上却是我内里真实的影子，连他看的一朵小花、犯的一次错误，都教人心有戚戚。有时候在那书里，有我们自己都没有发现的自我，忽一闪面，惊鸿一瞥，或是不留情面地让人目睹那些自己都未发现过的人性阴暗面。哦，读一本书，竟可以对自我和人生有了更深更细的触摸。

有的书籍带来知识、思想，字字句句都是作者对某些领域的研究，内容深入、广博，观点精辟、独到，发人深省。打开它，就是进入一扇门，继而打开更多的窗。后来会发现，原来我们与世界之间，没有墙。只要睁开眼，打开心扉，唤醒感官，世界在眼前，在心里，亦在纸上。还有更多的书，丰富、多彩的如同这世界本身。

掩卷，长叹一声。真是越读书，越觉得自己浅薄。才懂什么叫求知，所谓求知、求学，是"知不足而求索"，是"知其味而学习"，是我想学、我要读，从来不该是我应该做什么。因为我怕越读书，就越觉得自己无知，越觉得自己无知，便越要读书；读到越多的书，便发现自己身上更多从未发现的缺陷或闪光点，以及，关于自身的更多种可能。

如此，读书也渐渐成了一种根植于心底的热爱，就像热爱奔流的血液和生命——读书，是因为喜欢；读书，是不想浪费时光；读书，是书自身的馨香吸引你我去接近它、打开它、延展它……我以为读书真的可以不为什么，它就是种存身的习惯，如吃喝一般。

说到底，我究竟为什么读书呢？那是因为：我期待从别人的故事里遇见自己，深入生活；我渴望新观点的冲击，打破闭塞与蒙昧；我迷恋语言文字带来的美的冲击，情的享受；我感念在翻不尽的纸页中走进过去、未来，了解更多不曾有幸目睹的真理或科学……

如果现在可以允许我再加上一条原因的话，我读书，是因为我更热爱写作、热爱生活。

生活哲思

想要活得漂亮，从来就不容易

总听人说，"长得漂亮，不如活得漂亮。"我相信说这句话的人，出发点绝不是嫉妒美貌。

长得漂亮已不容易，不仅要拼爹娘基因，还要靠后天修炼、滋养。而活的漂亮，就更不容易。

毋庸置疑，我最仰慕的自然是长得漂亮活得更漂亮的姑娘。有她们在我的远远近近，让自己的人生平白都添了几分美好。

我的发小娜就是这样一个姑娘。

她大我十一天。自小就比我美。打架比我厉害，我脸上至今还留下的让人几十年来念念不忘的两条疤就是明证；做家务比我厉害，我妈自小数落我饭做得难吃干活磨叽的话到现在都还嘹亮在脑海里；工作赚起钱来更比我厉害，大学毕业白手起家已做到一家房产公司的部门经理，几套房产几辆车，全是自己一人奋斗的结果……

但我从不知道，这些年来她是如何走过来的。

这个国庆，她带着孩子和另一个好友雅一起来北京游玩。不到长城非好汉，因为孩子太小，我们三人选了不太难爬的居庸关。一路上，雅和小家伙康康爬得快些，互相鼓励着走在前面；娜家的小丫头才三岁，爬得慢，我便随了她们母女俩留在了后面。

小丫头一开始还好，爬得兴奋异常，大步子迈着，一步就抬上一个台阶；口里还软软甜甜劲头十足地喊着加油。慢慢爬累了，撒娇央求休息的间隔也越来越短。

起先妈妈还是好好地哄着，说"琪琪加油，你把 hello Kitty 拿出来让她一起看看风景。看旁边的小花，看咱们爬了多高了，厉害不厉害？来，妈妈牵着你一起爬。"

如此，换着花样鼓励了三、五次。终于还是赖着不想爬了。

天色已暗，我们几人已经爬了一个多钟头。一个三岁的小朋友能自己爬这么高这么久，已经不可思议了。我看着瘪着小嘴儿的小萌丫头，有些心疼。说算了，不如咱们往回走吧。

"不行！说好了要爬到顶，无论如何一定要做到。跟小孩子说了要做到的事情就一定得做到，不能退缩。女孩子尤其不能惯她这怕困难又娇气的坏毛病！"

我有点讶异地看着她。

她蹲下身来，非常严肃地跟孩子讲着什么，眼里有种不容拒绝的坚定。她一会指着前面的峰顶，一会儿手里比画着什么。小姑娘还是犹豫着，拽着她稍微有点往后缩，但又敬畏妈妈，静静听着不再说话。终于，小姑娘点点头，牵着妈妈的手，一步一挪地艰难向前爬去。登了顶。

下山休息时，我们俩坐在城墙边儿上说起话来。

她说，我的孩子绝不娇惯，而且要求家里所有人都一样。从小我就要培养她的毅力，让她不怕困难，不退缩。她长大了，也会像我们一样面对很多，不这样，怎么办？

那声音在黄昏高山上的风里游走出了一丝不易觉察的伤感来，却也如风，转瞬走远。

我偷偷仔细再看起她的脸来。这是一张我再熟悉不过的脸。当了妈妈的她，脸上依然没刻下一毫时光和生活的印记：白皙、细嫩，眼神水亮，眸光流转，恰到好处的淡妆。

我静静听她诉说。小姑娘在她视野能及的地方，蹦蹦跳跳的自己玩。

她大学毕业后离家去苏州打拼。我去苏州旅游，住在她租的房子，听她讲办公室政治，如同听不可思议的神话。两年后，我知道她买了不小的房子。再后来，她结婚、生子。工作发展越来越好，直到我看到视频里被称为总经理接受采访的她。

"你不知道我这些年是怎么过来的。最艰难的时候，我的精神几近崩溃，压抑到极致。我辞了工作，离开家人孩子一人回了老家。但我没回家，一个人夜里去爬华山。爬了整整一夜，当爬到山顶的时候，整个人像死过一次一样。但就在那时，我终于想通了。我连华山都没有畏惧，没有中途放弃，还有什么能难倒我呢。我就不信我拼了命去工作，我还活不好！我还要活的那么卑微，那么窝囊？……"

"从华山回来，我就换了个工作。"她接着说，"慢慢，就到了今天。"

我知道生活的高山并不比华山难攀登多少。她没有说她此后经历了什么，但那坚毅的眼神和对姑娘的谆谆教诲，就是她整个活过和活着的样子。

我不禁对这个家伙肃然起敬起来。

"来来来，我们拍照。"她张罗着我们几个选好角度，摆好姿势，开好美颜相机，照！照的不好看的，她删掉，重新再来。我笑她臭美。

"这不是臭美，是我要给人看的每一面，都必须是最好的！"

心下震动。我要展现给别人的每一面，都必须是最美的！我可以活的艰难，但一定要活的漂亮！不为别人，就为我这一辈子。

忽然有一种想要落泪的沉重，又有一股子莫名的暖与力量从眼睛里燃起。我的眼里的她，永远臭美，但真正美丽的姑娘。

是的，想要活得漂亮，从来就不容易。尤其是像我们这样，从乡村或小城市到大都市来打拼的人。一切都得从零做起，一切该经历该承受的都得去——接招，——跨过。我似乎懂了她的成功，懂了美丽脸庞上眼神里永远的明亮。

昨天读一篇育儿文章。文章里说，美国人最注重培养孩子的品质不是别的，而是那一个我们谁都不陌生的词语——坚毅。最终成就我们的不是什么天赋、智商和能力，而是在你遇到挫折历练时推着你支撑着你坚定走下去的这种精神力量——坚毅。

而这种精神品质，未尝不是另一种能力？

放眼看去，何止是美国人在意这种品质。日本人让孩子大冬天光腿训练看似变态，德国人再富也要穷孩子，让孩子去穷困的国家去认识生活看似残酷，但不让孩子真正去经历、去面对生活最严酷的那一面，那才是真正的残酷。

你我也一样，我们正面对的，不也是一个让你爱恨交织，让你疼让你荣耀的，需要你咬牙坚持才能活出精彩的——生活。

想起另一个要好的姑娘。今天的她，一个个荣誉袭来，但每一个都掷地有声。你在酣眠在休闲的时候，怎知她常年挑灯夜里两三点？怎知每个周末奔赴各个场所学习？怎知她抱着褓褓里的孩子坐在电脑前伏案工作？……

这样的女孩子还有很多。也许，就是正在读这篇细碎文字的你。

你一定也像我一样懂得：活得漂亮，从来就不容易，但若真想活出最美的自己，其实，也最简单。不是吗？

就这样，朝着你心里的样子，走，慢慢走，稳稳地走，跌倒了爬起走，持续地走。总会，抵达。

有些人始终是一道光

她很美。肤白，眸亮，唇齿动人。

时隔六年我再见到她，她已为人母，但横看竖看大抵仍是个小姑娘的形象，只是通身的气质多了几分庄重、娴雅。

分手后，她笑话我：给你的打卡清单再加一项"控制体重"的吧，你看你，都成了"肥腻的中年妇女"了。在微信上看到这句话，默契一笑。刚在地铁上思考了一路要不要加，而最终却又被我否了的那个"卡"，再从她口中说出来，和我所想的依然一样。一样直白，一样毒，就像十年前时时刻刻在我耳边循环的声调，"好女不过百啊！""你的肚子啊，三个月了啊！"……

是呀是呀，"三个月"都四年了，临毕业我也没生出来个哪吒来。哈哈。但那时的我，至少比现在轻个十数斤。

大学时，她成绩拔尖，聪明会处事，虽说也像我一样谈着恋爱，爱闹爱玩，但却从不闲散，从不因此误了学业，所以始终被我默默视为学习和崇拜的楷模。后来她硕士考入浙大，我来北京。相隔多年不见，但见时依旧叽叽喳喳、嘻嘻哈哈，家长里短的拉扯——还是十年前脚对脚黑了灯夜谈时的老模样。

她说，"哎呀，连身材都控制不了，还能做什么呢！"

说这话的时候，金丝边的眼镜在半明半暗的灯光下，幽幽地闪烁着，像是一道微笑着的光。

我嘟嘟囔囔，"我就是爱美食啊，无法控制。"口中没好意思说出来的那句是，要我戒美食，比要我戒美色还要难呀！

工作第八年。我还在同一个地方，似乎除了年龄和皱纹，没有任何其他变化与长进。就是聊起天来，时不时深觉自己的固陋、闭塞，似乎已成了高墙下的矮树，一半青绿，一半明黄，更遑论目睹城外一派盛大而斑斓的秋景、秋色。

她呢，短短几年，出电视台，进政府。从政府出来，又入高校，做行政，做文秘……因为种种原因，又从稳定的体制内跳出来，成功转型成一位企业高管，美丽、智慧而成熟。

坐在她对面，我静静看着她拿起公筷，将羊肉片涮进辣锅里，再用漏勺把那肉兜着，隔十来秒，又用筷子动一动勺内……直到熟透，一片不少地盛进自己的碗里。那动作很慢，很细致，就像她做任何事情的细致、严谨与沉稳。

我偷偷笑笑。任何时候坐在她身旁我都是有三两分的自卑与惭愧的。不是羡慕她频频跳槽，而是敬佩她从来不对自己设限，敬佩她始终在用努力和聪慧理智挑战自我，在不同领域，做不同的工作，与不同的人打交道，走一条一条不同的路。更重要的，无论哪个选择，哪条新的路，她都能走得干脆利落又身姿漂亮！

看着她，我总仿佛是看见一座，观之不尽的园林。那里有北方园林的大气、开阔、富丽堂皇，就在她大嗓门和爽气的为人与笑声里；那里有江南园林的曲径通幽，一步一景，教你不知道在哪一个转角，那一扇花窗之后，就瞧见完全不同的天然画意。

嗯，我深知我和她的不同，始于我无法控制体重，终于她从不怯于选择，从不设限。那是一道美丽的绿光，融融的，暖暖的，又绚烂的，是她眼睛里的锐气、英气与勇气。

与智慧。

他是一道金光。

不错，是高僧脑门儿上的那种金光。当然，他绝不是个和尚。但他如僧人一般，懂得在红尘中如何禅定，如何一遍一遍，度自己。

她是我的第一蜜，正牌。他是我的第二蜜，如假包换。增"高中毕业时我和他被录取到同一所学校，四年的大学生活中，我们渐渐从老乡变成损友，从损友变成好到没有性别之分的铁哥们。"他总说，你看人家 ZL，再看看你的身材你的脸……从大学到现在，始终如此。我总撕破了脸皮子跟他怼，谁也不让谁，从屎尿屁一直骂到高大上的人生哲学。

但骂归骂，心里始终是钦佩他的，十年，甚至未来十年，二十年，绝不会有什么改变的机会。

这些年我看着他做广告，做设计，进体制，再与人合伙做餐饮，时不时地还跟一些神奇的人做些神奇的事情，做做网红（靠裸的那种，哼哈）过过瘾。他的山羊胡子越来越长，头发越来越长，像个得了道、牛皮哄哄的艺术家。盛极，却陡然放下一切热闹红火，回到自己的故土，扎根乡村，自创品牌，自主设计地做创意农产品。

三年，我默默看着他从一开始"内心的贵族"落地到"内心的喜悦"，从半点不着烟火气的文艺青年写真，到红红火火过年般喜气的宣传照，从九宫格的柿饼到"不"柿醋——喜柿连连做得文艺高端，同时又接地气。心里在嫌弃他小气的同时，始终高高竖着自己的大拇指。我想说：

从城市退到乡村的压力和质疑，我懂得。

创业的艰辛和发展的不易，我懂得。

内心的孤高和渴望理解的浅浅期望，我亦懂得。

只是我们都已习惯不倾诉。你说你与我已差了毫厘，但其实是我与你，去之千里。

我何以比得上你的才华，你的闯劲？

我何以比得上你的眼光，你的视野？

我何以比得起你的勇气，你的志气？

我何以望得清，你清晰却孤独的背影？

……

其实，你一直是一道光，一道永不褪色的金光，那么炫目，又那么安静，却始终照见我的苟且和懦弱。

感谢你们。有你，有你，还有更多的你……我的生命，才始终都充盈不竭的力量，不灭的光。

你现在的样子，就是最准的时间规划表

这个样子，是你长成的样子，也不只是你长成的样子。但无论是哪种样子，都是你所花费的时间长期累积下的生命样态。

今天的故事要从一个不同凡响的人物说起。

每天，在校园的操场上，所有人都会看见一个长衣长裤大帽子大步子大幅度甩着臂膀健走的女同事。无论晴雨风霜，工作忙碌与否，她总能"见缝插针"地挤出时间完成她四五年来雷打不动的五公里健走。

同事们都叫她"女神"，学生们都喊她"爷爷"，而在我看来，她是个半生被娇宠至今保持着单纯秉性与少女心的漂亮女人。

女神的年龄我一直没关注过，直到有一天她说自己比我已经退休的师傅只小几岁时，我一下子停住了手里的工作，死死盯着她，不可置信。这怎么可能？我一直以为她是30+！30+！

你若从背后看她，少女的纤细窈窕与轻盈步态，细细的腰，细细的腿，细细的胳膊上细长的手……若当面看，眼神明亮、清澈，脸上常带笑，皮肤比我更加细致，又有光泽，不细看的话根本不会发现太多时间的印记。

她总教导同一办公室的我们要多运动，作为女人呢，运动才能保持健康，保持身材……我的确动了心，兴师动众地在朋友圈宣告了走圈的宏图大业，跟着这位爷爷终于天天地走起来了，一天，两天，三天……可第一周还没完，就有两三天以种种理由搪塞着没走。什么例假了不舒服啊，什么太阳晒得我浑身皮肤都疼啊，什么我看孩子睡着了没走成啊，诸如此类。

直到此刻，她正在三十七八度的大太阳底下汗淋淋地运动呢，我却还在空调房里。

终于明白，她的健康窈窕就是这样一天天一小时走圈时间的最终积累，一分不少。

她的美好容颜就是如她所说，每晚一张面膜一遍遍拍水儿时间的最终积累，一天不少。而我，让我回忆一下，昨天洗脸了吗？

像她这样懂得在自己喜欢的事情上坚持花时间的朋友不多，但也不乏有。比如我最好的闺蜜、汉子——晶。

晶同样也是瘦又美，是生完孩子还能比生之前更瘦、更水嫩的那种人。但我要说的是她像 native speaker 一样的英语水准。

汉子晶是个英文编辑，我不知道天下的英文编辑是不是都像她一样，说起英语来溜得就跟郭德纲说相声一样。总之，像我，跟她一同在国外生活过一年的人，听到她跟另一位闺蜜的外国男友滔滔不绝地谈论电影，谈论教育，谈论孩子时，我总是偷偷地躲到一旁，生怕哪个人一不小心回头问我一句，怎么办？我仅剩不足五百的词汇量完全不能接上话啊。

有次我们一群人吃饭闲聊说到什么话题时——大概说谁是学霸吧，我才知道，当年晶考研时背完了考研英语四五年阅读题的所有原文！那比我高出的二十分，原来就在那里！当我就跟丢弃旧衣物一样处理掉本就不太丰裕的英语积存，当我刷着《三生三世十里桃花》《花千骨》这样的泡沫白痴剧时，人家在看美剧，背单词，记日常交流用语……

人的差距怎么就能这么大呢！我不禁要这么感叹！

但慢着。你把这差距扯开了细细琢磨，所有的差距不就是我们每个人不同的时间分配与规划嘛？你瞧见她英语怎么说的那么好，但你瞧见她在你玩的时候背文章，在你看肥皂剧的时候每天按时跟着电视、电影，跟着书籍学习、充电的不起眼时间吗？

哎！

换个轻松点的话题。说个男人吧。

这个男人是我的大学老友，Tonn。Tonn 学新闻，毕了业至今工作事业如何其实我不大清楚。但是从某一天开始，他的朋友圈成了我必须"精读""点赞"的文艺园地：他的摄影作品，张张都堪称精品。比如：

这到底是不是人拍出来的呀？怎么那么好看呀。有时我只能对着屏幕发出这样土得掉渣的点评来。

前不久，我无比嫉妒地在他的一幅摄影作品下留言："太好看了，嫉妒的我都想剁了你的手！"猛然想起来，三五年前我对摄影发烧时他发给我的那本《纽约摄影学院》我似乎一页都没翻过……

大概是从去年起，我又见他时不时发出来些绘画作品，先是素描，再是油画，然后有一天竟然半开玩笑的在朋友圈里起价拍卖起来！

我原本想问问他，工作之外他到底每天用多长时间画画。话还没问出去，今早我刷朋友圈时就看到了最新的一条。1：52 分，"睡觉"，配的图片是一堆画笔，和画。

我想，不需要问了。

我不需要知道他每天画多久的画，但短短时间画出这样的作品，虽只刚起步，但画出这样水准的作品，一定是一分一秒练习之后阶段性的真实呈现。

再比如，写作。曾经写一篇小短文就要抓耳挠腮，为一个句子的遣词造句就得焦灼地花掉十来分钟，抠破无数个痘痘，自从参加了每天打卡的写作群，连续写了一百天之后，十几分钟不到，一篇近千字的文章就能不假思索地写出来个潦草样貌。

不考虑结构，不考虑措辞，只是写。兴之所至，行云流水，我才发现所谓写作就是好好说自己想说的话，就是别作，写生活，写事实，说人话。

有个喜欢我文章的朋友总是跟我说，"我跟你不一样，写作是需要天赋的。"天赋？我没有天赋，我写的也不好。但我知道，写作也许需要天赋，但写作的前提绝不是天赋，是每天的观察、书写，是阅读、思考的长期时间投注。

作家林清玄曾经说过，他规定自己不管质量优劣，每天必须写完3000字才算完成了一天的任务。我也模糊地记得郑渊洁说他每天早晨四五点起来先完成一天的写作，那么，一天里最大最重要的事情也就落定了。前几天跟着女神走五公里时，我听布洛克的小说课堂。原来所有的作家似乎都不谋而合，写作，非常重要的一件事情，是自律！是呀，我那个拖了好久的小说，在这百来天的琐碎时间里，比如公交车上，哄孩子的间隙藏在飘窗上……一点一点地写着，有天一统计，竟有十万多字了，终于将近完工。

如此看来，时间是雕刻人现有样子的——最无敌的利器。你瘦身、美容、画画、写作、理财、做研究、学语言……无论哪一样，只要时间花费得到了，有一天，自然会成就你最想成为的样子。如此简单，却又如此艰难。

女神又问，你去走圈吗？我说去，去，我写完这篇就去。是呀，不去怎么办，你看我这么胖，这么黑，这么丑，未来怎么做个自封的"美女作家"呢？哈哈哈哈……

所以这么看来，你现在的样子，的确是张最准确的——时间规划表。

总有些光，在不经意间偷偷照亮

有"预谋"的成功可以让人满足，给人成就，但无心插柳的小巧合、小遇见、小意外，却往往带来无法计量的欢欣与惊喜。

一件风衣挂在衣架上，好几天，忙忙叨叨，总忘记带回家。忽地天一冷，落了雨，刚好合穿。同事逗笑，"这下不说自己太邋遢，老忘事了吧，这么看来，这衣服放在这里也算是最好的选择了……"

我笑，虽然这话里有逗趣的成分，但事实不就如此？有时我们以为下烂了的棋，走错了的路，以为无用的东西，当你再往前走上一段，当生活的气候陡然一变，你竟发现那"无用"恰是"有用"，那失误与错误也不失为某种正确而沉潜的决定。

有天和同事到食堂吃午饭，很少见的，一排排方形容器里多了一块洁白雪域——扇贝！心一动，那扇贝上的粉丝不是好吃吗？就点一份吧。吃完饭排队清理，盘里的空贝壳冷不丁随着胳膊的摇晃轻轻转动起来，像是舞蹈——圆润的线条，雪白的色泽，虽然沾了些发黄的油渍，质地里珍珠般的莹润依然醒目。我愣了神，旋即决定留下这只贝壳，因为它让我在贝壳的优美形态中，听见了海的呼哨。

我小心翼翼地捏出贝壳，拿到洗手池一遍遍冲洗，打上洗手液，再继续用手搓。几遍过后，仍有几丝姜黄的印记短短地藏在背面的纹路里。找不到刷子清理，只好将它擦干，就这般不太完美地带回办公室。

这贝壳被我放到正中那个抽屉最右的一角，郑重地就当自己悄悄地藏了一组海的密码，况且，这么好看的贝壳拿来放耳环该有多浪漫……

然而一天天过去，贝壳始终安静地躺在抽屉里，洁白，静谧，海一般优雅而遥远。没被放过一天耳环，还总被我不耐烦地，从左挪到右，从前放到后，甚至嫌弃它总那么闲得着，多占地方！

可我始终也没想到丢弃它，就荒在那里，慢慢地，很少再记起。

周四那天我赶到社区进行"双报到"，出来时在小区集市偶然地看中一盆星星形状的多肉，好生新奇，又娇小的可爱。兴冲冲买下，付了钱，想着摆在办公桌上，工作得眼睛疲累时瞧它一眼，就像瞧见满满一心空的绿色星星，该有多清新多舒服……可走了半道才发觉，这家老板并没有给植物配一个小拖盆……

浇水，怎么办？

我踌躇半响，然而，抽屉里一枚白色透着珠光的小岛，藏在梳子底下冲我有些嘲弄地坏笑。

是那枚贝壳！是那枚被我遗忘到角落里的贝壳！它早没了当初的贵族待遇，缩在一角，成了一堆杂物半盖着的"多余人"，成了个没用的鸡肋。但此刻，我看了一眼绿植，摸了摸贝壳，心中惊喜万分，原来没用了那么久，只是没有等到最需要它的时刻，最恰当的内容。

忽而想起庄子那个有名的寓言，长得歪瓜裂枣，木质极差的那棵树却最长寿。人们觉得它没有用，才没被砍伐用作他处，他不被人在意，也便因此获得了生之自由，反而成就它"无用之用"。贝壳凹凸的线条正好平稳放上那盘植物，清澈的水流从星星根底倾注下来，淌进贝壳——贝壳像在海里，星星宛在天空。它无用了那么久，没有被当成垃圾扔进泔水里，没有因为占地方被丢进垃圾桶里，也没有枯落在海滩，被太阳和海水敲打得粉身碎骨……就是为了这一刻，生活的宛转要将它放在最需要它的地方，完成它意想不到的生之仪式。

每一步，都算数。

每一物，哪怕无用，都有用。

每个结果，哪怕失败，也是另一选择的胜利。

每一个选择，就算错误，也会在漫长的生命轨迹中将你引向不一样的正确，只要你愿意。

生活中最美好确实不只是梦想实现，愿望达成，事业顺遂，还有这么一个个看似小小的转弯，凑巧的合适，无心的救急……以及，没有预见的遇见。

就像，你在雨里淋了许久，忽然一把花伞举过来。你看见一张微笑着的脸，陌生的脸，说一起吧。虽然你是个姑娘，她也是个姑娘；

就像，你说我们这样写着其实也挺好，没有什么欲求，不太去在意外界，有种小两口在深山老林隐居过日子的感觉；

就像，有人忽然说要寄一箱甜瓜给你，有人总让你突然收到匿名的东西，让你在忽然的欣喜里，更有一种坚实的笃定，在心里；

就像，在你自我怀疑文字的价值时，有人在一条完全无关的微信下告诉你，喜欢的文字会用心去读，已不记得多久，会在你的文字中寻找温暖的力量；

就像，你忽然说，就这样好好地说说话，其实也很好……

原来无用之用，无预之遇，也是一种生之美好。它轻微、自然，不那么用力，不那么刻意，不那么顺心，却有满满地真实与心意。当贝壳遇见绿植，当遗落的厚衣服遇见雨天，当没带伞的狼狈遇见笑脸，当落花时节撞见荒野的花海……总有一束一束光，在你不经意时，偷偷地，暖暖地，照亮你。

每个阶段各有甘苦

早上洗漱时对着镜子看了半天自己的脸，蜡黄、憔悴、浮肿，毫无光彩，像秋风随意摆布的一片干叶子。然而心情却是平静的。

有天和来北京出差的大学室友芳芳约在王府井碰面。这个当年带着牙套的腼腆姑娘如今已是一位大学教师，举手投足间成熟、干练了许多，出落的知性美人一般。她微笑着，郑重其事地向我介绍一同前来的三位同事……三年的分隔在一张嘴的江西味儿普通话里随即稀释，站在我眼前的仿佛还是当年八人间里质朴羞涩的小姑娘。忽然就想上前抱抱她，抱抱时光，只是王府井书店那么多人，我也少了墨西哥时那股子豪迈劲儿……一起草草吃了饭，浅浅地聊了聊，在小吃街随意地溜了溜，她掏出背了一路的老家特产递给我，彼此便急急说了再见。那天我刚从一场教学比赛的现场走出来，两晚没睡，早是撑不住了；她和同事忙着转完王府井就得匆匆去赶回程的火车。人真是越长大越身不由己，比如我没了精力，你没了时间……

"丢死人了！"我又羞又愧地在签名档狠狠敲下这句话。雪学姐的家人来北京游玩，顺道为我捎来了些鲜花糕、猫哆哩、糍粑、包酿豆腐……一堆能拿的不能拿的，包括我叫不上名字的，都从云南大老远带了过来。我倒好，一下班坐上十三号线冲到北苑四处找她们，找了将近一个钟头，才知道——我在朝阳北苑，客在通州北苑……典型的南辕北辙！朋友在电话那头打趣说，"这事儿发生在你身上我一点都不奇怪，昆明这么小你都迷路嘛，何况那么大的北京呢！"几年不见的陌生和刚刚的愧疚一并没了，我禁不住在地铁上哈哈笑了起来，被挤着下车的一个男人撞了还不干不净骂了两声都顾不上去在意。和雪一年联络不了几次，我知道她忙着读在职研究生，忙着照看还在襁褓中的孩子，而我则翻滚在与一群青春期孩子斗智斗勇的洪流里，各有各的辛劳，各有各的欣喜，曾经浓稠如蜜的情感似乎被距离与时间无声勾兑，但某一瞬间总让你恍然大悟：我们只是走进了彼此不同的人生阶段，经历更多没有彼此参与的苦甘，心却并不远。

一起漂在北京的姐妹娜娜第二天陪我去西单见到了朋友的家人。吃过饭，又陪我回家备课，准备即将到来的比赛，一场对我自己，甚至是我的学校都意义重大的比赛。备着备着，困得由不得自己滑了下去……一觉醒来已是晚上两点钟，灯亮着，娜娜在一旁睡得歪歪斜斜，电视还在唱，我起身关了电视闭了灯，和衣接着睡……一大早，娜娜噌一下坐起来，做了噩梦一般，愣了两秒，揉揉眼睛冲我大声指责："我叫你起来洗脸，你说一分钟就一分钟，说了无数遍就是不起来！结果我也睡着了！"说完，两人却都笑了起来。想来，这样疲累、任性却自由的日子，多年以后再回想，也是美好的吧！

生活总是琐细而丰盛的，让你为之操劳，也不忘给你犒劳。每每听到朋友们的唠叨或喜讯，也觉得是一种快乐，因为存在，总是生命的祝福！发小的千金漂亮可爱，闺蜜的儿子帅气懂事，欠欠当上了妈妈，晶晶也传来喜讯……我在经历了漫长的准备和轮番打击之后，专业能力也取得了意想不到的提升，比赛终是取得了还算不错的成果。

其实每一阶段都有每一阶段的负担和安慰。婴孩的需求会被父母尽最大可能无条件满足，但身心有苦说不出只能以哭闹表达也是痛苦；少年读书苦，为成绩为前途在考试战场上一次次冲锋败阵磨枪擦血再出击，但只为读书不知生存劳苦的幸福却是多年后才反复回味；职场辛劳，养孩煎熬，老来孤病……但以一已之力支起生活让人充实，给人价值；陪伴孩子，每一小步的成长都使人欣喜，忘却疲累；老来皱纹满布，身体日衰，但儿孙满堂、半生风雨，也可回味半晌……

人生的每个阶段各有甘苦，有分离，有相聚，有疲累，有所得，只要我们勇敢地走向生活深处，总不被辜负！就连当初最忍受不了的磨折，最后也会沉淀为一种经历，一种财富。

你到底在纠结什么

有种情绪就像一瓣一瓣撕花朵，一遍一遍抛硬币，一次一次拿起手机又放下，叹息又微笑，微笑又叹息，想开了又迷惘，迷惘着复想开……循环往复。

不知道你经历过上面哪几种，但我们都知道，有个很作的词恰恰匹配以上情境——纠结。然而，世事也不都非生即死般残酷纷扰，早该看开早作决断，但你到底你还在纠结什么，叫你如此拿捏不定，想不明白？

好友从上海来北京出差。本打算提前两天结束与我多聚聚，结果匆匆相见，只剩半天。

"你不知道那个奔驰的活动有多么摧残，我连续一周四五点睡，七点起，晚上十二点出去填个肚子还摔了个大跟头，磕的两个膝盖都是青的……我这一回去就辞职，立刻辞职！这个年龄了，我必须养好身体要孩子了。"她一边说一边偷偷打着哈欠，听我婆婆妈妈数落老公时，眼睛已然迷蒙了起来。我不再言语，身旁的她立刻顿入了梦乡。她入这个行业四五年，有着颇高的收入、体面的生活，却永远都是熬夜、通宵、出差……年纪不大就得了几年的老腰病，一到阴雨天或是劳累就反复发作，苦不堪言。她说过无数次要辞职，却始终在坚持。工作从北京换到上海，依然回到旧轨迹。"这次我一定要辞，我受不了了，必须一回去就辞掉！"她睡前反复嘟囔着，但等她醒来之后，我知道一切会回到原样。辞？不辞？工作？家庭？金钱？孩子？到底拿起哪个放下哪样，她真的不纠结了吗？

黎在电话那端沉默，却不再言语，我知道她又哭了。她有一个疼爱自己如生命的男友，却因暂时的工作调离分处异地。一年的时间像刀子割开了原本的熟悉与甜蜜，给了空白容进另一个人。等她真正发现那个早已习惯了的新面孔时，心已无从收回。可她的善良让她不忍背叛无辜的男友，却又无法悖逆自己真实的情感：那么爱的不能在一起，已不爱的不忍舍弃，将心切成两半放上天平，那道德的一方总是沉沉的压过真心，石头一样坠着她像被装进猪笼沉水的不贞女子，无力呼吸，却总有一张面孔阳光一样投进水底，如心底的上帝召唤她向生游去，不断沉浮……一手是安稳的现世生活，一手是未知的情感挑战，到底拿哪个，放哪个？她说她用剪刀在手腕上划了一个十字架的形状，却依然没有人能给她救赎。

师妹有天发来一条信息，告诉我导师给了她一个难得的出国读博的机会，这是专心学术的她多年来的向往。但让人头疼的是她男友的态度。男友说你如果为了这样一个读书的机会就离开我，那你就是一个自私的女人，你和那些欺骗别人感情的女人有什么不同，难道我们一年的情感比不了你的学业……我听的头疼，多么自私的说辞！师妹多年的情感经历我心知肚明，对她来说，也许什么最重要早就已理不清楚。这一场抉择，不知道又要纠结多久。

类似的还有很多。诸如留在国外工作还是回国，辗转反侧编了又删了的道歉短信，维持友情还是因爱冒险，换个喜欢的专业还是继续驾轻就熟……等等等等。

有人说，成大事者不纠结。然而我们大多数人毕竟终生只逡巡在小事之中，我们很多时候还是在明明知道答案，在必须做选择的前前后后依然没完没了的纠结个不停。有人哭泣，有人颓丧，有人逃避，有人暧昧，有人终日举棋不定闷闷不乐，甚至就在某种纠结下，了断了自身或他人难得活一世的卿卿性命……无休止的纠结比承担后果本身更具有杀伤力。

若将这些困扰渔网一样晒干摊开来看，我们或许会看得明白一点。纠结之事，有可调和，有不可调和。有的困扰在冷静与理智之中便能理清关系，找出最佳的解决路径，但有的处境就是两难。你面对的两者本不是反义词，却在某种语境下构成尖锐的对立关系，使你在可能与不可能中反复掂量，在得到与失去中不停权衡……

能让你如此纠结的，两者势必势均力敌。要么放下过去，放下已有；要么放下未来，放下未知的新鲜、冒险和可能。不必奢望第三种选择。这些年每当我为一些事情而左右为难时，有个人当年说过的话就会像一记闷棍，当头棒喝。"你不是不知道怎么选，你就是贪！"是的，既想得到一个人的爱，又不愿失去另一份温暖；既想在事业中崭露头角，又不愿意以更多的气力充电、提升；既想要瘦瘦美美，又不愿意少吃多运动；既想要他人接受自己，又从不站在对方的角度去思考行事……这不是"贪"，是什么？

电影《道士下山》里王宝强扮演的小道士何安下爱上了一个进道观求子的小媳妇，无时无刻不沉浸在对女子的幻想和眷恋里，但他最大的抱负是学习天下最牛的武功，追随太极高手周西宇修习太极绝学"袁击术"。些许时日的痴狂疯魔后，他最终放下情爱，静心习武，最终谱写了自己的武学传奇。《爱的盛宴》里在灵媒那里获知自己男友将不久人世的小姑娘也在心里经历百转千回，但她却没有太久纠结，反而给了深爱的男孩生命最后阶段最美的时光：为他租了一个自己的房子，与他结婚，为他生孩子，陪他在人世最后一段……

不是不可纠结。纠结是世情，是人心，无可避免；但持续的纠结就是过分沉溺与愚昧，别可怜兮兮说你不知道该怎么办，你只是不那么确定，不那么勇敢，不那么明白你要什么。人的际遇也像树的成长，要长得更加挺拔茁壮，就需经得起繁枝冗叶的切割修剪。没有钻心的舍弃，不经受分离的疼痛，哪配得起来年的累累硕果与更高处阳光的明媚？你疼过，自己把它埋起来，种出一种人生阅历，就好。

所以，你到底还在纠结什么呢？看清楚，选一方，走下去。答案就在你心里，方向就在你眼里，莫怯懦，莫贪婪，你定会在一段山重水复、凄风冷雨中走近前方的柳暗花明。

别对这世界失去防备，也别失去信任

这是个充满意外的早晨，意外到瞬间让人更清醒地认识这世界。

六点二十几分，我从洗手间出来，打算收拾停当，早点赶到学校干活——前一天还有两件急活儿我还没干完。

可巧，孩子醒了，坐在小床上迷迷糊糊地揉眼睛，还不迭地打着小哈欠。我赶紧跃到床上，闭眼，躺好，把左手搭在她背上，紧紧裹着，想把她再哄睡。可翻来覆去折腾了半个多小时，安心最终还是清醒地跟我笑着说，morning。

哄睡以失败告终，一看时间不早了，我赶忙摸了个馒头就出门赶公交。依然是不顺遂，眼看第一辆公交从我眼前晃过去——没追上。等一下趟吧，需要十分钟。我心头一热，走步吧，往前走两站不是可以运动运动，顺便看看花？

谁知过了两站再上车，公交上出乎寻常地拥挤。前门的人已经挤到了门沿儿，偏巧后门似乎给我还留了个空儿。赶紧钻进去，站妥，开始配置装备——手机拿在手上，手指戳进环里，安全起见；再插上耳机，点开薄荷阅读，听乔布斯的队友激情澎湃地演讲。我悠然自得地听着英语，眼见，外面的花开的多好啊！我颤颤巍巍地站着，手无扶处，身体随着车行左一歪，又一歪，只觉得两旁花朵更似云雾，粉的一片，金黄和乳白又一片……

奇怪的是，挤在我左边的一两个男的，每到一站总是往刷卡机旁边挤，以为他们要下去，但等到人都下完了，他们又往车厢里面挤过去。再到一站，又从我左边挤到我右边，等车开起来，莫名其妙又挪到宽敞了一些的车门口……

真是！我这个位置实在太不方便，人来人去，站都站不安生。同样的句子非得反复点几遍才能真正看明白讲的是什么！趁空了一些，我赶紧往车厢里面挪了挪，扶着一个栏杆，舒舒服服地继续看起来。

"别碰我的手机！"车门口一个女的忽然尖声大喊，怒气冲天。我一惊，车上有贼？下意识地看了一眼自己的包。天！饺子形的包包敞开了大嘴，往里一看，装钱包的地方拉链大开，只剩一只绿色的凌美钢笔！我的钱包呢？

登时，脑子一热，我又开始犯模糊，在心里不住的嘀咕：我今天带钱包了吗？带了吗？……心里一万只兔子七上八下地跳……不对！嘴巴大张的包咬得我生疼，陡然冷静下来——上一次，上一次我的手机不就是因为迷糊犯反应迟钝才没找回来的吗？事实上，那一瞬间我的潜意识里，是在逃避面对！

肯定是被偷了，肯定就在这车上！我笃信。

"哪位拿了我的钱包！"我黑着脸，厉声喝道。车上一下子静了，我瞪着眼睛往车厢后半边狠狠地扫。刚被偷手机的那位大姐望向我，咬着牙说，"就在这车上。"人群里也有几位低声说，"车上……"

正是因为这些声音，心里更有底气。"哪位拿了我的钱包？赶快还给我。你别让我打 110 哈……"也不知道是从哪里鼓起的勇气，说这话的时候，竟有一种侠客般的发狠和轻蔑。

"再好好找找看……"一个沙哑的男低音递过来。我提着心，往四周和地面上看，不几秒，褐色的小钱包没头没脑地躺在了地面上……捡起来一看，似乎什么也没少……

找回钱包，我往门口站着的人群里又瞧了一眼，想确认一下是不是刚刚挤在我旁边的那两个人。只有背影，似乎没有人跟这样龌龊的事情有任何关联。

我又挪回车子前面。一旁的姑娘小声问我，"找回来了吧？"

"嗯。"

"那儿个人一起的，小心看好包……"

我默许。

虽然我们以善意去审度这个世界，以信任去看待身边的他人，但无论何时，善意的信任也不该失却了最基本的防备。我们的触角有时被长久的安逸磨得钝了，敏锐的直觉被各色事务干扰得盲目，当明显的怪像已经发生，却还无法理智又审慎的去判断，去面对。这就不是所谓的淳朴善良了，反是一种可怕的无知与愚昧。

钱包被拿走的时刻，我正在听耳机里乔布斯的同事 Tim Cook 的演讲，他自信豪迈地谈着我们要以个人努力去改变世界，改变人们的价值观……但现实中我所在场的那一刻，我们不能改变他人与世界，还是要清醒着去热爱，去相信，去周旋，去面对。

"女士，您的钱包找到了吗？"司机师傅在开车门之前问我。

"找到了，谢谢！"

朋友说，这是一个典型案例，可以提醒我们遇到可疑的人时多个防范。也可以提醒我们，善良正义的人总是有，不必怀疑这世界的善，也不必失却对恶的凝视与防范！

你以为是恨他，其实只是信息差

很久以前我有点喜欢一个人，但是我没告诉他。姑娘家嘛，矜持点，没差。

后来有个朋友不经意间提起，谁谁那小子很喜欢你啊，你不知道他默默陪你上了多久的自习，远远看着，直到你男友出现的那一天……

我真想一拍脑门，揪出他吼两声：哥们，你倒是早说啊！你不知道姐姐我喜欢你那帅气的侧颜喜欢了多少个午夜梦回！

好吧，这其实并不真是我的故事。这个极端唯美、悲催又寻常到掉渣渣的故事，我就是拿它当个"兴"。

我真正想说的是，这世界造成隔阂、矛盾与误会的祸水之一就是信息差。

那一年我还在墨国当汉语教师，震惊世界的"猪流感"陡然爆发。与我关系最要好的一个学生不知怎的忽然冷淡下来。不再热心学汉语，不再找我聊天，不再一起吃饭、游玩，反倒眼里总挂着些若有若无的幽怨。

我不懂怎么回事，也无从得知。在一场完全莫名其妙的关系倒戈里，因为她态度的突变心里气闷，渐渐地也生出一些嫌隙来。

回国前夕终于明白其中的原委。由于流感爆发，学生的哥哥在中国无故被隔离，只因他的国籍。她的怨，无形中也就投射到我身上，一个中国人身上。但我并不明白无端疏远背后的事实，她也看不到所谓无故隔离背后的忧患。我们之间大段大段的留白造成偏见，造成误会，可根本原因能怪她吗？或者，能怪我的祖国吗？

怪只怪我不懂得她家庭的遭遇，她不明白中国 SARS 之痛与中华文化中大过天的集体主义……怪只怪，没有一个人试着去思考背后的东西，没有谁想过去沟通……

很多时候，我们伤悲的，我们怨恨的，我们解不开的心结其实都不在你的眼前。它在你看不到，又没能冷静下来理智分析或去积极沟通去填补的空白里。

有生于无，无中亦是有。

传统的中国画贵留白，懂得看没有画什么，再看画了什么，你的脑海和眼前，才品得出那幅画真正的难得。

卓越的小说善于留白。好的作家可能说了很多别的，都只是为了那一点真正想说，却不能说，不便说，或是不愿说却又想让你知道的——隐含的真实。就像你只看《红楼梦》写出来了什么，可能永远就只在那红楼里，看不见整个的楼，梦一场。

艺术留白是美的需求，不可否认的，它也是双刃剑，对于不懂如何阅读的人。人际关系里的留白亦如是。

好的留白可能产生恰当的距离、尊重与得体的体贴，但不得已或不恰当的留白却是最可怕最狠毒的利刃，无声无息，就斩断曾深厚的情感纽带。

不得不承认，信息流通是一个双向过程。有有效沟通，就会有有心缺省；有被接收的，就会有被忽略的……种种缘由，信息的传播和接收从来就没有也不可能有完全意义上的对等。也许我们还不能真正懂得，现实人生总有太多缠绕，太多愤懑、无奈，有时不得不沉默，不得不回避，不得不隐瞒，不得不顾"此"失"彼"，不得不委曲求全……这便是现实，任谁都无力抽离。那么，假如我只看见我，我只看见他，我看不见那"留白"，不能保有一颗冷静分辨，"洞见"真相的心——火热的心，单纯的心，善良的心，冰冷的心——你珍贵的善良终将被无心伤害，你炽热的情绪可能只给了一个原本还珍视你的人。

你不是不体谅，你不是不会换位思考，你不是不在意对方……你很好，你只是没有真的看见"他"。说到底，所谓的体谅与宽容到底从哪里来？不过就是懂得——如此简单，又如此艰难。

就这样吧，别太用"心"，别太用"情"，跳出来看一看，想一想，那"无"中，还有些什么。就是那些你恨得牙痒痒的人或事物，可能也只是源自"信息差"。

好的作品与爱同一，不将就

我心里有些忐忑。

"差不多剪剪就可以了，"我说"只要发梢的线条柔和点就行了。"

我点名给我理发的是这家店里的首席。刚刚洗发小哥提醒过我，首席的价位是118。我手里捏张20元一次的剪发卡，虽已跟发型师沟通过，但心里还是有那么一些不瓷实。

"嗯。但就是你说的这个很简单的要求做起来也是不容易的……"吹风机亢奋的嗡嗡声里，他淡淡地说。我以为这是要劝我加价的前奏，然而接下来，他什么话也没说，低头专注地撩着我的头发，握着手中有些性感的玫红渐变色吹风机。

"差不多就可以了。"我咧嘴不大自然地笑着，又重复了一遍。倒不是我真的怕他提价，这样的"差不多"主义是我多年来秉持的坚实理念。

他呵呵一笑，不置一词。等到头发吹干，差不多已经用了十分钟时间。我猜想，要剪到发梢的线条自然柔和，估计得头发根根干燥分明才好下剪吧。看来这个子不高，长相和言语又有些低调的小哥儿做事态度不太一般。

他麻利地将上方的头发用夹子固定住，牵一绺儿头发拦腰托在手中，另一只手飞速指挥发剪，"咔嚓咔嚓"，像蚕在夜间啃食桑叶，干净的白球鞋踩过枯叶，银亮的剪刀利落地扫过每一根发梢，秋风一般。一层，一层，逐层和每根头发切磋长短。

不知道过了多久，我坐得已经有些不大耐烦。孩子爸爸在旁边等我剪发，剪完他也要剪，而安心小宝宝应该还没睡，在家等着溜出门的爸妈。

一遍剪完，我瞄瞄镜子里的造型，估摸着该了事了。他却拿梳子前前后后慢悠悠地梳着，瞧着，一会儿将头发放到肩前，一会儿又摆到背后，眼神严峻的审视着。登时，手里的剪刀又焕发了精神，一缕一缕跳着剪，似是要驯服每一根不在序列的叛逆者。

不想，第二遍剪完，又上牙剪，由上至下虚虚地啮过一遍，薄厚有致，长短参差。我想，总算是该到尾声了。

"刘海也剪吧？"他问道。不等我回答，又左右拨拉着我额前的头发，眯着眼，蹙着眉，若有所思在地打量着。忽然，镜子里的他嘴角微微一扬，那把剪刀又跳起舞来……

"好了，起来看看吧。"他说。

"这刘海剪的真不赖啊！"真是好几年没剪过这样透气、俏皮又温婉的刘海了。

"不只是刘海好看，你再看看后面。"他颇有些自信。我站起来，侧身看镜子。

"等等！"他的剪子又像是找到了美食，随即"咔哧咔哧"细细咀嚼。我站在镜前，他站在我身旁，胳膊还得稍稍往上抬一抬才够得到我头顶的发。我看他举着胳膊不大轻巧地剪着，左左右右地转着，又是一番精心修饰。

终于肯松口，"现在没问题了，看看吧。"他轻轻舒了口气，笑莹莹地看着自己的作品。我看了下手机，这头发剪了至少有半个多钟头了，是我叮嘱过的"十分钟"的好几倍。我向他表示谢意，夸赞他态度细致用心，手艺精湛。他只淡淡回了一句，"对我来说，剪出的每个发型都是一个作品。"心里不禁一颤，怪不得他是首席，怪不得他能成为首席！

要使每个发型都能成为作品，就要在每次练习和修剪中尽心做到完美；要尽心做到完美，就要付出更多的时间，投注更多的精力，和热爱！是的，哪怕只收 20 块的回报，他投入的也是 118 块的心力，和无价的最到位的用心。在他与黄先生脑袋上最后几根调皮的头发对话时，我对他的敬佩更深。而他始终是淡淡的。淡淡的喜悦，淡淡的言语，却是，深深的"严苛"与热情！

"我剪的每个发型都必须是一个作品。"他最后检查了一遍手底下的脑袋，放下剪刀，为他的客人洗掉脖颈上粘着的最后几根头发……洗头的，可是一位店面经理，首席发型师呀！

我第一次为我自诩小半生的"差不多主义"感到愧悔。"差不多就行了"似是有那么几分洒脱，那么几分不在意世俗得失的高蹈，仿佛我这么想着，就能为自己的不够严谨，不够努力，不够追求极致之美而大义凛然地贴上脱俗旷达的由头！而此刻，当一个发型师两次强调他的每次劳动都是一个作品时，我那无耻的"差不多主义"终于羞低了头，一刀扎进它的痛处。为什么一个普通的理发师都能尽己所能创造"作品"，而我，却在每堂课，每次比赛，每样工作，每篇文字之后告诉自己残缺才是真实，随性才是美……

在一个陌生人面前，这样的腔调，近乎无耻。我终于明白，胡适先生多年前批判过的"差不多主义"果真是一种人性劣根，它总让你饶过自己，再美化自己，真是最无赖的狡辩，最根深蒂固却最要命的屈从和懦弱。

确实，生命中的每样作品与爱同一，原本就该"不将就"！从来就该，不将就！不将就事件本身，不将就他人，不将就旧自我！

觉醒的小哥儿

"疼吗？疼的话您就说一声儿。"他看见我头微微一偏，问道。

"没事儿。"我说。

这个学徒的小哥儿不怎么说话。大多数时候，他就静静地站着，手底下有些笨拙地打理我的头发。但我一进店就注意到他。不，不是他帅，是他胖虎圆润地站在那里，就是活脱脱一个怀里少了鲤鱼的年画娃娃：

大红衬衫，剃秃的脑瓜瓢上顶着个巴掌大的桃心发盖儿。他不笑的时候像笑，笑起来的时候眼睛快速眯成一条缝儿，宽圆的脸盘儿就越发显得憨厚、喜气。

好几次我都想夸他皮肤太好，白里透红，还透着几分健康而内敛的亮泽。我端起他递来的一杯温水，咽下几口，顺便把不该说的话也咽了下去——跟一个大老爷们谈皮肤，有些扯。

他身高一米七左右，白白胖胖，体形是乡里人特有的敦实、壮硕。他恭恭敬敬地在一旁，为另一个师傅打下手，时不时总有不同的人过来"指导"他。

"那个，你多抹一些！这么着不行，太少了抹不透，就等于白抹了。"说话的是个炸了一头冲天黄毛的小哥儿，他斜着嘴巴暗笑，眼睛也斜着。他不抬头，不说话，拿起刷子再剜了些朝我头发上抹去。

"不行，还是太少。后面再弄一点，赶紧呀，不然……"

"我心里有数。"他沉声道，手里的刷子依然移动在左侧的头发上，不紧不慢。

我没有作声。镜子上乌黑的桃心形状正了过来，随着他一动一动，像是一片轻蔑的笑；大红衬衫有些褪了色，局促地捆在他身上，还在肚腹的位置羞怯地裂开了小口笑。

"好了。"他完成了工序，低低地说了一声，又嘱我千万别动，头发的定型事关重大……我诚惶诚恐，收了手机，直直盯着镜子里湿抹布般凝滞的头发，发起呆来。

不一会儿他就回来了，坐在我一旁的转椅上，眼神有些怪异地盯着我微笑。

"我听说您是老师？"小眼睛有了表情，从那条细缝里闪出一道道细细的亮光。

"是啊。"估计是我跟理发师傅闲聊时他听了一耳朵。

"那我问您一个字啊。您一定认识。一个单人旁，一个几，这字儿读什么？"他边说边在空中比划。我没太明白，他又热情地接过我手里的书和笔，写在书后的空白页上。

"仈。"

我摇摇头，坦诚道："我不认识。"

他的眼睛又眯成一条缝儿，而且更细更长了。厚厚的嘴唇往上一提，得意扫扫地给我讲起了这个字的"典故"。我笑了，这字可是他的必杀技，被问到过的人无一幸免全军覆没。

我看他脸上的笑多了，话也稠了，左胳膊上漆黑一片的文身似乎也灵动起来了。这才对嘛，我想，二十岁不到的年龄，本就该是真纯鲜活的样子。

聊着聊着，说到之前一个叛逆的学生，这位小哥儿竟也激动了。"孩子小，叛逆，尤其是男孩。我那会儿也不好好学习，常常把刚大学毕业的女老师气哭。哎，现在想来那时候多傻啊……"

"我 12 岁就不念书了。混黑社会，打架伤人，监狱都蹲进去过两回。不是跟您吹，派出所的人都跟我熟了。拿我没办法，有时批评教育一下就让我走人了。后来家里出了一些事儿……我不混日子了，到上海打工。那些年我做过厨师，下过工厂，什么能挣钱我就干什么……心里只有一个念头——挣钱！"

"后来，我又从上海去了其他几个城市，做不同的工作，去年才从南京到了这儿，学干这一行。"他说。

"你年纪轻轻就经历了这么多事情，做过那么多工作，这些经历都是难得的人生体验。"我说。从某个程度上说，我非常敬佩这些顽强坚韧若野草的人，尽管他说进过两次监狱时我的心"咔嚓"响了一声。可那毫不隐晦的坦诚与言辞间淡淡的愧悔让重又立起敬意。

知悔，知改，过去的墨点又有什么资格遮蔽今天的眼。

"那时候我一心就想赚钱，现在不一样了。我现在觉得，人啊，平平安安就好，平安就好了。要那么多钱又能怎样，够养家人孩子，过得平淡幸福就好。"

我有些讶异，"这不像你这个年龄段的人说出的话。只有经历过一些事情或波折的人大概才有这样的领悟吧。你这么一说，感觉真的是成熟了。"

"是啊。那时候太幼稚了！光打架就给人赔了十几万！现在想来真是浑。现在叫我说啊，打架真的是世界上最没意思，最不值得的事情，伤人伤己！但那时候，哪里懂？"他边给我洗头边说，挠在头皮上的手稍稍有些重。道声抱歉，轻轻揉搓，他又接着说。

"12 岁那年，最疼我的爷爷去世了，只剩奶奶照顾我和姐姐。姐姐原本读书很好，在我们全县都能算数一数二的。可惜后来没人管，谈恋爱，可惜了。哎，那时候我恨死我的父母了，他们自己离开村子出去打工，一点不管我们。我就想，你们生了孩子又不管孩子，等你们老了休想我养你！现在大了才发觉完全不是那么回事儿。怎么可能不管父母呢？"他的声音就像我发梢上的流水，自始至终，温度和速度没有一点点波动。

听到这里，我插了一句："父母有父母的难处，不是不疼孩子，在外辛苦打工其实也是为了家人孩子。"为人父母啊，养家糊口重要，但对孩子的陪伴和教育其实更重要，可能一个孩子的人生轨迹也就不一样了。

"我现在的愿望就是踏实赚钱，够支撑以后的家庭就好。一家人在一起平平安安、快快乐乐，平安啊，比什么都重要。"

我没有多问，虽然那一句句反复强调的"平安"里一定有他刻骨噬心的故事。"你会的。"我说。

他使劲拧干我头发上的水，用毛巾包裹严实，拖着我的脑袋送我起身。"现在的人大都不相信人，人跟人都没什么信任。也难怪，社会上欺骗作假的事儿太多……"他陡然说到了这一茬。我微微一愣，有些羞愧，又有些释然。

大概，是我开始时要求查看商品包装让他觉得不被信任？

大概，是我坦率直白的言谈让他感受到被信任，被尊重？

我不知道。

但我确乎从这个小哥儿的闲侃中听到了真诚，听到了生命苏醒的撕裂声。

极致，可至

那天，久不联系的丁老师破天荒地给我发了个信息，实在是叫人受宠若惊。要知道，无论是大学还是研究生时代，丁老师都是我非常崇敬且视为"亲人"的老师。

我点开微信，一眼扫出了视频名称里的关键字：云南。再兴味满满地打开、看完，目不转睛，又满心是感慨、惊诧与赞服。

放羊姐的歌声还在耳畔惊艳，我的心思却回到了前几天的另一个陌生人身上。

雾霾红色预警。家里车子限行，时间又不早了，我只好叫了个滴滴出门上班。

互相问候之后，司机师傅冷不丁试探地问："姑娘，介意我跟你请教一个问题吗？"语声温和，教人无法拒绝，又不明就里。我一愣，迟疑地嗯了一句，"您说。"

"您在手机上叫车的时候看到四周还有别的车吗？"师傅问。

"哦，我没细看。应该是没有吧。"我支支吾吾地回答。一方面我确实没有关注过这样的细节，另一方面，我思来想去，不明白师傅这个问题是要做什么。坐滴滴也有两年多了吧，问我这样一个问题的，这位老师傅还是第一次。

我不禁好奇起来，偷偷打量起他。因为坐在后排，我只能在一片昏暗里瞧见他寸许长的头发里几星银白的光亮，身体瘦削，但坐在那里端正、沉稳，身板笔挺，像棵苍劲的老树。看那样子，大概有五六十岁的光景，想来是外地来务工或当地退了休找些事做的老师傅。

师傅很健谈，不几分钟就和我聊了开来。

"我这个人吧，没事就喜欢做做研究。觉得有的事情看似没个准，里面其实都是有门道的。"司机师傅颇有几分自豪地说道。

"研究？这是学问人才做的事情啊，您可真厉害！"眼前的这位司机不得不让人刮目相看。要知道，真正该做研究的人，实际上却也没几个真喜欢研究，更没几个真的踏踏实实地去做研究。"可是您开车研究什么呢？"我有些好奇。

"你别看只是开车，这里面的学问可大了。我以前开的是优步，现在转开滴滴，我就研究滴滴。一研究啊，嗨，我还真就摸着了规律……"

司机师傅一下子打开了话匣子，侃侃而谈。原来，他刚开滴滴的时候不明所以，不知不觉评价的分数就低了。师傅一急，每次开车时就细了心，观察、钻研起滴滴软件来。终于被他总结出一套规律，评价分数扶摇直上，生意也越做越好。

听他这么一说，我才彻底顿悟：原来师傅问我叫车时旁边是否还有其他车是在研究滴滴的派车规律！真是有心人！

天光渐亮。我们的车照例又在那个著名的"堵车十字"堵死了。我不迭抱怨，说着上次堵了二十分钟万车齐鸣的"壮观"景象。"嘿，"师傅一笑，"这里为啥这么堵我也研究过。"他回过头来瞧了瞧担心迟到而显得分外焦虑的我，目光温暖而柔和。那是一张布满皱纹的老年男性的脸，但那皱纹的沧桑里却不见晦暗、沉重，反是一种平和、安然，仿佛那岁月的沟渠里流淌的是不是时光，是笑意。

老师傅跟我分享了他的研究成果，我一琢磨，还真就那么回事啊！有意思。我对这个老头的崇敬也越发的浓。

一份普普通通的司机工作，老师傅充满热情地去做，用心的"研究"，硬是将一件简单的事情做到了极致，做出了自信，更做出了趣味。这种做到极致的行动和精神气儿，就是所有发现、收获，或创新的根本吧？我寻思。更重要的，做到极致，实现的——是最好的自己。

这位老师傅，不也是另一个"放羊姐"吗？

视频里参加综艺节目的彝族大姐来自云南石林，她一朝亮嗓震惊了评委，红成了头条，但几十年来却一直做着最平凡的放羊工作。像很多少数民族姑娘一样，大姐能歌善舞，尤其爱唱歌。每天最喜欢做的事情就是看着自己的羊群，在家乡的青山绿水之间，高声放歌，自由自在。

但就是这一个貌不惊人的大姐，一个人，一群羊，一片山水，愣是在看似枯燥的放羊生活中发现了艺术的门道。大姐从羊的各种叫声里悟出了一种"羊式唱法"，不断实践、改善，竟唱出了他人难比的独特天籁。她唱女声，嘹亮清脆，撩人心弦；唱男声，低沉厚重，大气开阔，简直叫人雌雄难辨。

我不懂音乐，无法探究羊式唱法的真正玄机与玄妙。但放羊大姐那么一唱，一说，又一站，却深深打动了另一个睡着的灵魂。

放羊平凡，但能数十年如一日的用心放牧，并能从做的事情中发现那么一些奥秘来，就是不平凡。唱歌说易也易，张口唱心即可；说难也难。要唱得好听，唱出特色着实不易，既需要天赋，更需要历练，而放羊大姐却出其不意地从羊之上想到了歌，从歌之中唱出了"羊"，着实是将每一种普通做出了极致。

如此，用心去"研究"，努力去"实践"，持之以恒地坚守，从不褪色地热衷，将普通的事情做到极致，我以为，便是另一种卓绝与优秀。

　　小博士说，只要写下去，别的事情就先不要考虑了……听他平平淡淡地发来这么一句时，我才发现：这家伙年纪轻轻，但真是有大智慧的。他喜欢书法，就写下去，不求名，不求利；他喜欢写诗，就写下去，从不投稿，更不急着向谁去证明什么……

　　我想我们欠缺的，便是这种平常却又难得的，将一件事情坚持做到极致的静气、决心，与兴味。

　　试想，倘若我们能像司机师傅和放羊大姐那样，将自己热爱的每件事情都做到极致，便可窥见"山中小口"，迈出去，即是别有洞天。不用妄想，不用做梦，也能走到自己想去的地方，遇见你想实现的那个自己。

　　那就现在把，努力做到极致。细流东去，不去想会路过何方，而海，终究可至。

远方，在何方？

诗和远方，不知从什么时候开始，宛然成了大家眼中亮闪闪的精神旗帜。不谈诗和远方，你似乎立马就化成生活混沌、面目模糊的盲目大众，都不好意思开口和人谈梦想谈人生。

诗还好说，但口口声声比诗还诗意的远方，你有没有细细思量过，它究竟在何方？

那天一早，婆婆摸黑进房间接我的班。我边理衣衫边像往常一样随口问："妈，昨天晚上睡得可好？"

婆婆向来有睡不好觉的"顽疾"，用她自己的话说，她一晚上想的事情可以把地球绕好几个圈。夜里两三点睡着对她来说是常有的事。医生给的药她不爱吃，总觉得吃药似乎就真成了"病人"，让人觉得更不是什么好兆头。但这睡不好觉，却着实成了困扰全家人的头等大事。年事已高，真怕她这样吃不消呀。

"哦……"婆婆压低嗓子轻声应了一句，听起来犹犹豫豫。

"又没睡好吧？"我重重地叹了口气，顿了顿，有些埋怨地说，"四点多我去客厅喝水的时候还听见您的叹气声呢，您说您一晚上不睡又想些啥呢？"

婆婆终于一点点摸到了宝宝旁边，拉拉她的被子，确认盖好了，才挪了挪，斜靠着床头，小声和我说话。

"我昨晚上想过年回家的事儿呢。我把你放假了咱们回家后每天的事儿都安顿了一遍，哪天收拾屋子，哪天蒸馍……恨不得立刻起床就去干呢！"婆婆说着有些兴奋起来，仿佛她此刻已经站在了老家的门厅，抢起膀子就可以干起活儿来。

孩子轻轻"哼"了两声，我们的声音立刻没入了黑暗里。婆婆不再言语，我恍惚听见一声叹息，在婆婆越发激动的畅想里，打了一个与黑夜同样颜色的死结。

身未动，心已远。婆婆想去的远方，是家的方向。

有次和弟弟打电话，不记得说到什么了，他波澜不惊地絮叨，"幸亏你现在身体好些了，前段时间妈妈想去看你，家里又走不开，担心的一整晚一整晚都睡不着。现在好了……"

心一惊。那是我生产完不久，妈妈半年前就说要来"伺候"月子，北京离陕西太远，她看不到我，不放心。生怕我被照顾不好，受到哪怕一点点委屈。谁晓得那当口家里又有点别的事，妈妈实在走不开。

弟弟打那个电话时，妈妈已从北京返回老家一段时间了。我也才知道，有那么一些日子，让妈妈魂牵梦绕的远方，竟是她这个常常一个月一个月都想不起来给家里挂个电话的——女儿的方向。

而妈妈，从来都不会跟我提这些。

03年，高考结束。我攥着高考志愿表异常兴奋，一个一个志愿铿锵落地：云南、内蒙、山东……无一不是——远方！那个青葱年岁，让我亢奋的远方，是任何一个与家相背离的方向，当空间距离无限延展之时，我以为，那便是高飞之前的起跑。

那时，在18岁的心灵里，远方，是自由的方向。

后来，我去了地球另一端的国度，那里，是梦想的方向。

我去了心心念念的江南，那里，是友情和古典诗词里交织的美丽意象。

我去了云南、去了河南；去了东北、去了西北；去了美洲，去了非洲……

地图上间隔愈发遥远的一个个色块，一个个点，连成线，那极不规则的形状，通通都是心灵的方向。

此前，听到朋友移民的消息时，不羡慕，不评论，不置可否。而当北京的雾霾愈发严重且久不见好转迹象的今天，在我的孩子一个多星期都不能出门自由呼吸的现在，我忽而理解了，那些从祖国出走的人儿，他们心中的远方，不过是一个纯粹美丽的期待——或为环境，或为志向，或者，只为一个新的冒险或挑战。对他们而言，曾经扎根的祖国，也许便是另一个永恒记挂的，最遥远却又无限接近的——远方。

你说你要一个背包走天涯，你说你要打点行囊回家去；

你说你要去看那片丘陵上阳光色的油菜花开，你说你要回生活过的那座城市，假装路过曾常和他逗留的石桌；

你说你要踏遍每一方古迹，揭开历史的面纱，你说你要扬起每个大洋的浪花，为每片性格不同的海绘出一幅逼真的色谱……

你说。

你说。

你说。

你说，你想去的远方，其实都只是，心的方向。包括，诗。

找准自己的节奏

八月，泰安，登泰山。

一个偶然的念想，我和两个好友便径直背了行装直奔泰山。到达山脚下时是晚上九点，我们背着沉沉的行李，轮流打着手电筒开始登山。

开始时走得沉着坦然，有说有笑，可越往上爬，越疲累，越艰难。虽有清爽的山风时时吹拂，却根本吹不干山泉一般不停涌出的汗水。上衣湿透了，贴在胸前后背，湿腻腻的粘的人浑身难受。头发里的汗水跟着一上一下的沉重脚步悄无声息地往外渗，往下坠……夜爬泰山，是否是心灵的洗礼并不知道，但一定是肉身的洗礼了，衣服和皮肤从进山起就再没干过。

小 K 的脚本就有旧伤，我的腰在长时间的攀爬之下也不堪重负，实在是走不动了，我们三个停下来坐在路边休息、吹风、补充水分、吃东西。用手电扫向对面黑黢黢的树影，忽而觉得，有时候风景就在身边，只是我们看不见而已。

刚开始休息时我们还能慢悠悠地吃着东西，谈笑，在夜色里看山，但随着旁边路过的人越来越多，休息的人渐次减少，屁股底下刚还冷冰冰的石头瞬间就让人觉得燥热再坐不住了。还没休整好的我们迅速收拾了东西，赶紧跟上庞大的洪流继续向前，直到累得腿抬不动，双手支着腰也都走不下去的地步才又停下来，仓促地休息一小会，然后又跟着熙攘的人群往前赶。实在支撑不住，再休息，还没得到真正的平复，又急着往前，生怕落下。如此这般，三番五次，原本设想的雄壮、豪气的爬山就像脖子上被人套了一根铁链一般，一路上都在奔命，都在追赶，都在恐慌：别人这么快，再不赶上，怕是登不上顶看不了日出了吧。可是登山之前我们明明查好，最多六个小时我们就能够爬到山顶。明明我们还有时间不慌不忙，还有时间休息，可现在，我们究竟是怎么了？

再往前爬的时候，我把视线从那些爬山的人身上挪开，转而观察起在一旁说笑休息的人。猛然发现，那一小堆休息的大学生不就是早前我们休息时呼啸而过的人吗？再往前走，将登山杖丢在一旁喝水聊天不就是让我们再也坐不住的榜样吗？那两个在我们休息时，一个牵着一个走过我身旁的人不正是刚刚我们爬山时坐在路边打情骂俏的小情侣吗？……原来每个人都在攀登，也都在休息，只是我们彼此的节奏不同而已。我们只是看着其中某种状态就焦躁不安，不断给自己加压，生怕自己跟不上，却忘了每个人体质不同，行动的时间不同，安排更不同。原来牵着我们一路透支体力也追赶不上的洪流，只是一个选择性的断面而已，只是一种流行病般的恐慌和不甘落后的欲念罢了。瞬间释了，我们坐在路边安心的休息了下去。

不要羡慕那些在你休息的时候不懈跋涉的人，他们可能刚刚才休息过。你自己坚持走下去时候，在别人眼里也是力量，也是鞭策。不要看着别人休息就心安理得地慢下脚步来，你怎么会知道他不停歇地坚持了多长时间，你有你自己的计划和节奏。不需要让路人控制自己的步伐，更不用借着别人为惰性找借口。我们只需要，找准自己的节奏，往前走。

凌晨四点多，我们终于登上顶峰，等待日出。清凉的山岚在晨风里迅速流动，天边泛出一道红又渐渐淡去，虽然疲惫，但一切，美好而平静。

泰山已登顶，但生活的高山依然无限延展。不禁感慨，为什么要去做那受人无心牵引的傀儡了，在人生的攀登路上，我们需要停下来找准自己的节奏。

在别人都在赶着把事做完的时候，也许我们可以想着怎么做实做好；在别人都急着功成名就的时候，我们还能坚持坐着冷板凳，把自己先做好。

找到自己的节奏。这个时代脚步太快，一不小心，你会跟丢了自己；我们的生活节奏太紧，推推搡搡间，极易沦为潮流的附庸。我只想用心成为心目中的自己，却发现早已换上无数张陌生的面孔。

你，只和你自己有关系。你可以多样，但多样也是你，不是对他人的模仿。你可以加速，但加速也在自身能力之内，不是对生命的透支。你可以坚持，但累到实在坚持不住的时候，你何不允许自己停一停，等等身体，等等心灵，蓄满能量再次启程。那么快走到终点干什么，一路疲累，错过风景，何况前路本无终点。只要一直走一直观赏，知道最后一定会到就好，无须比较，没有早晚。

我想，有自己的节奏和信念，比较不会自卑，不会有太多焦虑，不会在纷繁的人生万象里，还没走多远就先迷失了自我。你知道什么时候播种，什么时候发芽，什么时候开花，什么时候挂果，植物和自然本身都有它的节奏。人也一样。人生不需要速食，我们也无需将自己种进大棚里。

在这个速成品越来越多，越季蔬菜越来越丰富，流水生产越来越高效的今天，我们才慢慢发现，只有时间、雨水和阳光慢慢浸润的果蔬才最有滋味，只有用双手精心制作的物件才最有温度，只有一步一个脚印踏实的行走才能最快走到终点。在这个大多原生态都在申遗的年代，我们，也请谨守自己的初心，跟随自身的节奏，不急不躁，不慌不忙，不纵悲喜，不患得失，走向明天那个更好的自己。

跑向生活

京城的春天，气温骤升骤降，浑如喜怒无常的姑娘。我没惹她，她却不放过我。病蔫蔫的烧了三四天，体温终于恢复了正常。跑步去吧，突发奇想。

第一天。我兴冲冲地下去跑步，先绕着小区散步一周，再戴好口罩，塞好耳机，踏上跑步机正式实施我的运动大计。老胳膊老腿活动起来让人顿觉青春，浑身渐渐发热，再加上耳畔许巍青春的歌谣，我仿佛一下子从这个空气混浊又拥挤、嘈杂的地方飞升了出去，神游四方。我在奔腾的歌声中踏着节拍奋力挥臂，晚风狂躁又清凉，卷着夜色中隐去踪影的灰尘猛烈袭来，可激动而澄明的内心却丝毫没有蒙尘。许巍的歌声萦绕耳畔，纯净、嘹亮，如画笔一般在我的眼前绘出一幅幅画面，它引人走向湖畔、海滨、山谷，也带领思绪攀上山巅，踏入小镇，没进人群……记忆最容易在没事儿的时候被唤醒，曾走过的路一条条重现，铺展于心间。尽管小腿已经跑到微酸，步子却更见沉稳、有力。

我奔跑着，跑在一湖花开的泸沽湖畔，跑在牛羊遍野的香格里拉，跑在想象中的青藏高原，甚至跑回了异国宽广荒芜的戈壁滩上……几曲终了，背后的衣襟都已经湿透了。离开跑步机时，心神早已在音乐与晚风中遨游了好几番。心中大快，抬眼远望，刚才那枚未圆的蒙蒙羞月，不知何时已变作被谁撕了半拉的鸡蛋饼，滑稽又无奈。忽然发现，奔跑原来是释放身心最直截的方式，它用肢体的剧烈律动带给你久违的自由，激发肉身与心灵生命的力量。

有了第一天惬意酣畅的尝试，第二天我一早就换好装备下楼跑步。依然散步，依然听着音乐踏上跑步机，依然闭上眼睛、戴着口罩、随着歌声徜徉在记忆中的自然天地或大街小巷。但少了昨天的新奇与激动，脑海中的风景骤然褪色，奔跑的幻想也随着肢体的疲累渐渐变得索然无味。

偶然的一股疾风不知吹动了哪根心弦，眼前竟闪过一张张曾熟悉的陌生面孔。耳畔的音乐撕心裂肺地歌唱过往，心随着音乐狂草一般恣意地书写着一个个绵延不绝的故事。

有的人是溪流，在心底安然地流淌，水声潺潺，清澈悠远；有的人是山峦，在眼底无言横亘，峰岩峭拔，沉实厚重……不禁感慨，我们所谓的人生不就是在时间的序列上演绎的一个个不能回转、不能NG 的故事——与他人的故事，与自己的故事，自己与他人在时间里的故事。生命就是利箭离弦，开弓便再不能回头。我们都是时间的囚徒，他将生命囚禁在长度里，将回不去的禁闭在回忆里。没有钥匙，没有任何越狱的可能，哪怕是死亡。但也正因为经历的不能复现，人才有了思考，有了怀念，学会了放下，懂得了珍惜。渐渐地，我们都会明白，每一个此刻都是此刻的终点，每个终点都是下一刻的开端；每一个昨天都是曾经的今天，每一个明天都是下一个昨天；每一个遇到的人都将成为今天的挂念，每一份深藏的爱都将酿成明朝酒盏中的最美的琥珀光。

大汗淋漓地从跑步机上走下来，心里空空的，又充满着。有个声音说：唯一真正属于你我的，只有现在。如果我们早明白，是否就会少去太多的恣意与狂妄，少去太多的遗憾与犹豫，任性与贪婪？然而，没有如果，现在就是最好的结果。

　　这两天正是海棠开得欢快的时候，一朵一朵粉中泛白的花朵聚在枝头，杯盏一般玲珑地盛着清甜的春意，面朝路人含羞浅笑。我不由得走到海棠旁边，轻轻拉下低处的花枝，凑上去使劲嗅嗅：海棠竟有槐花一样亲切的甜香，浅浅淡淡，温婉之中又藏着丝丝辛辣，逗得鼻子与大脑都无法给它准确的定义。我拿出手机给它拍照，贪婪地想留存这美丽，奈何美丽与芳香统统留不住。是呀，有些美丽无法记录，只能放它在记忆里，而后随着时间逐渐变得模糊，却又越发的惹人回味。离开海棠继续散步，这是跑步的第三天，我关掉音乐走进眼前的世界。

　　两位老人在我前面快走，掠过他们的时候，老爷爷拉家常的声音里抑扬顿挫着笑意。一只黑色的肥猫从眼前溜走，喵呜一声，惊得我想起昨天晚上读的鬼故事里玄猫的种种避邪奇谈。暗黑的天色遮着太多隐秘，我不知道这世界是否藏有别种存在，然而心怀对生命的尊重与敬畏，一切的未知，总与我们同在，只要不畏惧自身便不生它种恐惧。兀自笑笑，还有什么比心底的胆怯与懦弱更值得畏惧。夜风推搡着一缕浓郁的香袭来，瞬间又消逝无踪。我瞥了一眼近旁，只有两只硕大的垃圾桶，不禁笑话起自己来，跑步跑得生了幻觉。继续往前，却在转弯的地方彻底被花香俘虏，我停下来借着路灯微弱的光往苗圃中张望，原来刚刚那缕游弋的芳香就来自这里——缀满淡紫色花粒的丁香，一树一树，拥挤细碎，宛如晴朗夏夜里密密如织的繁星。我忽而嘲笑起了自己，有时候我以为看不见、抓不住的东西仅是错觉，原来我们需要做的只是向前走，转个弯而已，真相与那盏解惑的灯，就在前方罢了。刚遇的到那只胖猫蜷在花丛下，懒懒地抬眼看了看我，又继续打起呼噜；我深吸一口气，给肺里灌满芬芳，继续向前跑去……

　　一个年轻的男人在小广场上煲着电话粥，手里的烟头在黑夜中不时闪烁，像迷了路的萤火。不高的个子，操着不知是哪里的口音，在我面前的小路上不停地踱着，踱着，时而狠狠地呷上几口烟。夜色里海棠的芳香越发清晰，它随意的在风里流荡，撞上我脚下不停响动的跑步机，撞向每一个路人，每一棵树，落在拂动的发丝上，又飘走，像眼前不时明灭的烟火。一个少年，一支烟，一个打电话的侧脸，在忽然的想起里，所有的恨与怨都消逝不见，时间被拉长，爱与恨也早就随风远走。

抛开妄念，心才能重拾宁静、清明，才更看得清得失，才懂得更好地善待他人与自我。豁然开朗。有种喜悦油然升起，树影轻舞，晚风微醺，藏在云后的月亮偶尔羞涩露出半面，一切宁静而自在。而这一切，只在现在。它不是回忆里缥缈的景致，不是故事里陌生的面孔，不是歌声里谁的甜蜜与伤感，谁的青春谁的勇敢……只是此刻的你我，此刻的风花树夜和此地的月色人语。

收回鱼游的思绪专注于跑步。左脚的袜子淘气地往脚底缩，我停下来拽一次，再拽一次，它依然不气馁的"堕落"。索性放下偏执，不去理它，也不被它搅扰。袜子滑到脚心后不再动了，踩在脚底下软软的，像小时候妈妈新弹的棉花，竟让人觉得舒服。

前两天在音乐催眠下，心流连于虚无缥缈的种种思考与幻想，跑步反而成了一个给自己逃离现实生活的跳板。每天勉强坚持着跑到流汗，完成设定的任务，根本无暇凝视跑步自身。直到今天，跑步才彻底被心灵松了绑。此刻的步子更加欢快，跑得人脸颊燥热、汗流浃背，却不觉一丝疲惫，浑身上下充满了力量。踩动踏板的脚更加用力，踏板弹回来得也更见力度。阒寂的夜色里，我听到了跑步自己的声音：同样是跑步，自己倾力向前迈进是前进，轻踩踏板等着被推送向前也是前进；同样是生活，你沉浸于幻想抱怨生活是活着，满心喜悦走进现实发现美好也是活着。

幡然悔悟！选择哪一种方式向前决定你前进的深度与长度！你是因为外力推动而前进，还是受到内在驱驰而前进？前进的本质不同，到达的地方也绝不相同。而选择哪一种心态活着决定你生活的品位与质量。特别欣赏这样一句话：活着就是一种选择，你做出怎样的选择，便过怎样的生活。如此而已。对于生活的道路，我又将如何抉择？

在跑步的第三天，脑海中的泸沽湖不再不情愿地出现，幻想中的故事不再编织；我不再徜徉于记忆中的地方，不再遇见遇不见的人，只是睁眼打量着身边来来往往的人，发现拐角处不曾预料的美丽，思忖着还没解决的零碎问题，盼望对面的新公园早点竣工……

路上行人渐少，打电话的人离开了许久，靠在躺椅上休息的人也打发了疲惫，脚步轻捷地离去……我从跑步机上跳下来，像往常一样踩过野花遍地的草坪往回走去。

不是有所求，就是有所图

我不喜欢和别人套近乎，但我会"搭讪"。

想到一个朋友。

早先听关系要好的小同事提及培训中一个帅气有才又有范儿的姑娘——罗哥，言语之间颇有赞赏、倾慕之意，好奇心作怪，我记住了那么一个名字。过半年恰好得了个机会去她所在的学校开会学习，不想有一场课后出来发言的竟是她：寸许短发，清灵大气，言语利落，见解精辟……举手投足间真是同事说的"丰神俊朗"。原本扁平的姓名渐渐立了起来。

许是有缘，区里教学比赛，我在准备室又碰上她。那当口，我的教学设计忘了加板书，正急得焦头烂额，抓破笔头地一张张教案画上去。见是她，一头短发圆乎乎的背，埋头理课，一身静气。心下一喜："能和叹服的人一起赛课也蛮不错。"我径直走向前和她打了个招呼，又从别处得了她的联系方式，一来二去，算是认识。但那认识也只止于认识，偶尔有事说上三两句，培训时遇上微微笑笑算是招呼，最"熟"时起意约饭向她讨教微课种种，又因各种忙乱久久拖着，终未成行。

你若问我为何要主动"搭讪"认识她——欣赏！你若问我为何认识了也一直只是远远、淡淡——远远欣赏！纯粹的欣赏，认识就很美。

那时才明白好友老赵以前的怪异行径。老赵好色，不知采取什么样的攻势，顺利结识了大学里几乎各个院系的美女，却无一起色心。美其名曰：爱美之心人皆有之，去认识，只是因为美好；我脸皮厚，但真实。原来，此好色实非彼好色也。

的确，有一种美好是，认识就好。认识，我们的生命就有了关联，或深或浅。单纯的，有些傻气。

但有些人"认识"你却并不如此。

大学选修课上，有个女孩只认识了一两天就十分热络，手挽胳膊，一起进餐，谈自己，说家庭，就连以往情史都恨不得尽数倾吐，让你恍惚以为遇到一拍即合的新闺蜜。谁知期末考试一过，她却如雨后积水，阳光一照消失的连水印子都没有。如此这般接近，仅仅为了逃课时的笔记，考试前的帮助？教人惶惑不已。

前不久参加市里的培训，每次课程中午结束，大家照例自行散去休息。而我却跟着负责的老师一路公交、地铁奔赴一所学校跟着人家的课题听课学习，往返一次单路上就得花去四五个钟头。每每回到家里暮色四合，疲惫不堪，却也觉得充实无比。有天课间，一位相熟的学员闲闲地问了句：

"你跑那么远就只是为了听课？"她胖胖的圆脸红出了几分疑色。

"对呀。那干嘛呢？"我不解。

过不久再见到她时，她挽了培训老师的胳膊走进来，有说有笑，亲热如姐妹一般。旁边坐着的好友碰碰我的胳膊，悄声道，"你还不知道吧，她跳槽去那个学校了……"一拍脑壳，总算明了，当初她满脸不可置信不过是怀疑我跟随听课的动机。她不相信我费时费力跟屁虫一般仅仅是为了学习、听课，不为表现自己，也别无他求？怪不得，再回想起她当时语气，我感觉自己简单的如同一个怪物。

后知后觉地发现：有的人接近别人，不是有所图，就是有所求；有的人亲近你，也并非源于你的善良、真诚，与美丽。

有那么一些主动认识你的所谓朋友，从你这里索去一些东西或向你"讨教"后就无声消息，形同路人。有的人是要"窃"，比如你某一个创意。你向同事分享了你的点子，诚诚恳恳启发点拨，谁知展示台前，你的点子竟成了别人的创意，瞬间新闻变旧闻，你拍拍自己的资料，叹息不已。还有人喜好"集邮"，以各种方式结识诸多"牛人"，无非是为了增添聊天时炫耀的资本，或是刷圈看着牛人的高标生活时飘飘然意淫，以为自己真是同类了……

不禁叹惋：从前我们朋友就是朋友，微笑就是微笑，时光不慢，却通透得纯粹。崇拜便诉倾慕，想念便吐衷肠，惆怅即谈烦忧……哪怕相见不识，心有钦敬，远远看着也是幸事。不知从什么时候开始，我们被人接近是因为你有利用价值；从什么时候开始，献血不是热心公益，是藏了私心做奖学金评比时的高分大注；从什么时候开始，社会实践潦草敷衍，只为求职简历上增一条资质……我们从什么时候开始变得这般面目模糊却目的鲜明，满心虚伪，一身功利，如此那般"有为""务实"，还未靠近便瞄准了所得？

见贤思齐。诚然，认识一些人有意无意中总会对我们的有所帮助。这些优秀或善良的人站在远处便是一面旗帜，无声为你导航；站在近处即是一团烈焰，为你照穿黑暗。他们热烈或安静地在不远的前方绽放，成为让你可以目见或走近触到的精神力量。

然而，有没有一种相识只是源于喜欢和欣赏？就像你和我这样，就像人和人之间最初的模样。我想认识你，不是有求于你，不是另有他图，只想默默地、远远地，看着你。看着你的荣光，看你的感伤，看着你生活中不那么完美却真实的可人样儿；或是走近一些，一起谈笑，吃饭，看风景，甚或是，沉默着微笑。

亲爱的朋友——我认识的你，我想认识却远远注视的你，我喜欢的你，我钦佩的你，敬畏的你……——我走向你、凝望你，仅仅是，因为欣赏。这就是，全部的意义。

是谁在控制谁

　　婆婆来京呆了一小段时间，生活幸福指数急速升高。家务有婆婆抢先做完，晚上下班一进门就有花样繁多的家乡美味摆在桌上，分外诱人……但问题也随之来了。

　　婆婆唯恐我们吃不饱，每顿饭满满当当地舀上一大碗，完全不顾实际饭量和我的意见，还不许剩下。为了不让老人辛苦做了饭再生一场气，只好生扒硬灌，悉数吃完。于是总得吃到十二分饱，还要忍受胃疼的煎熬。

　　闲下来的时候婆婆喜欢跟我聊聊天，有时会说到当记者的女儿。每每提及，她总是无限心疼又恨铁不成钢地叨唠，当记者多辛苦啊，当年让她学师范她就是不学，女孩子当个老师多好。毕业的时候老家有个幼儿园不错她也不去，要是去了多好，挣钱不少离家又近……这样的话大概说了三四次。有天在外吃饭的时候婆婆又提起，我实在听的心里憋闷，就和她"理论"起来。

　　"你觉得当老师好，但你妹子不一定喜欢啊！当记者可能就是她的理想，不管多辛苦她自己愿意做这就够了！"

　　"当记者多累啊，又挣不到什么钱，还不如当老师。呆在阎良离我还近些，什么时候回家都方便。"婆婆停下筷子很认真地说。

　　"可是一辈子那么长，如果做的是自己不喜欢的事情那多痛苦。不是你觉得好她就必须做，她有她自己的打算和人生……"

　　婆婆依旧回到自己的老套路上，什么离家近，陪着她，挣钱多……

一点听不进我的话。我心直口快，"您这都是从自己的角度考虑问题，以自己的想法控制别人，是不是有些自私呢？"这话说得实在是重了些，却也收不回来了，婆婆的表情有些不自然，一旁的他赶紧救场，"吃饭吃饭，这饭菜多香啊！"

那次之后，婆婆就很少谈到类似的话题，比如北京不好回老家好，以后最好生两个孩子，女孩子嫁到离家近的地方好……

婆婆说，这么多年她都习惯让别人按照她的想法做事，比如别人做饭的方式她觉得不好，就一定要让人家学着自己的方式做，诸如此类。我叹息道，"如果别人不照做，您是不是心里会不高兴，生闷气？""是啊，你爹有时怎么说他也不听，我就气得不行……""那这多不划算啊，自己气着了别人又不会改变，咱们没必要做这亏本生意……"婆婆开怀笑了，咯咯咯咯的，掩藏起自己的尴尬。

很多时候，我们总以自己作为标尺去衡量他人，以自己的观念和方式去限制或规范他人，这从本质上说都是一种"控制"心理。人自身可能意识不到这种"控制"心态的存在，以为理应这样做；也不会去想"控制"的行为给他人带来多少心理和现实的伤害、困扰，以为这一切只是为对方好。我太能理解这种现象，因为作为一名教师，我在和学生相处最僵的时候，恰恰就是这种不自知的控制欲最旺盛的时候。

最早当班主任时，我常常陷入一种困境，甚至一度压抑到要去看心理医生的地步。在我的计划中，这件事情应该是这样做的，如果学生没按计划完成，我会气愤，会批评。在我的认识中，好的班级应该是那样的，如果学生不是那样的，我会失望，会指责。在我的安排下，这个活动应该是以这种步骤进行的，黑板应该是以先横擦再竖擦的方式清洁的，如果没有按部就班，我就会强迫症似的要求学生必须重新来过……这一切都是我心里对"事"对"人"的控制欲。但换一个角度来看，你说，到底是你在控制学生，还是学生无形中控制了你的喜怒哀乐！事情本身的发展走向和细枝末节很多时候已不能预设，何况是人？就算是孩子，每一个人都有不同的性格、经历、喜好、家庭背景，不可能按照我以为的正确的方式乖乖听话，顺顺做事，他们是活生生的人，天然地具有不同的想法和偏好的方式，只要最终能够做好一件事，达成教育和成长的目的，何必苛责方式与速度。

教师的一个潜在困境就在于，我们往往按着自己学过的一些理论，获得的旧有经验和固有观念去认识学生，教育学生，而非以生命个体的独特属性去接近、了解，从而确定最恰当、妥帖的教育方式。我们总以为自己是对的，一切不在控制之中的事情都是不应该的，是错误的。事实上，同一件事情，有教师认为对的，学生认为对的，以及个别人认为对的，彼此之间不可能完全重合。理性看待的话，在恰当合理的范畴内允许多样，包容个性，体谅个体，才是真正的教育与爱。

类似的事情在朋友之间也时有发生。至今还记得我和学哥当时激烈的争执，他认为必须写新的文章才是锻炼和提升，我坚称改好旧文章也是努力用心，互不妥协……有时，你总以"我是为你好"的逻辑苦口婆心，我总以"你凭什么干涉我自由"的理由反唇相讥，你来我往，好心也变恶意，"反控制"转过脸来变成另一种蛮横的强权和"控制"。

我气呼呼地在微信上写道"把自己的价值观建构在别人身上，和将期待寄托于他人，同样徒劳。不如谨守你的信仰生活，孑然坚守，独自前行。所有的志同道合不过是方向近似，哪有踩着同一个脚印向前，那不是知友，是身影。假如你足够强大，何须如此在意他人，即便是至亲也是僭越。理智与情感，分开比较好。我什么时候才能做到？

何谈别人。"几个月后再看这件事和这段文字，自己也觉得好笑。当时间冲洗掉所有感情色彩，拉长距离让你看清当时的他人和自己时，你会发现，你的所谓自由和斩钉截铁的反驳不同样也是另一种捆绑与束缚吗？我们都陷进一种叫"控制他人"的怪圈里。

有时会因为一些别的琐事向他抱怨。他也已不像曾经那般激烈，反是淡淡说道，"不要想着改变谁……"。是的，不想改变便是不去控制，不去控制就是尊重差异，尊重现实。顺其自然并不是随他去吧，完全无为，而是顺势进退，顺时判断，顺意取舍，更理性、客观而已。

之前总以为婆婆喜欢"控制"别人，直到那一次。婆婆喜欢把黄瓜切成片儿凉拌，我说，我们以往都是用刀拍了切成块的，好吃、入味。于是婆婆第二天改成了拍黄瓜。我又看到婆婆将西红柿切成小丁丁，用筷子夹起来实在是不大方便，心想，哪有做饭切成这样的……刚想开口，我忽然住了嘴。我不也成了"婆婆"吗？我凭什么以为自己切的形状就比这个好呢，婆婆一辈子都是这么做的，她也喜欢切成这种形状，我有什么资格一定让她根据我的意愿去做呢？我这，不也是一种赤裸裸的控制吗？

我们每个人都或深或浅地陷在控制与反控制的泥沼里，不自识，也不能自拔。我们总是试图用自己的观念、习惯去改变他人、影响他人。一方苦口婆心，佛陀一样的慈悲度人，一方固守自己的阵地，执着己见。而无论是控制还是反控制，都是一种无法跳脱的我执。在控制时，我以我为准，我看不见真的你；在反控制时，我以我为理，我听不见你的真心……彼此都在情感的障眼法里飘离了现实，纷纷扰扰、说来辩去，皆是过度的自我和迷惘。

人性没有模板。谁也不是谁的上帝，谁的标尺，就算是帝王也不能限定每个普通老百姓的七情六欲、寻常喜好。所谓控制，不过是源于闭塞的心态、惯性的顽固与自我的执念。再深挖，即是多元视角与尊重、包容的缺失。每个人都习惯不同，偏好不同，观念不同，行事风格不同，看问题的视角不同……凡此种种，差异和矛盾不可避免。但若能真正做到尊重他人、尊重个性，以开放的心态对待自身与他人，这种"控制"与"反控制"的怪圈也许便可不攻自破。

也许你会问，这样说来，我们是不是就不敢轻易开口说出己见？是不是就不能对他人的行为提出自己的真诚看法了？当然不是。控制的孪生姐妹叫作"建议"。怎么去区分如此相似的两张脸？关键在于自己的心理感受。建议是将对方作为出发点，以平常心提出自己的看法，或是提供给他人自己认为更加利人利事的做法，若对方不接受、不采纳甚至不理解也不气愤、不强求。几次建议若无成效，坦然放弃。而控制是出于自我视角，以高高在上、"我是对的"、"我是为你好"这类的姿态强求对方按照自己的标准或意志行事，若遭拒绝或质疑反应剧烈，或是出言"教育"、态度强硬，倚仗辈分、地位、情感等因素强迫对方执行，或是默默气愤、失望、伤心，伤及内里。

我想，当我们审视一段关系时，不妨观察一番，是谁在控制谁？你可以对自己或对方微笑着言明：请不要控制，欢迎建议。

婆婆的"毛病"

"多心"并不是什么好事，我一直以为。

我在小区广场陪孩子玩，有个拄拐杖推婴儿推车的老妇人进入我的视线。我注意到她一是因为拐杖，觉着老人不易，自己身体不适又来帮自己的孩子照看婴儿——可怜天下父母心；另一个原因，是她头顶一圈全白的头发，那银亮的色泽和白发的位置，着实像顶着一朵碗口大的白菊花，葬礼花环上最常见的那种。

擦肩而过之后，我也就没再多想。等我把孩子领到花园中间的坐区时，婆婆也过来坐到了我身旁。

她边走嘴里边嘀咕着什么，我关注着孩子，没有听清。"您说什么？"我回问她。她猫下身子凑到我耳朵旁，脸侧倒我这一面，生怕角度再大一些会有什么东西被风吹漏似的。"你说那人脸面儿上看着挺年轻，怎么头发白了那么多……"我顺着婆婆示意的方向看过去，原来是刚才我见过的那个人。仔细一瞅，还别说，脸上皮肤看着还真是细致，年岁比婆婆似乎还要小上一些。但也许是拐杖和白发的原因，看上去却要颓唐、老态好多。

婆婆还要继续评点下去，我有些无奈地打断她，"妈，你管人家干嘛，没事议论人不好。"她却并没有停下来的意思，依然自顾自地低着嗓子小声向我描述："你看她头顶的头发白了那么多，怎么不去理发馆染染，这样多难看，也太不讲究了。我要是她，我就……"她说得颇为投入，仿佛真是自己要被别人下看了一样，嘟着腮帮子，气鼓鼓的，有些好笑。

我叹一口气，道："人家要是自己愿意这样呢？您就别代人家操心了。"婆婆不接话茬，还是沉浸在自己的遐想里，越说越有些愤愤。我这个婆婆啊，"同理心"也太强了吧，一个毫无关联的人的事她竟当成自己的事一般忧愁烦闷，又自说自话地帮人想着解决的方法。

我笑话她，"怪不得您晚上老是睡不着呢，自己的事儿一天都操心不完，您这还为别人这么挂心。"嘿嘿，婆婆有些窘地笑了笑，就当对儿媳妇打趣自己的回应。她见我不愿听，已经半张着要继续说下去的口在夏日灼人的热风里僵持了两秒，又木木地闭上，不再言语。但眼睛里，似乎还满满地写着"心怀天下"的不争和忧愁。

我将孩子托付给她，自己先回了家。许久，婆婆带着孩子回来，步子沉沉地，一进门就重重地坐在椅子上，端起杯子呷了一小口水，朝我看过来。"那人小儿麻痹，咱村那谁谁从小也是，可是人家就不拄拐。你说得那个病……"我一愣，瞬间明白了过来，她说的还是那个老妇人。我真是服了，就一个陌生人嘛，婆婆还想的没完没了了，从北京都想到陕西的旧事去了，真是……

我一张嘴又想埋怨什么，忽然一顿，改口道，"您真是看得细致啊，连人家小儿麻痹您都看出来了，还能找个人出来对比一下，真是厉害。"婆婆捂了嘴又笑，不知是因为我夸了她而高兴呢，还是觉得儿媳妇又在损她，只好笑一笑缓解尴尬。不过我这次确实没有任何损人的意思。

"就这一会儿时间您就把人观察了个遍，都能给人编出个身世故事来。我说您要是会写文章的话一定是个大作家了。"婆婆特别喜欢贾平凹，我一说作家她就高兴，眉间露出几分喜色。"哎，我要是会写就好了，我一天都能想数不清个故事。"婆婆说。

这个我是信的，就小姑子婚前要买房的事婆婆都能隔三差五想出无数个版本要忧心的事情来，连姑娘未来多少年的生活她都能各个角度假设个遍，然后在自己的幻想里徒然地"欢喜""忧愁"，以至于有几天饭也嚼不了几粒。

这自然是说笑的，但真正让我改口言他的是婆婆说每句话时的真诚和坦白。她丝毫不觉得她说这些话是对他人的议论，是"聪明人"口中没必要的，不应该的，浪费生命的……她要看她就细致地看，细致到人家的皮肤纹理，细致到拄拐的原因不是摔伤，是小儿麻痹……她观察完还要不停地想，为人家担心，给人家出主意，还要"怒其不争"以自身为例地去评判几句……真是个活出一身真淳的人啊。

如果我能像我的婆婆一样，用一颗更真诚、更敏感的心去看到更多、更细，去思考地更深，更广，并且将自己的情感和思考无保留地投注进去，感他人之感，思考他人想或未想的种种，那样认真地，就像给自己的孙子喂每一勺饭一样……那我何愁没有素材可写，也没有思想可以产生？

说到底，"看不见""想不到"不是因为生活的单调，自身的繁忙，是我们太多的关注"自我"，将世界上太多的与自身"无关"的人或事屏蔽了出去，我们觉得"多心"是一种愚昧，是"我执"，是对时间和情感的浪费。但假如我不去"多心"，怎么能真正地看到他人，看到世界，看清真实流动在我们身边的人类境遇与世界万象。

如此看来，沾染上婆婆的缺点也并不那么糟，看得多，想得多，同情得多，悲悯得多……

只是看完之后需再放下，将我融进世界，又能从世界中跳脱出来，才能"眼冷心热""眼明心静"。这样便不会"走火入魔"，像婆婆一样想得太多反使自己过度沉浸，以至于心放不下、觉睡不好。这还是"出"与"入"的辩证与智慧啊。

趁活着

如果你从未真正认识过"死",你绝不真的懂得"生"。

婆婆家一个亲人过世,毫无征兆的,撂下从未善待过她的大半生,撂下一个刚刚辛苦拉扯大的孙子,溘然长逝。听婆婆流着泪一遍一遍地讲,她生前多么善良,吃过多少苦,受过多少委屈,到头来终于该稍微喘口气享享福了,却……

不知道是什么疾病,去得突然,家人叫的120还在半路上,人就已经走完由生到死全部距离。我不禁想起数年前奶奶的去世,也是突发疾病,没有一个人知晓,孤独离去;想起爷爷的病,过年见到还笑容温暖,不过大半个月的时间,阴阳两隔。类似的悲伤,来得太突然,让人无力承受却必须承担。

一个挚友前不久朋友圈里贴出一条信息,大概是一个年轻的朋友意外生了重病。

一个我不曾教过却优秀到无人不识的小姑娘一两年前平静地离开,成为天空一颗璀璨的星星;再过不久,同班另一个姑娘竟也渡到了生命的对岸,长成岸边一株美丽的仙草。

再往回追溯到我稚嫩彷徨的初中时代,几个洒脱任性的生命只是意气风发地飞驰而去,便真的飞驰而去……

多么令人痛惜的现实,残酷的现实。但哪怕我们见证过多少次"死",也并不一定懂得自己该如何"生"——除非,那黑洞般的"死"与我们自己息息相关,改变了你生活,或戳痛你的内心,使你痛到不能忘怀，使你惊到瞬间警醒。

我们害怕死。

我们忌讳说死。

我们做不到庄子击缶而歌的洒脱，做不到像墨西哥人那样在墓地里载歌载舞，因为我们都是普通的生命，我们并没有超脱出生死——都珍惜活着，热爱活着，喜欢这滚滚红尘的所有烟火，所有气味，迷恋每个瞬间的爱恨情仇，甚至可能存在的魑魅魍魉。

因为只要还活着，就有一切可能。

十年前的冬天。我坐在校医院一间诊室里，满是憧憬地期待医生的诊断，然而随和的阿姨却跟我聊起天来，"姑娘，你多大啊？啊，你才二十三呀……唉，真可惜……也不用看了，只能熬着，也看不好……"满是憧憬的眼睛里，瞬时，满是绝望，满是泪水。

我彻夜排队，在所谓全国最好的某个医院门外坐了整整一夜又一夜。有一晚下雪，实在冷的受不了，朋友陪我坐在急诊室里，等。后半夜，她困得靠墙睡了过去，我却始终醒着。一个病床从我身旁推过，细长条的形状，冷得像砖，再一瞥，床上从头到尾全用白布蒙着，只留一个长长的人形痕迹……我周身发冷，狠狠地靠着墙壁瑟瑟发抖。那个夜晚，我在等第二天一位专家的"宣判"，也就在那个夜晚，我对自己发誓说，假如我还有机会"活"，我一定努力活，开心地活，所有的一切都不值得烦恼，只要活！只要活！

然而，最后一个专家淡淡地说："查不出来原因，也没有什么办法，只能走一步看一步吧。没办法，如果所有的病都有得治的话，这世界上就不会有人死了……"我眼泪如注，哭到不能自己。

就是到了今天，想起那个医生的话我依然忍不住想要爆粗口，尽管理性上我明白，他说的都是事实。

真正懂得珍惜活着了，却全然忘却生死。我足够幸运，在卸下奢求，放开恐惧，开始平和豁然地珍惜每个日子的时候，病却奇迹般地痊愈了。在一年多的煎熬后，痊愈在一片异国的土地上。

没有原因，我不知道它是如何渐渐痊愈的，就像我并不完全明白，我是如何被它击中的。但它的出现，却教我真正认识了生死，教会了我如何活。

一个多月前，我面临棘手的选择又不知如何抉择，最铁的哥们说，"折腾吧，只要还活着，就不要停止折腾，除非是死了。"是呀，这话说得狠，但他自身不就是对这句话最好的诠释吗？生命不止，折腾不断，这不是浑不吝，这是另一种活明白。

所以，趁活着，就去大胆折腾吧。想挑战自己，就去挑战，别瞻前顾后，什么都不舍得，又什么都想要；想改变世界，就去改变，哪怕到最后我们只改变了自己，而自己，也可以是生活的整个世界。

趁活着，就去拼命努力吧。想要见到最好的自己，就去奋斗，就去付出，别偷懒，别找借口，别半途而废，别惯着自己，每一个你咬牙坚持过的今天，都是明天布满鲜花的路。

趁活着，就去享乐吧。该拼拼，该玩玩，想夜里吃个点心别愧悔，想偶尔放个假别犹豫，想去看看外面的世界就去开一辆车，或买张票；想买什么好看的衣服好闻的香水就去买，别怕花时间，别怕花钱，每一个青春的日子和用自我劳动换来的金钱都值得你为自己纵情挥霍。

趁活着，就为自己而活。做自己想做的事情，别为他人的期许和目光，评价和指点；说自己想说的话，可以任性，可以幼稚，只要不伤害到他人，不触犯大的规则或他人利益；去爱自己想爱的人，哪怕他不接受，哪怕他不那么爱你，哪怕你爱他只是你自己知道而已；去穿自己喜欢的衣服，别管有没有什么在意的人看见或看不见，别管什么时尚或老土，你喜欢，就去美成自己的样子！别为难自己，别为难别人，也别让别人为难你。

最后，顶顶重要的一件事：趁活着，珍爱你的家人，珍惜你的朋友！珍爱你的家人，多陪他们，带他们出行，给他们买礼物，别说真情不需要形式，只要爱，所有的形式都是内容。珍惜你的朋友，没事偶尔发个信息或打个电话骚扰骚扰，她不一定会真的嫌你打扰了；见面了，吃吃饭，聊聊天，甚至是一起负能量吐槽吐槽也是欢乐——这种一见如故的酣畅淋漓、嬉笑怒骂绝不仅是旧年情谊，还有今天的彼此惦念，彼此牵连。

好吧，就这样吧，说了这么胡话了，不再啰嗦。但趁活着，好好折腾，好好享乐，好好爱，我是真诚地说给你，也说给我自己。

戾气

　　近来吃惊地发现，我的身上多了一股戾气。

　　那天下了课后看到一个未接的陌生号码，料想可能是当当网送书的。旋即发了个短信过去："请问是哪位？刚在上课没有听见，抱歉。"未果。下午放学后坐在办公室外休憩处，一个一个检查学生的改错情况，长龙似的队伍列在身旁，一张张被红字改软的卷子此起彼伏地落在桌上，塞进我手里……好不容易看完最庞大的一波，偷空回到办公室喝口水，发现一个未接电话——同早上同一个号码。迅速拨过去：

　　"请问哪位打我电话？抱歉没有听到。"

　　"送快递的，有你一个快递。"一个急躁刺耳的男中音，口音浓重。

　　"我没有什么快递啊，请问是当当网的吗？"

　　"有你一个快递！……"驴唇不对马嘴的回答，划玻璃一样刺耳。

　　"请您先听我说，是不是当当网的？"

　　"是，今天给你送了好几次，打电话都找不到你，我都跑了好几次了……"对方怒气冲冲地说着，想来也是自己不得理，我好脾气地解释着，因为上课什么的云云。而送货小哥的语气未见任何缓和，说不会再送过来，让我亲自到我们学校附近的某某小区取。怒从中来，我对着电话厉声吼起来。

　　"不来是吧？行，我还不稀罕要了呢！别送了，我不要了。"

　　吼完立刻解气地挂了电话，还向办公室的同事不住地谴责着：自己送货都不挑时间，不动脑子想想，哪个老师一天不用上课专等你来送快递，不讲礼貌、不用脑子……正说得起劲，忽然自己呆住了。站在背后看自己，俨然看见一个满身戾气的女人，像以前我鄙夷的那些骂街的泼妇浑身散发着灰色烟瘴，嘴脸歪曲着，牙尖嘴利，面露凶光。这还是我吗？

　　一直以来，我都是个温和的人。从未和任何人吵过架，也很少和人红过脸。可近来，这样的我似乎离自己越来越远了。看着刚才的那个号码，心里掠过莫名的恐惧。我要成为这样的一个自己吗？就这样失掉我的平和、温婉吗？我要成为这样一个自己不喜欢的人吗？厉害、苛刻、暴躁！可是不这样，我还是做任人宰割的羔羊吗？

　　想起前段时间与婚纱摄影公司的纠葛。也许，我就是从那时开始改变的。

　　不得不说，我遇见了一个"神奇"的摄影公司，这个公司从一开始接触就接连创造着各种"神话"。先是选照四十天之后不发送修好的版本，打电话询问竟说原片丢了；再是送来所谓精修的照片完好的保持着原生态，随便的拼在恶俗的模板里了事；接着又不能在承诺的时间做出成品，一拖再拖，一直拖到我所说的最后期限还只是完成了一部分。我气不打一处来，在办公室里唠叨着：选照四十天丢了我们的照片，害我重选了一次，我很客气的指出了问题，宽容地答应了他们的承诺，还让我怎样？修照片修成那样，我没挑剔没指责没找他们麻烦，还让我怎样？把取照片的时间一再拖后，我只是跟他们讲理，没吵没骂，还给我做不出来，究竟还想让我怎样？……大家听后乐了，说：事儿，这样是办不成的。于是一起帮我打电话，一阵呵斥，一阵威逼，一阵强势的责问，最后晓之以理、动之以情，说得对方无地自容，连连换人接电话道歉，小心地赔笑承诺：今天晚上就送货上门！

　　我愣了！

"看到了吧，你要想让别人好好帮你做事，首先就该让他知道你不是好对付的主，不是个好说话的人。这样人家才能把你的事儿当事儿来办，不会欺负你。你那么善良又磨叽，办不成事儿啊！"我似乎明白了，很多时候，想不被人忽视，就必须让人意识到你的"重要"。可是，这世界什么时候沦为这么低贱的样子了？世人何时变得如此势利卑劣？或者它一直是这样，只是我从不知道罢了。

其实，我从来都知道，只是不愿那样做罢了。

人家喜欢我喜欢的东西，我主动退让。

人家没好气地说话，我依然温和礼貌，保持微笑。

人家都抢着做这个成那个，表现这个争夺那个，我安静地做自己的事，告诉师傅，我知道我在做什么，我会静静地做好自己的事情，然后有一天，变成一棵大树。

可是，我的坚持却一个个以血淋淋的面目警告我面对现实。婚纱照事件并不在同事的电话后告终。回家后接到对方电话，刚才点头哈腰、道歉求饶的声音立刻就变成真实的挑衅，只因为接电话的是我罢了——人家早以为捏住了我的脾性。鲁迅先生着实说得好，不在沉默中爆发，就在沉默中灭亡。我有生以来第一次撕破温和礼貌，言辞尖利、语似飞刀，将一个陌生人呵斥到无言以对，而后径直挂断电话。同事说的话，我仿佛真的懂了。我要立足，就要先亮出一身的刺。可是，刺猬厉害吗？刺猬一身的刺，只在保护内在的软弱吧。

心底一颤。我真的愿意这样吗？现在的自己究竟是在堕落还是在自我完善？我是在努力改变现实还是在被现实驯服改变？

然而现实无法改变。在我们生存的地方，要想一直做"好人"，你就得首先成为一个"坏人"。做一个厉害的人，有"锋芒"才能护卫安然，有"武器"才能保障和平。"坏人"是保护自己，"好人"是坚守自己。

不谋而合。早晨看《南方周末》，在一则评论里看到了与自己同样的困惑。越剧《江南好人》说的是三位神仙下凡寻找好人，可是屡屡被拒，只有歌妓沈黛好心将他们收留。为了报答沈黛，神仙留下了一笔银子。沈黛用这笔钱开了一家小店，并用店里的收入继续施行善事。但是，"好人"沈黛总遭刁民和奸商的滋扰，无奈的她只好假扮自己的表兄隋达出面，最终在"坏人"隋达的庇护下，沈黛的店和沈黛自己才得到了挽救。做人难，做一个好人更难。作家李锐认为："好人一定要用恶人的手段来养活自己。"也许这句话并非真理，但它或多或少地道出了现今中国社会的本相。好人想要生存下去，太难。我们总在抱怨社会上的好人越来越少，其实好人从来不少，只是好人被生活和生存逼得不得不改变，要么直接变为坏人，要么带上坏人的假面委曲求全。不然，一直被践踏的命运也会不堪重负，引诱伤痕遍体的好人自甘堕落或是报复社会。

也许，这也是我身上戾气渐生的原因吧，是社会万象在个人身上的一个投影而已。我不得不，但我不愿意。柴静在《看见》里写道："为了一个目的——哪怕是一个正义的目的，就像车轮一样碾过人的心，也是另一种戾气。"我现在转变，不正如此吗？

然而，我们，究竟该往哪里走？

不要苦逼自己，除非你喜欢苦逼

这是辛意云教授说的。以为妙绝，引之。

辛教授全名辛意云，台湾人，一个你绝看不出真实年龄的小老头儿。听他讲论语，手之舞之，足之蹈之，脸上有笑，眸中有光。讲到精彩处，情不自禁就要举个好玩的例子。

对的，他举的例子没有不好玩的，就算严肃如政治，从那张无一刻不上扬的口中说出来也会叫人莞尔一笑。

这不，渊博又好玩的老先生又来举例子了。他说：

"昨天上完课赵老师送我回去，我们两个人边走边聊，聊到都喜欢读小说，高兴得不得了。但小赵老师却有些发愁，说他近来很困扰。为什么呢？原来他有时读一整天的小说，读得快乐的不得了！可是没高兴几下子就沮丧了、后悔了，原因是什么，原因是一整天没读他研究的哲学书，荒废时光……"

我感叹，真是个好少年！

"人啊，不要太苛责自己。"他手一摆，微微摇头，旋即打住。脸上却始终挂着标志性的笑——如孩童，又如弥勒佛般纯粹欢喜的笑。

"绝对不要责备，责备是对自我前进的阻碍。要从喜悦中学习！"我心中一亮。

他接着举例子：

"我听说有人规定自己一天读闲书绝对不超过十分钟，超过了就是虚度了时光。或者要求自己每天必须在什么时间做什么事，如果没按时完成就满心羞愧难当。还有更夸张的……不说了，不说了。"他又踮踮脚，往后轻轻一蹦，歪斜了身子朝我们闪了几下眼睛，摆摆手，"不要这样……"

"人生不易，不要苦逼自己，除非你喜欢苦逼！哈哈哈。"他又跳直了，调皮地伸了伸舌头，眯着眼，打趣道。

就是这句！就是这句完完全全击中了我。

"不要苦逼自己，除非你喜欢苦逼。"

不要苦逼自己，除非你自己喜欢苦逼！说得调皮幽默、简简单单，又是那样直指本质、直指人心。人生实苦，当以乐处之。何苦框定自己一定怎么做、怎么看？框在刻板的时间、刻板的对象里，像给自己套上手铐脚镣，再架上一副沉重的枷板、蹲进暗房？那是苦行。更是苦刑。

《论语》开篇第一句就道明了真谛。"学而时习之，不亦说乎。"学习，学且习得，而有所得。学习本是发自内心的求索和喜悦，是自我的觉知与自我不断建构、不断完成的真实圆满。它本身就是体验喜悦的过程，何必苦苦要求自己，限制自己，责备自己，甚至于，"苦逼自己"？多么苦啊！

干嘛要活得那么苦逼呢！我在心底哈哈大笑，附和他。这个老先生啊，七十来岁的老先生，真淳、睿智，只一句玩笑话就拨开迷障——唯有以轻松、愉悦的心态去面对，去躬行，才是"学"最好的状态。唯其如此，学，才能成为一种独特而真实的享受。偶尔"放放假"、"偷偷懒"、松懈一下，心之所往、情之所至，何以愧悔又责备？

这说的哪止是辛教授自己呢？难道不是我们自己？

人不爱己，天诛地灭。千万别去苦逼自己，放松一点，看开一点。有一天你会发现，你此刻努力为之的事，已经悄然化作生活里难再割舍的快乐与惯性，化作一股全然的喜悦。其实我要表达的不过是一种生命自由、自在的状态。所谓自由，不是没有任何条条框框的束缚，而是将外在限制化为内在的强烈意愿，由觉而行，行云流水，却从不停止其变幻、奔流。

　　就这样吧，该学学，该玩玩。

换位

　　每到新学年，换办公室是大部分老师面对的一个"大活动"。

　　我从二楼办公室搬到三楼，将所有物品按照原先的位置逐一摆好。上上下下查看一遍，没有问题，完全跟先前一模一样，不觉松了口气。

　　然而总有那么一瞬有种恍惚油然而生，那是一种微微错愕的陌生感。尽管桌子陈设如旧，打眼看不出任何不同，但原本的二楼变成三层，原本的面西该做面东，原本的初一变成初二，我还是会有那么些时间里莫名觉出不适。

　　不过只是换了一个座位而已，心底的不适应与陌生感竟都如此明显？这不由让我思考起"换位"这个事件本身。

　　毫无疑问，任何形式的换位无论事先做过多少准备，当状态真正改变，人仍然会有不同程度的不适应。这种不适应表现在：陌生、无助、惶惑、沮丧、手忙脚乱或是自我认知上的负面判定。

　　然而不要忘记，新的"位"代表新的状态，新的处境，新的要求，新的问题……它是未知。对此，我们可以预先了解，预备可能需要的物质和精神基础，储备知识，锻炼能力，直到我们自信已经基本能够应对了。但这只是起点，因为无论你准备的多么充沛，当你身临其境真正"变身"时，或多或少总有些东西是完全无法预设也无法预先体验的，难免产生不适。这就像看电影和让你去演电影，了解不代表能做到，看到不代表能感同身受，预设到不代表面临时就能不慌神、不错愕……

　　这太正常，所有的"新"都是未知，而未知既意味机遇，也意味挑战。只有身处，亲身参与才能真正看清、真正触摸某些事物实实在在的样子，这是活着最简单却最深邃的真实。如此，我们总得通过一段时间在真正参与中不断调试，直到基本适应了新的"位"，坐稳新的"位"。

　　从校园到职场，从国内到国外，单身到婚姻，从女儿到母亲，从一个职位到另一个职位，从一种人生状态到另一种……所有的换位在交接之初必有不适，或深或浅。所以，不必迷茫，不必怀疑，不必沮丧，自信大胆地去面对、去接受、去克服，走过转换期，你必将与"新"合二为一，成为一个焕然一新的自己。

　　如此，所有的新，都是好风景。

你是我的债？

刚踏上公交台阶，两道爆裂的声音直穿一道尖细，一道浑厚。

我习惯性地以为是因为让座引发的争执，在北京挤公交这么久了，该不稀奇。站定。

"走了，快走啦！"尖细声音的是位看起来六七十岁的老妇人。浑厚声音也大声回答，"到什么到？这哪里是北京……"剩下的话我就都听不懂了，感觉那发音和调调像是南方口音。

"走啦！快走！"尖细声音又拉又拽，声音薄的割得破人鼓膜。老先生稳如泰山，低吼着拒绝，任她怎么拉扯，岿然不动。

"走啦！"啪！一声响亮的耳光！老妇人推开劝说的人，一个巴掌糊到了老头儿脸上！我心一惊。老头子脸上变了色，"打什么打，没有到你打什么人！"

一旁的乘客也沉不住气了，纷纷上来劝阻。但老妇人越骂越狠，越打越重，像教训一个不知深浅的孩子。那张脸一点一点变形，扭曲，越来越愤怒，越来越丑。我听见拳头、巴掌一记记落下的声音，似乎在砸刚剥下来的棉花。

"你们不知道，她有老年痴呆，傻了！"老妇人喘着气，努力使自己平静一些，"傻了！已经到家了！我们换个328就到了……"她的声音恨恨的，别无其他。

听到这里，我动了动腿，坐上旁边的座位。

拉锯战依然在进行，但老头子始终不服不信。时间一分一秒僵持着，所有人都在等。他嘟囔着，花白头发，书生气的面容，一句句谁也听不懂的述说或控诉……老妇人仿佛是绝望了，捶打的频率越来越高，手越来越重，口中炸出来的话语也一句难听似一句。

有人开始怀疑他们的关系，有人等得不耐烦要求司机出面解决。司机和协管员交涉半晌，依然无果。只得建议老妇人亲自报警。

"司机师傅，您把他拽下去！出什么问题我来负责！"老太太挺直了腰板保证，"他就是痴呆，不走的话耽搁大家……"

司机不搭腔，只叫她亲自报警。

"喂，是警察吗……"顿了十几秒，老太太按下了三个数字。整个车辆张大了耳朵。静！整个车辆屏住了呼吸，静！只有那个老头子，低声咕哝着什么，一脸受了委屈的神情。

"走嘛？走嘛？明明没有到，干嘛叫我走！这哪里是北京嘛，分明没到公交站……"他喃喃道。

有人忽然悟到了什么，三两步窜到司机座位旁，"师傅，关了那个灯，把上面的字关了就行了……您相信我，试试。"

死马当活马医吧。司机关了字幕。

"到了，老先生，到了到了……"出主意的中年男人走到他面前，满脸堆笑，指着黑了的屏幕说。

"到了，真的到了，您看！"大家都附和。

"哦，到了！"老头子神情稍稍舒缓了下来，又像是有些疑惑，"到了么，到了大家就都能下车了嘛……"他并不动。

"对对对，下车下车！"一人大声附和，大家都会了意，全站起来，在自己的位子前挪了挪。我也站了起来。

"到了，下车啊……"司机补了一句，腔调有那么些不自然。老妇人趁机再去扶他。老人慢悠悠站起来，左看看，右瞧瞧，"下嘛，下嘛……"他热情地提醒。见大家都动了，他慢慢往后门移。

几个不知情的乘客忽然从后门往上挤，大家的心又吊到了嗓子眼儿上。这，这该不会败露吧？"他们可不知道配合演戏啊！"一个声音悄声道。

许久，老两口终于下了车。889路上上下下长舒一口气。有说笑的，有感叹的，有跟上司汇报刚才的情况的……没有一个人下去……

我无论如何笑不出来。回头望向车窗外，两个孤零零的身影停在站台上。夜里的风，有些凉。

不禁想，等我老到认不出回家的路的时候，会给与我相伴一生的人会造成怎样的负累？等我老到分不清是否到站的时候，另一个人，对我是埋怨还是不忍，给我是耳光还是细心劝慰？又或者，当我老到不知道自己是谁的时候，我还会不会为了一车陌生人的善意帮助和善意欺骗，感到一种上了当般的悲凉、委屈，和不解……

或许，到我老到那个时候，我便也不知道，什么是所谓的悲凉吧。也许直到那时，才能纯粹的活成"我"，活成任性又无比真实的——"我"。

愿你们，早些回到温暖的家里。北京的夜，和言语，和两声火辣辣的掌印，都有些冷……

兜兜转转，就这样弄丢了你

一个女人约了男人超市门口见。

可刚发完信息手机却没电了。怎么办！他到底答应了没有？自己是去还是不去？万一他回复的是有事不去呢？……

想来想去，她还是决定去。

她赶到超市的入口找，按约定的时间他肯定已经到很久了，但没有；跑到出口，一个一个柜台望过去，没有。大概是在超市大门外吧，她这样想着，又快步移到超市外面，从前门到后门密密地搜一遍，仍然没有。

她叹口气，又上楼到超市出口、入口，反反复复地找——没有。她越来越急，越怀疑，他到底来了没有？来了没有？！自己在这里傻找傻等到底有什么意义！

但她还是不死心，万一他真的来了呢！一头扎进仓库似的大超市，一排排一列列地找，一个脑袋一个脑袋地齐齐筛，穿过横横竖竖的货架和海潮样的人流，始终没有那个熟悉的身影……

心里的火苗"嗖嗖嗖"直往上窜，发出橙红刺目的光。她已经要开始骂了，强忍着，又下了一楼朝商铺再找一圈，商场外围在找一圈——全没有！

心里的火烧到了脑门儿上，两眼燥热成两块烧红的炭！她确信！她恨不能找块砖头砸开手机，打个电话大声咒骂那人一顿。还在这里找什么呢？像个傻子一样！

然而回到家，他却还没有回来……

在找。

故事结束在一场剧烈的争吵。谁都埋怨对方，谁都不原谅，谁都觉得对方蠢，谁都觉得自己是受了委屈的那一个……吵到泪流满面。

还好在外面走丢了，还有一个家在等彼此。但假如是恋爱中的男女，大概这一场兜兜转转的错过后，就真的弄丢了彼此。

他在找，她也在找。然而没有一个人真的认定一个地方，死守。是的，最快的方式反而不是寻，是守。

我们总是太过聪明，太过主动，却没有人真的相信，相信他说过他在那里——他就一定在。于是你找我，我找你，兜兜转转里全是擦肩而过。

哪有那么多刚刚好的遇见？你以为回头恰巧看见他，其实他不知已在同一个地方，等了多少年。

世间多少真情都走散在那兜兜转转里。只一句玩笑的话就当了真，你误解了我，我任性不愿开解，越走越远；只一次没有兑现的承诺，你不知道原因抱怨，我觉得你不体贴暗暗生隙，越爱越浅；你来我的城市找我，我赌气不见，我去你的城市想给你惊喜，你却牵了另一只手，成双的背影……

忽然想起一个老故事。

有个男孩偷偷跑去女孩的学校看她，却在校门口窥见梦里的姑娘右手攥在另一个人的手里，欢笑着前后摇摆。他含恨离开，再无念想。多年之后才知道，握着姑娘手的，不过是个长得有些帅的——姑娘。

兜兜转转，就这样弄丢了你我。爱情里本就不需要那么多的聪明。总得有一个人要傻一点，死心眼一点，唯此，她/他找的时候，他总在那里。

永远在那里。

其实我是该感恩的，多少年的兜兜转转里，留在身后始终不离开、不放手，死心眼死等死守的，是你！

死心而不死心，因不死心，而死心。天上地下，能够相守或相逢，不外乎那一份死死的"傻"。傻！

愿你的身边，都有那么个傻乎乎的人，北极星一样，不动、不变，让你走丢、走累时，总找得到方向。

一直在那里。

最初与最后

敏说，她的第一篇蓝色的文字是写给郝哲的。后来，文字由蓝变紫，心境由暖至凉。两个人慢慢挂成了湖边两朵不相与的彩虹，一个在国境之南，一个在故乡之北。遥远了的一切，将故事轻描淡写地丢给距离和时间，那些年幼的懵懂也都稀释在碧透了的新时光里。

后来，敏一路编织着自己的故事，由南至北，自西向东。而赫哲去了更远的地方，海的另一边。偶尔他打来国际长途来询问敏的近况，敏说着学业的繁重，未来的不确定，北方雾霾的难以忍受，以及那些追她的男孩的糗事。可聊着聊着，总是忽然无言以对……不知道那中间，隔了的和隔着的，究竟还有什么……

"那年阿哲送我两支笔，记得是从国外订购来的，当时我那个珍惜啊，每次用起来都小心翼翼，连铅笔铅也舍不得多折断哪怕一小节。最后那笔却不知道什么时候丢在哪个垃圾桶里了。呵呵，原来记住是一下子，淡忘也是一下子，所谓的无法释怀，只是真的不愿放下罢了……"

我默默听着，不言语。她说的，也许不只是她自己。

我出国那年，文远在进站前的十几分钟赶到火车站，气喘吁吁，塞了一袋荔枝给我，那样羞涩地笑着，说久等了，但我总不能两手空空的为你送别啊。我也笑。不记得当时我是否说了道别，也不记得是否回头再望他一眼，只有我那天穿着的蓝色长裤，披肩的长发和淡淡的感动油画一样鲜明地挂在了记忆的内室里。我从没告诉他，吃不完的荔枝烂在了袋子里，诉不完的青春淹没在了生活的流沙里……

那次电话后，敏几年没有得到赫哲任何消息，正当她初入职场，四处碰壁，忙得焦头烂额时，赫哲竟用多年前的旧号码给她发了一条信息，告诉她自己回到了老家，而且过一星期就要结婚了。赫哲说他记得敏文笔种种的好，请她帮忙写一封自己婚礼上读给父母的感谢信。敏觉得滑稽，又有些难过。她怎么知道赫哲的父母对他的恩情与宠，她怎么可以让他的婚礼上有自己的言语？尽管，那些年两个人曾一起幻想过有朝一日的婚礼，想象未来的屋子和孩子……

"你拒绝他了？"我问。

"没有。我想，我的第一篇文字是写给他的，倒不如，再来一篇最不搭调的结束……"这女人真是疯了，哪有这么离谱的事情。但我又好到哪里去呢？

平时鲜少联系的文远从 Q 上忽然发酸地跟我回忆起大学时的一些旧事，还不等我想明白他的忽然热络，他已自己补充了一条"我要结婚了。"

"恭喜，只可惜我回不去。"分秒内，我便敲回了这么一句，一点没觉得有什么特别之处。分开这么多年了，早已淡如故友。但回头和几个闺蜜吃饭时，我却啃着墨西哥鸡肉卷，在她们调侃的欢声笑语里妥妥地哭了起来，一句话也说不出口。

"敏，那天是文远结婚的日子，和朋友吃完饭后，我一个人坐在家里沙发上号啕大哭起来。忽然觉得好伤心！我对他早就没有曾经的情感了，只是有那么一瞬，觉得我们的青春就那样死掉了，有那么一段日子，永远的结束了，谁都回不去了……"

最初，我们的开始是青涩又单纯的欣喜。最后，我们的结束是两个人的彼此遗忘和看到、看不到的那场，你与另一个人的天荒地老。

其实，这就是生活最好的赠与和剥夺，最公平的掠夺与重新赋予。

开不了口

　　大学时喜欢听周杰伦那首《开不了口》，尤其为那句"就是开不了口让她知道"而动容，以为那是一种深藏和深爱到让人心疼的情感。而事实却是，歌声里的她有了男友，歌声外的多少人，多少事，都在开不了的口中渐行渐远。

　　你也许深深羡慕奥黛丽赫本与格里高利·派克的情感，以为那枚蝴蝶胸针，就是沉默的爱情最美的起舞，以为眼眸里流转的情意，就是最深邃的海。可那开不了口的情感终如蝴蝶胸针一般，始终煽动不起翅膀，落上天使肩头；或是飞来太晚，花无可待。

　　你说，所谓的开不了口，是情太重还是顾虑太深？是心疼对方，还是保全自己？怕承受不了失去或被拒？我们很难去判断，去定义。但不可否认，每一种开不了口里，都藏着一道不可说，也说不出口的暗伤或愧悔。

　　那年爷爷生日，她打回电话问候。说到最后，爷爷问，要不要跟奶奶说几句。她犹豫了一下，说不了。其实很想奶奶，但刚离开家一两个月，她忽然不知道该怎么去表达。再接到家里的电话，却是奶奶急病离世的消息。奶奶走得太急，太孤单，竟然没有一个人能在她临终前陪在身边，听她哪怕说一句"我难受"。她丢下背包匍匐在奶奶灵前，撕心裂肺的哭嚎呼喊，但一切已晚；她疯了一样追赶灵车，扯破嗓子一声声嘶吼"你别走，你别走，你别走……"等奶奶坟头最后一抔黄土洒完，所有孝子孝女们以哭相送，她的眼泪却早流尽了。此后多少年，每当想起奶奶，想起那个电话，她便在长夜里放声哭泣。为什么，为什么，为什么你还在的时候，我却没有抓住时间，跟你说声我想你……

朋友 F 说，最让人懊悔的就是你准备大展拳脚，准备好上去的那一刻，擂台已结束。准备和准备好，中间隔了多长时间，多长距离？

老板征集大家对一个会展活动的创意，F 兴奋难耐，他正好对这个项目有些想法。"不行，不能第一个说，显得急躁，不够慎重。"他提醒自己，按捺下想开口的冲动。

眼见同事们一个个积极表态，自信大方，在他看来都传统老套，无甚创意。但假如自己说的也让人笑话呢？要是紧张说不好丢人现眼呢？也许自己想的也没什么创意，破坏了老板对他的好印象，说错还不如不说好……还是再等等，再好好组织下思路、语言，再准备下。

深思熟虑，他终于拿定主意，只等"下一个"的示意。老板看看表，盖棺定论，"今天就到这里吧，大家按小李刚才说的准备，F，你协助小李做好文案……"

小李说的比自己想的差千百倍。可是说出来的差，也比他犹犹豫豫不曾开口的点子有用太多倍。开不了口尝试，就像被冬天吓破胆不敢再破土的"孬种"，死在内外交织的恐慌里。

有的人在开不了口中与可能的时机错身而过，有的人却在拿捏不定里失去曾笃定、温暖的一份情谊。L 心直口快得罪了好友，事后才发觉自己也不对。她不愿意这样轻易失去一个在乎的人，想发条短信向他道歉，请他不要生气。字斟句酌的编完，想想，又逐字删掉，担心发过去也不被原谅。再一个一个字重新敲打，还是按不下发送键，怕自己先开口被人轻视，怕这些话说了也无济于事；又不忿，凭什么让我先开口，明明你也有不对的地方……可还是放不下。就这样一直从夜里十一点到凌晨四点，手机拿起无数遍又放下，文字编好又删掉，删掉又重写，写完再修改，修改完又扔远手机，努力想睡着，大脑却更清醒更难过更悔恨……等到天亮，昨夜的翻来覆去和打了水漂一样的文字成了清晨的露水，阳光一照，没了踪影，只剩毫无改变的情绪与现状。直到下一个明天，下一个连带而来的怨恨与误会。或者，这样徘徊犹豫的，也不只她一个。

T有个任性的女友。她说她在他和别人之间无法取舍。他不知道她只是想开个玩笑，撒个娇，想让他挽留而已。他一向什么都顺着她，连"分手"也如此。她跟在他身后，越走越慢。她说，你走慢一点，等等我。她说，大理啤酒真难喝；她说，你再给我买一碗酸辣粉……她蹲在小摊旁哭得直不起身来。她说了一堆废话，就是说不出那一句，其实我从没想过和你分手，你可不可以不要走。

…………

开不了口表达，开不了口尝试，开不了口道歉，开不了口挽留……有多少种情感，多少种可能，都在开不了口中渐行渐远。有的变成一个句号，有的走成了惊叹号，还有的，成为永恒的省略号，唯独没有逗号，因为那些故事除了改写，从未有接续。

而你我的"开不了口"究竟是为哪端，没有勇气？自尊？自卑？等时机？顾虑太多？自私？妄想还有明天？……

只剩错过。想来，叹息一样悠长的愁绪，始终不如无怨无悔来的豁然敞亮，哪怕结果依然是无可避免的失去或失败。与其让说不出口的种种变成明天铁打的牢笼，不如就在此刻，给该来的一切伸一只手，一个微笑，一个明明白白的示意，一份坦荡荡的不介怀可好？

爱是沟通

定好的每天七点四十前送作业本，教育了好几次，两个小姑娘又来晚了。正要生气，我顿了顿，压着心火问今天晚送的原因，结果却是班主任讲话她们不能离班而耽误。还好，慢了一句话的时间发火，火也灭了。那停一停，想一想，问一问，便是最起码的尊重和沟通。

晚上六点，我早准备好饭菜等了半天，还是不见开门的钥匙响。正要拨个电话拷问一番，是不是又不说一声跑远路送怀孕的同事回家去了……门外鞋柜响动的声音传来，我拉开门，一大股玫瑰香扑面而来。他递过花束，傻笑着，什么也没说。这是我们第三个结婚纪念日，十一朵玫瑰，三支百合，一屋子温暖芬芳。回头想起第一个纪念日的情景，不由得唏嘘感慨。

他从来不是个懂得浪漫的人，但我喜欢制造惊喜。那天中午休息时，我一个人乐呵地跑去单位附近的商场挑选礼物，美滋滋地计划着晚上去哪家馆子聚餐。拎着礼物出来时，我打了电话给他，叮嘱了几句早点回家便什么也没提及。可直等到六点了还不见人影，也没有任何消息。我料想他一定是偷跑去准备惊喜了，就忍住没问，傻等。久等不回，才知是下午来了两位到京出差的老同学，推不开，吃饭去了……

回家时已过了 12 点，浑身酒气，扔来一个不知什么小店里买来的幼稚发卡便瘫在了沙发上，丝毫抱歉也没有……气愤、伤心，剧烈争吵。咆哮声、哭泣声，他摔东西的声音，我的嘶吼声，一时间混杂在了一起，将漆黑寂静的夜色撕拽劈扯的支离破碎。可怜巴巴的礼物被摔进了垃圾桶里，瞧也没瞧上一眼——那是我挑了好久，花了半个月工资买来的金质生肖吊坠呀，真是一场情比金坚的反讽……

没有陪伴，没有快乐，没有惊喜，所谓的纪念日以一种更刻骨铭心的方式扎实度过，幸福全成灰烬……每一次回想起，只剩怎么也消退不了的怨恨与揪心记忆。

好友楚说，每个人对纪念日、节日之类的日子态度是不同的，有人在意，有人无视，但差异可能只在对待事情的看法上，不在情感本身。两个人过日子，最好可以针对类似的问题提前沟通，向对方清楚地表达自己的看法，提出建议，商量达成一致。比如这个梦魇一般的结婚纪念日，原本可以很郑重地提前约好，雷打不动……反之，你以为的惊喜可能真就在某个可能性里变成了惊疑、惊惶、惊愕、惊悚、惊溃，甚至是惊厥来！

事前不沟通，事后恶性沟通，多少矛盾、痛苦、误解由此造成。当互不理解的双方只是简单粗暴地以沉默、指责、流泪、争吵、泄愤等单向抱怨他人的方式处理事情，得到的只可能是更大的误解和伤害，是心里永远无法彻底填补的洞。一经触发，心底便刮过一阵旧年的龙卷风，势如破竹，片甲不留，无论之前的甜蜜再浓稠，之后的快乐与补偿多虔诚，荡然无存。随之一起流失的，还有不可再来的温情与爱。

就像此时，时过境迁，身旁百合清芬，玫瑰娇艳，纵使千般美好，依然难扫清残存的痛与怨。这是多久都不能抹去的黑色印记。严重烧伤，再植皮，多么高超的医术也难免会留下印记，诸如，肌肉缩皱的瘢痕，以及心灵永远的烧灼感。

朋友之间、长幼之间、师生之间……也都是如此。不知你是否有那么一些忽然就淡了，或是再也不联系了的人；你是否遇到过那些个某天过后就讨厌起你的人，无论你怎么努力重来或尽力弥补……其实最初的疏离不过是因了沟通的缺失或不当罢了。

毋庸置疑，沟通是必要的。沟通是为了了解，为了理解，它源于心中有他人，有爱，有尊重。但有时，不恰当的沟通反而比不沟通结果更坏。

当我们以不当的方式进行沟通时，双方的交流反会因为信息差而产生误解，甚至更深的隔阂与冷漠。这种不当可能并不在于个人意图和传达方式本身，而是基于接受者的思维模式、认知方式乃至个人的喜好模式。那么，正确而有效的交流就不单需要真诚，更需要对他人充分的了解，才能以自己可以做到，而对方更易接受的方式来避开误区、达成共识。

人与人的相处如此，教育更是如此。只要是两人及以上时，所有基于沟通与联系的思考最好都能够换一个角度。因为懂得，就更易创建联接的桥梁，将自己的想法和愿望准确地渡进彼岸，方式玲珑，情感融洽，结果讨喜。这不是谄媚，这是善，是爱，是智慧。有一种爱是沟通，而有那么一种智慧，是站在你的位置伤看你，看自己，然后一起走到心的中点去。

路上书 |

海，只是谜面

一、海的两面

每当听到新闻上有关台风的消息，我总会想起那年暑假在毛里求斯时的情景。

有天在宾馆后面的沙滩上散步，船屋的一个黑人兄弟露出白牙对我微微一笑，算是打招呼。我走近与他攀谈起来，真诚地向他夸赞毛里求斯大海的迷人魅力，语气里满满的羡慕和向往，比傍晚的潮汐似乎还要汹涌。他却意外的安静，表情里没有丝毫欣喜。"其实我们普通人并不怎么喜欢大海，也不常下海游泳。"他双眼空落落地盯着被黑暗捆绑着的远方，海面层层翻卷，像一条条宽广无边的舌头。我见话不投机，与他约好第二天下海划船的时间便离开了。其实那时，我并没有多想他话里包含的意思。

第二天一早去了中国游客攻略里必谈的红顶教堂，时间紧迫，我们必须赶在出海的时间前回到宾馆。那天红顶教堂正在翻修，一群人坐在房顶上施工，教堂的门也只好封闭起来。司机见我可劲儿地扛着单反拍大海，拍那乱糟糟的教堂，很好奇地问道："为什么每个中国游客都要来这里参观呢？"我用残废了的英语向他解释，这里是一个香港明星举行婚礼的地方，是……他摇摇头，斜嘴一笑："你们根本就不懂这里。这个教堂的原名叫圣母的帮助，以前这里因为战争和大海死过许多人，这座教堂其实是用来超度和祈福的。很久以前人们出海的时候，总会来这里祈祷的……"那一瞬间我忽然明白，这座教堂的神圣光芒里，其实暗藏着，手无缚鸡之力的人类对大海永恒的恐惧。

我想我终于读懂船员兄弟对我口中海洋之美的那种平静或漠然了，也懂得了下午划船出海时两个兄弟站在海边目不转睛地注视着我们的那种庄严，明白了为什么所有攻略上都写着水浅可以浮潜时，当地水手却告诉我，你不会游泳，不能下去，危险！

只有生长在高山的人们才懂得高峻秀美之余，泥石流的危险与跋涉的艰辛；只有住在高原的人，才知道与蓝天贴近的同时，还有那么强烈、可怕的紫外线；也只有生长在海岛之上，才洞察大海在她绚丽迷人的面纱之下，还藏着一副怪兽般无情的面孔，在风起时，在地动时，毫无商量的毁掉你的家园你的生命，一遍又一遍。

去年在台东的画面历历在目，静美的太平洋却转身换了模样。不止台东，我国东南沿海以及整个台湾，总在抵御各种名号的台风，总在救灾，总在重建……房屋与海的距离渐渐拉长，可世代的居民，仍然没有离去。忽然有个可笑的想法，只有敢于面对凶险、无常的人，才配与海的惊人大美长久共处。而所有的美，似乎也都以不同方式告诉你，经历过后，才知道美好的另一面，是长久的考验与忍耐。当有一天你像那位船夫一样，面对大海不惊喜、不惶恐，那才是真的理解，真的爱。

如果注定要与苦难共存，与阴影同在，与恐惧同行，那最好的行动，便是在路上。美好会扑面而来的，要在飓风里，山峦般坚定。

二、海，只是谜面

每年总要看一看海，不然总像心里缺了一块，有风吹过时，"呜噜呜噜"打着呼哨，空荡荡……

第一次看见海，快艇停在坎昆的女人岛，人群四散。海在一路的漂浮摇摆中静了下来。从岸边回望，拉长视线，海面平滑温柔的像落在地上的另一面天空，同样平静、同样蔚蓝，同样宽广，不经意间便吸附掉所有零落的情绪，只留纯粹的平和、喜悦随着层层推进的微波一点点荡远、荡远……回过神来，一个大胸大屁股的白人女子盘腿坐在不远处的沙滩上，随性摆弄着四周的沙子，安闲静美。那沙细嫩洁白，裹挟在阳光里越发的如雪晶莹，一脚踩下去，沙子立刻团住半个脚面，质地绵软，像是有谁轻轻拥吻你的双脚。你在海边信步前行，海风吹乱长发，轻扬碎花裙摆，你不时拨开乱舞的刘海看这天地。眼前除了蓝天、白沙、渔船、风吟，偶尔停落在栈桥休憩的海鸟，沙滩上空荡荡的白色躺椅，以及远处高大荫浓的椰树林，整个天海之间似乎只有一个自己。只有自己，与这世界同为一体。

多年过去，加勒比海边只只鸥鸟音符般起落、跳跃的身影总在心间浮现，海面上脆亮悠远的叫声始终在风里盘旋、盘旋，洪都拉斯小哥古铜色的脸始终在看到的每个美洲雕塑上复苏……闭上眼睛，依然左脚浸入海水，印下浅窝，右脚踩上沙滩，温温软软。看海的人早已和那画面走在了一起，以至于每次抬头看天的时候，我以为看见的都是海……

喜欢海的色彩，那是大海最轻盈的宽广与变幻。我们不妨去掉"蔚蓝"这个千篇一律的形容词，海的颜色，从来是个美丽的万花筒：加勒比海碧绿透亮，太平洋宝蓝深邃，印度洋深碧浅白，以及渤海周边的灰白浅蓝、深灰浅灰……海的颜色，原是一场迷离的梦境。它将天空之外某一种色泽尽情地洒在你的眼前，无边无际、任性延展，给世界都氤上一层的别样的色调。阳光之下，它身披金粉，闪闪烁烁，在你的眼前沉沉睡去，轻轻摇摆，或是风云突变，顿生沉暗。海的神秘在颜色的变幻中露出一角，但那色彩其实并不神秘，它取决于海的清浊、水的清浊、海底的质地、阳光的照射、天气的变化……诚如，白色沙子与深碧浅碧、黄色沙土与深蓝浅蓝、砂石密布与深灰浅灰。海底遍布火山岩的地方水色便是深绿，而沙土细腻处却是浅碧。光影更是魔术手，乌云过处，你能看见海洋不定的表情。阴云两壁，海被色彩切割，一面灰绿，一面浅碧；一面晦暗、一面明亮；一半深沉、一半灵动……快艇掠过色彩的分界线，转身已另一个世界，等你再回头，云山早已溜走，一整片浅碧摇动金光点点，那么明亮刺眼，仿佛你只是不小心迷了一下眼……其实大海不过是用这色彩告诉你，这世界的美丽、神秘、丰富与无定变幻。

日出与日落也会告诉你，但它比海的色彩更擅长表演。

夜近尾声，海边渔村的鸡鸣声依稀响起，两三颗星子挂在天外，稀稀落落，寒光点点。在海边找一块沙滩或大石坐下，等待日出。此时的海是一片混沌、静谧的深灰，只在东方粼粼地淌着银白的光。天海相接的地方，几缕微光迫不及待地窜出来，顺着波浪送来大片、大片的浅橙色，那浅橙的光左右摇摆，跟着风的脚步悠闲地踩着碎步，等它汇到近前，又暗哑成了深灰，重回冷寂。极目远眺，远处的渔船变黑变薄，像粘在灰白画纸上的两张皮影。几只小鸟儿载着晨光从头顶飞鸣而过，太阳里的金乌似乎也被这脆生生的乐音叫醒，蒙蒙地松开了睡眼。近前的波光一个抬眼的间隙便镀上了一条条金光，几丝细云飘上了天边浅粉的霞彩。瞬时，东方浅浅暗暗的红色云团偷偷调高了亮度，贼贼的暗示你，太阳快出来了、快出来了，莫要走眼。正说着，一片亮光冲破东方海际的厚重深灰，顶出来，先露出一牙儿，再一突突慢悠悠的浮上来，圆圆亮亮，红红小小，像谁抿了几口的甜豆糖。不过是一两分钟的光景，晨光里便多出了几分红彤彤的暖意，太阳越升越高，变成金亮亮裹着橙光的大转轮，不急不慢的向左滚动。你站起身，天边的霞彩已是烧红的炭火，从天上一直烧到海面上，投出一道光桥，光灿灿地伸到脚跟前，无论你怎么转动、怎么奔跑，那桥都跟着你，宛如舍不得离去的小尾巴……日出的惊心动魄与狂喜难以用笨拙的言辞来描述。"天地有大美而不言"，在太阳从海面款款升起的那个短暂瞬间，所有的解释都成空洞。日落亦是壮美，但尽收眼底的自将是另一番景致了。

看过日出，看过日落，在看日出的地方我遇不到日落，在看日落的地方我看不见日出。世事难两全，总在很多次相遇与错过后，我也才渐渐懂得平和，懂得取舍与释然。

日升日落，当一切复归平静时，我只想坐在海边的沙地上，看海。看它一遍遍冲刷，永不停歇——那涌动是海的脉搏。看它包纳细流、砂石与污秽，又在涨落之时将一些渣滓推到远处。我看见啃了一半的苹果，看见谁人遗弃的被海水浸的腐烂的胶鞋，看见一堆堆的贝冢，排排翠绿或晒干的海藻……原来海不只是包容，它更懂释放。正因其吐、纳才成其宽广，成其博大。这样默默的看着它，或是闭上眼睛，听风，听海浪在说话。它说：重复、重复，变幻、变幻，放空、放空，吐、纳，吐、纳……它说如此的变动与深沉，才是平和，才归宁静。

海，只是谜面。你不只是看海，更是寻找，是发现——寻找自己，发现新生。我总喜欢每年随性挑一个时候，光脚走在水边或躺在沙地上，等待无遮挡的海风和阳光重新晒干、舒展那在重重世事中挤压变形、缩皱的心灵，将它拉伸，充盈，给心灵一个深深呼吸，一段休憩的时光。

最初，我们都是看景，慢慢就变成了看自己。海的谜底，不过就是心灵，是胸襟，是包容，是释放，是深藏，是海纳百川与海阔天高……

　　那天从东戴河回来的路上，七岁的小姑娘一遍遍将海螺放在耳旁，静静听，偷偷笑，进而咯咯地笑出声来。她把海螺凑到我耳朵边，说："姐姐，你听，我的海螺里有大海的声音。"我认真的听了听，虔诚的点点头。但那上扬的嘴角忽地又垂了下来，撇撇嘴，"可是我看不见海……"

　　我说，你闭上眼，海就在眼前了。不是吗？

　　那海，住进了你心里。

只差一点点

在杭州多逗留了两天我才知晓，美的不只有西湖，还有西溪。

西溪的大，是登上古村木塔顶层也望不到边的。

在西溪，双脚的能力有限。那是因为游人的时间有限，而景致无边。但我从未后悔那时不假思索地放弃了乘舟赏景的便捷。不然，我撞不到那几朵缀在绿丛中的孤芳，走不进一丛丛风中曼舞的野花，遇不着挂着零星果子的梨树，穿不过片片挺着白首飘摇的芦苇，听不见空林蝉噪鸟啼阵阵天籁，钻不进绿水淹没的木桥深处，更不会有滴水入海般宁静与空茫……

一个人沿着逶迤蛇行的溪畔行走，一会儿踱步，一会儿疾行，仿佛将着西溪一根根柔发摆荡，连自己都成了发间簪花一朵，碧绿一束。心一直急剧地跳动着，不只为西溪绝世清丽的容颜，而是那绝对的静寂。一个人走在路上，一小时一小时也碰不到一两个步行的人，空对着清幽秀美的水天，心里一半欣喜一半恐惧，仿佛走进了一幅尚未停笔的图画里，不知下一步会是哪里，不知下一个拐角跳出的是美景还是绝境，是恶人或是猛兽……

眼看着树影一点点倾斜，脚底板一阵阵剧痛，我拿起地图看了一遍又一遍，发现自己三四个小时所走的路程只像蜗牛在图上爬了两三秒，悠闲的游兴顿时消失殆尽！怎么办？小菜吃了一碟一碟，大菜一盘也未见？那么多景点我还一眼未见！才想起朋友说过游西溪是一定要坐船的。顾不上脚疼了，我加快了脚步，火急火燎急寻码头，想抓住最后的机会坐上船头一睹西溪奇景。

脚疼的终于走不动了，码头还是没有找到。我在溪畔的古镇上找了个靠水的地方坐下，不顾形象地脱下凉鞋，一面揉着双脚，一面打量起四周。四下里人声鼎沸，小镇古朴典雅，热闹非凡：豆腐西施吆喝着现磨的豆花，招徕城里的客人排着队推起她家玲珑的磨石；砸牛肉的家什在游客的笑声里雨点一般落下，票子和棒子敲定，招牌牛肉任君带走；卖油纸伞的店铺里里外外挂着蘑菇似的花伞，一眼青花、水墨、彩虹、烟雨，应有尽有……热闹诱人的画面一点点腐蚀我继续前行的念头，哪怕心里的遗憾和懊悔像那天毒辣的阳光一样弥漫，我最终还是心安理得的在这里安享时光了。

与其走马灯一样的赶路找码头，还不如在一个地方美美地游玩休息。我到豆腐西施家吃了一碗豆花儿，又晃到戏台外面的店铺灌进去一碗鸭血粉丝，最后爬上镇中央的木塔顶楼，俯瞰西溪。到后来，不知怎地竟在塔顶的"美人靠"上睡了过去。一觉醒来，半个小时已经过去。下了塔继续往前走，不到一分钟就又被西溪凉粉拐进了一家看着很地道的小店里……一路吃的心花怒放的我终于扫尽未能乘舟览胜的阴霾了，却不料：店家前方三四米的拐角处赫然二字——码头。

我却必须走了！和朋友约定的时间无限逼近，我和码头亦无限靠近。码头边两棵巨大的香樟撑起一片渐呈灰蓝的长空，长长的走廊爬满欲滴的青绿、叹息的心思，码头下船夫的嘹亮的嗓音在眼前和背后忽上忽下、忽远忽近："最后一班，最后一班，请各位乘客尽快上船……"我将手里的门票揉做一团，叹恨离开。是的，在我蹉跎了那么久之后，码头竟安然地等在近旁，游船竟还有最后一班等在溪上，还有一班在等！可时间，早已等不及。

忽而不觉遗憾了，因为我知道：

原来码头与我的距离只有一百二十秒。

原来得到或错过，只错位在一个念头。

原来我和梦想的终点，只需三两步，只差转个弯。

原来坚持到底，往往只需放弃之前多坚守那么的一点点。

桥

　　美，总在不经意间闪现，既而长存心间。石拱桥便是如此。

　　我的家乡地处关中平原，幼时能见到的桥是田野水渠上的板桥，平平直直，印象中只觉得是路。再大些时候，和爷爷进城路过渭河，渭河老桥由根根水泥柱撑起，路面宽、直、平，架在两边河岸之上，像是凭空支起的一个平行的夹板。我坐在爷爷的自行车后座，时而盯着桥下裹挟着泥沙沉沉流淌的河水，幻想水边玩泥巴、涮脚丫的乐趣无穷；时而远望，看长而狭窄的河道水蛇一样向视线尽头蜿蜒而去，大气恢宏。但记忆里从来没有桥清晰的身影，直到第一脚踏上江南弯如天上虹的石拱桥。"桥"这样一个名词才从"路的另一种形式"的界定里走了出来，走出自身的形式与美感，独自屹立于天地。

　　我猜想，石拱桥最初的创建者一定是个务实而又浪漫的人。他架桥于江上，便利出行，便于赏景，便于人们停驻逡巡。他将天上的彩虹摘落在人间，不再消逝；他将牛郎织女的美梦坐实在水边，空中水中，石桥与水影，静静衔接成美丽梦幻的团圆……那石拱的形状，就是路过的你眼帘的模样，是眉眼的笑意，大笑、浅喜、深弯、浅眯，总有眼波流转最深的情意。桥是眼帘，水是清波，动静之间，便是江河湖溪的眉眼盈盈处。

　　有水，便有了灵气，桥在时间和风雨的打磨之下也不至于失了固有的美，反而越发浓郁了水墨山水画般的诗意与气韵。假如你去江南的古镇中走一走，摸一摸，那些随意横在水上的小桥，桥面或许已经有些细小坑洼，被光阴做旧或磨得光滑发亮；桥上的石雕或栏杆也不免些许斑驳、剥落，桥却依然那么悠扬、静谧的卧着，看莲花或绿柳一年年盛装欢笑、摆舞，迎着不同的鞋底、车轮、鸡鸭牛羊，踢踏咯吱间，千年百年……桥上的石拱与桥下水色始终天然地分割着倒影与天光，浑然天成地画出一张又一张凝望深思、活泼灵动或低眉娇笑的小影。有人说建筑是凝固的诗，那么这石拱桥，一定是诗中的上品，是时光流动中的律诗，是风雨洪荒中的绝句，又或者，是长长短短参差错落的清丽词曲……

从昆明湖上的雄壮大气到烟雨江南波光上的清丽柔美，从皇家御园的高贵端庄到普通公园的平凡质朴，从小城熙攘的行人脚下到乡间秀美的山水之中……石拱桥总是那样优雅地、沉静地，经年地屹立和坚守。我想，它的悠远许是来自石之质地，它的坚毅大抵因了拱之形状，而它的无处不在，就是桥的使命、水的依恋吧……

若你久久注视它，守候、光阴、给予、相逢……这样的词儿会一个个从脑海间窜出来，甚至更多。沈从文曾说过"我行过许多地方的桥，看过许多次数的云，喝过许多种类的酒，却只爱过一个正当最好年龄的人。"那千千万万的桥，想来总有那么一座，只通向心底，通向你。有一个画面总绕在心头：

枯枝、老树、晨风；小桥、流水、人家；桥上少年，翻飞在风里的寂寂纶巾……

古旧的画面定格了下来。那桥上少年，翘首等待的，是过往的清风，清冷的明月，还是溪旁人家推门而出的浣纱女郎？

我想，桥是风景，如果不是风景，那便是景中动人的点缀，如果不是点缀，那便是无法隐去的底色。它那样亲切而平淡，以至于总被人们遗落在或匆忙或悠闲的脚步声里……

不如驻足，桥是弯弯浅笑的眉眼，在等你回眸。

道不完的美，登不完的城

学校组织的春游姗姗来迟，刚过夏至，炽烈阳光和浓稠绿海就在慕田峪长城的门外倾情等候，给你献上夏天落在皮肤与眼睛上的最直观的符号。

我带着快一岁两个月的小宝一同去，和 L 先生自驾出发。路上遇到某领导视察，开往怀柔方向的高速被封，只得绕辅路，兜兜转转地赶，好在最后踩着尾巴赶上了学校的大部队，没给大家拖后腿。

小宝随爸爸坐缆车先登，我跟同事一起攀登，顺便拿了学校印发的"好汉证"在沿途设置的服务点盖戳领奖品。慕田峪长城有他与众不同的地方，我去过的北京长城有四处，这第五处，是第一个登城先得翻山的地方。所以还没上到长城，只在山间爬了三五步就觉得腰腿酸重，虚汗淋淋了。

山间绿树阴浓，杂花点地，还有一股股清新而浓郁的槐花香从头顶幽幽散开，灌满整个鼻腔，把身心的倦与懒不动声色的化开，冲淡。你抬头望时，槐树有高有低，于近处、远处，一棵棵零星地站着，缀满染了些许颓意的白色花穗。许是槐香的唤醒，孩子的期待，我一步一阶，大步赶路，从山脚下到长城上集合点，一分也没有停歇。

虽说已是第五次登上长城，但走到近前，一股崇敬之情一如既往地高大起来。人走在山中，长城耸立在山峰。那蓝灰色的城墙，是一块一块巨石铸成的史诗，坚固厚实，色泽内敛、质朴，于千百年风雨时光的淘洗里更见沉稳、静默。而沉默里又灼灼地闪耀着炫目的光，那光是炽烈的日色，是智慧的冲击，是力量的凝聚。光芒万丈。那光牵引每一束视线紧随墙体向更远、更高、更陡峭的地方追逐，如同追逐一条腾跃于天地的巨龙。抬眼是天空的海，平视是峰峦的绿，蓝的浩瀚之洋与绿的深浓之海汇聚在一条奔跑的大浪上，那浪便是每个中国人心中永不倒塌的长城，蜿蜒在壮阔的天地间，不息地涌动着民族脉搏。

天空中偶尔飞来一只鹰，浓黑如墨，只有腹间一抹白，舒展翅膀纵情滑翔。鹰是天空里的一头鱼。行走在长城之中，就是行走在壮丽的画幅中，伸手一摸便是历史，两足一触即是文化，莫名便激荡起一腔热血、满心豪情。长城似乎已不仅是建筑艺术，不仅是山河风光，不仅是历史文化，它更像是一个民族魂与力的图腾，无时无刻不给人视觉冲击，精神鼓舞，乃至灵魂的激励与淘洗，那真的是一种震撼人心的美与力量。

拾级而上，遇到更多的却是外国有人。那些游客里有年岁大拄了拐杖的老奶奶，只要稍陡峭一点就得小心吃力地尝试半天，有身强力壮的年轻男女，有看起来两三岁大的孩子，还有四五个月小小的缩在胸前背巾里的小婴儿……似乎他们到长城，只是一场门外遛弯般的健身出行。同胞们除了拍照，还有给孩子应机介绍历史文化的，更浪漫的，是位放着音乐做潇洒状拍照的中年男人，他一面背着手照标准的"领袖照"，一面不无感慨地抒情，"这便是诗与远方。"我笑笑，不语，从他身边快速经过。遇见越多远足亲近自然的家庭，我便愈挂念坐了缆车抵达 14 号炮楼的孩子。

大约一个小时的攀爬中，我一次也没舍得停下来歇脚。见到孩子，急急给她换纸尿裤，喂水，喂水果，换大的遮阳帽……做完这些，才松一口气，牵着小朋友离开阴凉的瞭望台，开始真正一家人的长城行。

一岁两个月不到的安心并不是第一次见到长城，上一次是在居庸关，小心谨慎的爸爸怕危险没让我抱着孩子挨上一阶，好汉自然也当不上。这一次孩子已经能稳稳地走路了，再加上慕田峪长城每段都有些平坦的坡道，有台阶的地方每级也比较矮，真是让孩子初爬长城的不错地点。

我将她放在比较好走的地方，小人儿欢叫着拉起爸爸妈妈的手，一点不惧怕，稳稳当当或歪歪斜斜地往前走。在稍平些的坡道，我和孩子爸爸默契地都松开手，让她自己掌握平衡，自己用小小的脚掌丈量长城。小家伙强壮的腿脚踩在砖石上，两胳膊用力抬起又重重震下，口中"嘿""嘿"停顿着喊，像是在给自己加油鼓劲一样。那是她常有的标志动作，在她开心或感兴趣的时候。假如不小心摔倒了，直接站起来，或是扶在地上不动，看一眼爸爸，听到"没事没事，宝宝站起来，加油！"的鼓励声，才又咧嘴笑一下，胳膊慢慢支撑着站起来，重新如小鸟雀跃。我猜，当外国友人用她听不懂的语言赞美她"很棒""可爱"的时候，她大概以为叔叔眼中的火花是因为她花裙子的漂亮，哈哈。

值得铭记的不只是长城的盛景与磅礴韵味，不只是与家人同行的会心乐事，还有一些细小的欣喜，感动着我，启发着我，让我对慕田峪的开发与修复工作充满憧憬。比如烽火台上安置的白布，用木框固定住，供游人书写自己难以抑制的激动心情，登城的感受，以及登城之时心理一直怀揣的心思、情绪。各种言语、各种颜色、各种图案，五花八门地飞舞在有些变旧的白布上，一张一张，仿佛是本本为自由敞开的无字圣经。还有一小段玻璃阶梯，踩上去就像走在空中一样，绿草和黄花在脚底微微摆动，是初夏成长的色味……

道不完的长城，登不完的长城，已经爬过六次，登过五处。假如有下一次，我想我还是会去。

为什么是桃花

为什么"桃花源"一定是桃花而不是别的什么花呢？好友忽然问。我没有答案。

千百年来，人们毫不质疑地将"桃花源"以及它所代表的美好意象吸纳进了我们的日常语言、文学文化以及生命的追寻之中。而陶潜究竟为何选择了桃花，却似乎并无几人深思过。那么，让我们从桃花源的意象说起。

桃花源是诗人陶渊明想象出来的一方远离俗世、远离战乱的人间净土。它在心灵上安宁、美好，在地理上却背井离乡，遥远闭塞。也许在一个僻美孤立的天地中，桃花的平凡、普遍可以给人几分亲切与温暖。

桃花不像兰花那样珍稀、高洁，它随处可见，生长在山间、田野、河畔、在农家的院墙内外……而无论生长于何处，它都大大方方、自信满满地在春光里灼灼绽放。记得清明时与友人郊游，走在深山巨谷中，抬头望，灰黄清冷的山间活泼泼跳动着的尽是粉色的音符。遍野的山桃，仿佛一朵一朵少女脸上的红晕、一个一个嘴角甜美的酒窝，肆意又羞涩地盛开在一个个山头上，看不见尽头……这无处不在的桃花，大概一定也会开在通往"绝境"的路上吧，桃花那样了解人们的心意。

春一到，桃花便醒了。在乍暖还寒的早春，它便毫不畏惧地以娇嫩的花朵装点这还显寒冷的冬后世界。它热闹地开起花来，连绿叶都舍不得先挂。若你打树下经过，整树的粉红轻柔、明媚，细细的花蕊微微颤动，阳光从花间滑下，白亮亮，金灿灿，连周围的空气都仿佛温柔了几许。走在桃花丛中，就像走进一个不愿醒的美梦。而这梦凋谢时，更迷离缥缈的宛如梦境。桃花的花期较短，有时从盛开到凋谢不过三两天，风一过，单薄的花瓣顷刻化作粉蝶，随着气流上升、回旋、漂浮、坠落，再被风拾起，再飘落；乱红纷飞，落雪般静美。于是，空中、地上、水中尽是花瓣，走过去一身落红，踩上去一地细柔，双桨荡开来一圈一圈粉红的春光……这桃花开得急切、红得温暖、走得匆忙、美得虚幻、落得迷离，不就像一场美梦？而古人"率妻子邑人来此绝境"的际遇难道不就是一场悲苦中最无望的梦吗？

也许这就是"桃花源"得名的原因吧。你看，梨花在野外不如桃花常见，它的清冷、寒凉承载不了苦难重重的世人哪怕一点点温存的愿望；樱花一簇一簇开得繁复而笨重，少了桃花的轻灵与简约，凋谢时也舞不出桃花的迷幻与诗意；梅花开在严冬，傲霜伴雪，而冬天的严峻、贫瘠从来就不是人们心中的一方乐土……就是桃花吧，不仅如此，桃花里还有人们一个明白的心事——"逃"，从战火连天里出逃，从灾荒苛政中出逃，从现实的噩梦中逃逸，从苦难的囹圄中突围……逃吧，逃到一个美丽、富饶、和平的地方，过平和、富足、静好的生活。为我们创造出桃花源的陶渊明，他的一生是否也在"逃"？逃离厌弃又曾渴望的官场，回归到属于或不属于自己的田园……

逃去哪里呢？也许最后的居所早已暗示在了桃的形状里——心。悲苦的人生本无处可逃，逃到最后也只是回归自己的内心，以思想与精神的广博、丰富来融解现实的干瘪与冷硬，在心底开辟出一方唯美、安适的世外仙境。大概，陶渊明最终的宁静也并非来自田园，而是睿智、豁达的内心吧——"问君何能尔，心远地自偏。"

那个桃源仙境，只是心之净土吧，它像桃花一样，我们每个人都拥有，都看得见，却又最空无。

少年老太

我从南锣鼓巷换乘六号线，到北海北。

列车进站，我还没跨上车厢，一个老太太立刻引起了我的注意。她太醒目了！她瘦而矮小，头发花白，紧贴在门边的玻璃围栏上。

"怎么没人给这位老太太让座？真是的！或者，或者她下站就下了吧……"我这么寻思着，掠过她身旁，扶站在最中央的柱子上。

偶然再瞥向她时，那张侧脸的表情教我情不自禁修正了自己刚刚自以为是的认识。

那张脸确实有岁月的凿痕，皮肉稍有些松，但几乎看不到一点打蔫儿的态势。皮肤是白细的，不说水嫩，但打眼绝没有密集的纹路——除了眼角那几条淡痕，平滑的像刚退潮的沙床。尤其让人羞愧的是那淡然、自信又透出点高傲的神情，那神情分明向世界宣告：她哪里需要让座！她完全自立！

谁胆敢给她让座呢？假如我有座位我不会让，我如何能对一个"年轻"而身体又无不适的人进行这般隐性羞辱？

"抱歉，请问下车吗？"她客气地朝前走了几小步，温和地问挡在前面的乘客。乘客让开，她低点头一笑，算是致谢。

果然，她与我一站。我们一前一后下车，她在前，我在后。这个陌生老太啊，静态的时候已经让人惊奇，谁想一动起来，完全让人着迷！

一双黑色坡跟皮凉鞋，鱼嘴的那种款式；黑色紧致高弹的修身裤，包裹在又细又直的腿上，对，直！那腿的直教人怀疑起我一开始绝对看错了眼，她原本只是个花季少年！再看，刚进地铁时觉得优雅漂亮的那件衬衫，现在仔细一打量，不就是今秋最新流行趋势复古波点嘛！白底，酒红色细小圆点，倒是与她本人的素淡清雅的气质并不违和。

天，我还看到什么！我不是刻意偷窥，但雪纺质地的素色衬衫遮不住，遮不住内里胸衣的线条。我彻底被击中了！我迅速回想了下我身边的老太太们，哦不，她实际的年龄应该比小区里帮儿子、闺女看孩子的老太太们年龄还大，但她两条肩带若隐若现在素衣底下，有种鹤立鸡群的傲慢和倔强。

地铁站内，她也并不摘下那顶米白色的中沿儿凉帽，左胳膊肘上挂着一个不小的褐色皮质包包，款式是前两年的款，但皮面看着却还有七八成新，干干净净。

我看着那细直的腿，瘦直的背，和轻盈灵巧的走路姿态，对自己产生了一种深深的羞愧。她似乎比我，更青春，更像，一个充满青春力量的——少年！

当我打开手机查看下地铁后的步行路线，只十来秒的样子，再抬头，一直走在我前面的她，赫然不见。

她是一阵风吗？我疑惑，又渐渐笃定。

是的。她是一阵风，一阵清新、轻微而又无比强劲的风。她吹走了我心里的一团浊气，就在昨晚，我还对着镜子里的几片斑矫揉造作地大喊：我毁了我毁了，我都老了，我怎么办！

怎么办？她不就是答案。老也有老的优雅体面的那一类，老也有老的青春与傲气那一型。

美丽到老，自信到老，青春到老，哪还有老？

对的，我确信，她的确是一位少年老太！

小暖

小暖不是一个姑娘的名字。

1

我拎着电脑包窝进离家并不算近的一家咖啡馆里，开工。电脑、试题集，我做的相关记录，满满当当地摆了一整个圆桌。

来添水的女孩每次小心翼翼地倒满，把杯子放到离电脑和资料较远的地方，默默离开。我并没有抬头看她，仍旧埋在密密麻麻的文字里。

又一次来添水时，她忽然开口说了话。

"女士"，她恭敬地说，"我建议您明天来换一个大桌子。我看您这两天来都带很多东西，这张桌子太小，不太方便。"

的确是不太方便。需要资料时抓过来翻，翻完无处放再丢到电脑后或是一旁的椅子里。实在需要翻得频繁了，就搁在腿上。

她指了指旁边摆着皮沙发的大长桌，"坐那个吧。"但我就一个人，怎么好意思霸占那个大的桌子。"没事，没事，那个桌子没有电源。"我找了个借口推脱。

"有的，我们这里每张桌子旁都有。"她急急解释。末了，嘱咐我明天再来时一定找个大桌子坐下，听我说"好"才心满意足地提起她银色的尖嘴水壶，往下一桌添水去。

这才是最好的服务呀，有心，友善，有温度。恰如杯里柠檬水的滋味，淡淡的，竟有些甜。

2

有天和小姑娘视频，她嘴里捧着奶瓶喝着，眼睛却一点一点湿润，滑下来一颗晶莹的泪。我的心被这泪触痛了，当即买了第二天回老家的车票，接她回来。

车是硬座，夜里九点多开。好多年不坐硬座，倒有些新奇。我坐在靠窗的位置，正对面是个留短发穿墨绿上衣的姑娘，不漂亮，但于手机的丛林里专注于手中书本的清雅气质让人着迷。从九点到十一点，除去借了我25块钱吃了个晚饭，她始终端端正正地坐着，偶尔扶扶眼镜，阅读。我手里的《论语译注》还没读完两章，一抬眼，她已捧起了另一本。目不旁视。

"各位乘客，很高兴能够……"一个年轻女乘务员的声音而扩音器里传来，甜甜的，亮亮的，故作兴奋里藏着明白的羞涩。我没有抬头。火车上推销的事情大学读书时见的多了，且不说质量好不好，卖那么贵，谁会买？车厢里的乘客貌似达成了一种无言的默契，同我一样。她努力高扬的声音透出一丝无助，低了下来，"大家看看吧！给孩子，给朋友，环保又美观……大家看看吧，看看……"

对面的她忽然将书合起来，"您给我拿两个吧，我试试。"我有些意外。乘务员拎着个不小的提兜站在过道上，还满满的，看来确实没几个人响应。

那姑娘握着笔在纸上专注地画画，又写写，微微叹了口气——大概只有我察觉到了那叹息。"很抱歉，铅笔很好，只是不太适合我……"她有些不好意思地摇了摇头，又将铅笔递回乘务员手里，微笑的脸上写着真诚的歉疚。

我正读到“里仁为美”，点点头，继续往下读。

“没关系，没关系，我坐太久了不舒服，要活动活动，您坐吧！”那个熟悉的声音又响起来。她出去上厕所，一个无座的大妈瞅准时机赶忙抢了进来，长喘着粗气拍拍腿肚子，歇歇脚。“不不不，你坐吧闺女，我歇好了。”大妈站起来就要往外走，都是老实良善的人，她不好意思。

“不，不，不，我真的坐得腰难受了，要长长。而且我马上下车了，您坐吧，坐吧！”她躬身挡了老太太，抓起桌上的水瓶，往外走了。老太太只得又坐下，嘴里不住念叨，“这姑娘呀……好。”

3

归程，我独自带小宝坐高铁。然而一上车就遇到了困难。有个乘客坐在了我的位置上，交涉的间隙，我将小宝放在身前，卸下背包准备先往架子上放。

小姑娘看着车上那么多人有些好奇，左晃晃，右晃晃，想蹓跶。我急急按住她，“宝宝，不要动，站好！”但小人儿哪管我的话，依然挣着我的手，左扭右扭。我一手拿包一手拽住她，一时不知如何是好。

“宝宝，到奶奶这里来。”坐在我面前的老太太轻轻抓住小人儿，慈祥又温和。随即转向我，“姑娘你放，孩子我给你盯着。”

满头华发下一张陌生的脸，那一瞬间，却让我仿佛看见了自己的奶奶。眼睛有些痒。

4

“您好，您的衣服……”我正抱着小人儿，喂她外婆包的小蒸饺。邻座的女孩忽然压低了声音，说。

我一愣，顺着她手指的方向。我的腰……我只顾喂孩子，衣服被挎包带子挂起了一角都没发现。

"谢谢，谢谢……"

她摆摆手，"没事儿！"脸上的酒窝对我笑。

她也不叫小暖，但她们都是小暖。

小暖不是一个人的名字，是平凡生活里投在身心点滴的光与暖。它是体贴的善意，如萤火一般，不大，却有惊奇、迷人的美。遇见很美。

我觉得愧悔，我的客人

　　裹在一块母地的土中，用两片不知名的大叶子卷着，没有盆，少有水，就那么随意地躺在一隅，从秦地，到京城。

　　我将它们种进容器里时距摘下已有五天。两根脱了根系的植株还绿着，虽然躯干有 45 度的弯曲。不知，那是追逐阳光的姿态，还是你对遥远的西方最虔敬的想念与躬身？

　　这两棵看起来有些像多肉植物的小东西是我从秦岭大峪的一座山上采下来的。它就跟它的一丛同伴，生长在一户隐居人家屋外拐角处的岩石上。

　　有一棵直直地往上长，尖细的叶片向上聚拢着，那么英挺，那么有力，一副追逐阳光的蓬勃样子。另一株横向贴在另一块岩石上，短一些，叶子稍厚一些，颜色也偏近暗绿。它则在同伴们一株赶一株地贪婪笼向石上存根的极小的薄土时，悠悠地往外伸出腰肢，就那样闲闲淡淡地舒展着，呼吸着，仿佛林间道旁午睡的一位高士。

　　同伴们走出去离我十来米远了，我还在专注地盯着这间隔不远的两簇不知名的植物。心下一个动念，从根底掐了这两棵下来，想将大山中静谧又旺盛的它们带到我身边。好让偶尔瞥见它们时，也瞥见整座山林，嗅到清透的空气，听见空灵婉转的鸟鸣，双脚再一次踏入清凉的溪水、光洁的溪下石……

　　或者，也只是单单喜欢它的样子。

　　只为了这一片私心。我拔它们下来，小心翼翼地捧在掌心，手半握着，掬起阴凉。走了几米远，还是不放心，担心它缺少水分，离开生长环境会快速枯萎、死亡。这样吧，我走向那位未谋面的隐士家旁的小池塘，挖了半干的软泥，将两株植物的根裹在泥中间，团成一个小球。又觉得还是差点什么，摘下一片心形酷似老家道旁俗称麻疙瘩的那种植物的大叶子，将两棵小东西同泥土一起包裹起来。带下山，再从陕西带到北京。

如今它们住在我用矿泉水瓶粗制的小容器里。我挖了楼下花园里的土，装在瓶里，再抠出一个大小相当的窝，将它们连同旧土一起栽进去。

近来家务繁忙，少有机会看到它们。昨天偶然一瞥见，盆里的土干的板结，两个小株却还活着，虽然看起来略微干了一点点，似乎还有些黄，但腰杆子却都是直的，一株直挺向上，一株横着生长。大山，真的就在那一瞬闪现在眼前。想来，我没去浇水没去照管已有半个月了吧，但它们还绿着，还长着，如同长在大山道旁时一样不起眼，一样不需谁人照料。

天旱了，四十度的高温烤着，它照样生长；雨稠了，冲的残存的泥土越来越小，它照样用根牢牢把住残土，甚至，把根长进石缝里。

我再看了一眼阳台上那个最简陋的"花盆"，水还是没有浇，但它仰着头，伸直了腰杆子，在晨曦里不笑不忧亦不惧。

它定已长出了根。新的根，虽然没人看得见。我猜想，那根是细细密密的绒线，从旧土伸进新土深处，伸进简陋的居所，伸进陌生的环境……寻找水，存住水，渴望水，在卑微中高贵的生长。

是的，在卑微中高贵的生长着，决不颓丧，决不低头，决不向被冷漠被忽视的庸常人生默默妥协。

它就那样生长着，那样向我说着话。但我不敢再直视它，我觉得愧悔。哦，我的大山来客。

倔强

无论哪种生命，都有承受生之拐点，活出生气和精彩的倔强。

八月初，我还在为这株草写过一篇文章。过后，那草却被我渐渐忘了。

那棵草长得像多肉植物，看起来呆头呆脑，又奇怪地透出有几分清新灵动。也许是有眼缘吧，我很像回事地把它从秦岭大峪一户隐士家门旁的大石头上采回来，又千里迢迢带它从秦地到北京，种在半截矿泉水瓶制成的居所里。过了五六天，我见它慢慢缓过劲儿来，长得鲜绿而茂盛，对它的关注便不如以前了。

假期结束，工作愈发繁忙起来，又是做课题写论文，又是准备区里的教法分析，又是永远在进行中的党委活动……我常常到家已是晚上九点之后，连自己的小姑娘都来不及陪伴，何谈去看它们呢？

有天晚上，小姑娘爬上飘窗去翻她的玩具箱。我怕她摔下来，紧跟着站在飘窗旁边，护着她。陡然间，一盆从未见过的绿植闯入我的视线。那盆植物贴着窗户放着，光线暗，看不清细致的叶片，只觉长得满满当当。枝叶从居中的位置向四周伸展开去，长长地垂到白瓷砖上。打眼一看，一股子饱满的绿从土里溢了出来，像是谁打翻了春天；又像是一圈圆形的瀑布，从高耸的山巅倾泻下来，流淌，迸溅，一直把绿意伸进了雪里……

我愣住了，转头喊公公。"大，这盆是什么花啊？"公公抱着他的收音机走到跟前，"哦，就是你从秦岭捎回来的那个草啊！我见空了个花盆，就把它移了过来……"

我呆了。那株草种下时只有两棵没有根的软枝，约莫两三公分长，而眼前这牵牵连连的绿网，爬到窗台上的绿脚，露在土层上面数不清的白色细根……长得这么磅礴这么野性的植物，竟是它？竟是，我顾不得关照顾不得去凝视的，它？

我有些恍惚，心里更多的，是惊叹。但也就只那一次偶然的照面，过后，它依然是它，我依然是我，各长各的枝叶，各忙各的时光去了。许久之后再次撞见，却是惊骇！

草，枯死了？

我那不知道名姓的野草不知为何又被移到一个小花盆里。盆底的看着还不到一公分，又干又碎，草的根分明浮在渣土上面。再看，往昔繁密的枝条少去了大半，只剩下稀稀拉拉的几条搭在花盆边上，叶子掉了大半，剩下的残叶蔫了脑袋，与枯黄的枝子一同干瘪瘪、软蹋蹋，躺在阳光里，像只晒着太阳苟延残喘的老狗。不知是谁将少得可怜的枝叶在盆边盘了一个圈，我看着它，仿佛自己的呼吸也被什么堵住了似的，闷得慌。这……

孩子爸爸前两天不是说要移栽植物吗？这，难道就是他的成果？！我气不打一处来，连吼带叫地质问他。谁知他悠悠地白我一眼，道声"神经病"，继续做自己的事情。我不依不饶，扯住他的衣角拽到窗台跟前，噼里啪啦指责一大堆。他也生气，"你一天就知道忙忙忙，家里什么也不关心。还别说照顾花草了，花到底怎么了你都不知道……"说着，它从冰箱上面拿下一个白色的瓷花盆，又从阳台几案端出一个玻璃瓶，摆到我面前。

哑口无言。

小瓷盆里只有两个小枝，短短的，墨绿静谧，就像我刚将它带离大山时一个样。玻璃瓶里的是个长株，自自然然弯着腰身，显出优雅的生命线条。它细小的叶片厚而通透，迎着光的触手，透亮温润，宛若碧玉。水里，细长的根系如万缕银丝，浮动着，飘摇着，成了玻璃瓶活的纹路，水晶宫一样的迷离。等等——水中还有一抹绿！绿得发亮，绿的发光，整个地浸在水中，在紧上方发黑的旧根上，绿成了一朵圣洁的莲花……

我彻底为这样一株野草而折服，为它的倔强而汗颜。我惧怕离了故乡它难生长，而它无论长在何处，置于何种器皿，都倔强地长出生命的极致；我惧怕它离了旧土无法成活，裹了秦岭的泥来陪伴，但它纵使从土中剥离出来，浸在水里，也依然倔强成绿的图腾。

再回头望望苟延残喘的那一盆，我似乎清楚地看见，半黄半绿的几片叶子，倔强的笑……笑繁忙时的焦躁，笑受挫时的沮丧，笑偷懒时的自欺欺人，笑妄自菲薄时的胆怯懦弱……

笑我不懂，活着，就该有一种倔强。

我的独孤求死

独孤求死是一条鱼的名字。

不错，这个名字是个东施效颦的产物，它蕴藏着我的骄傲与自豪，我的疏忽与无知。然而独孤求败最终败了，我的独孤求死也最终离开了。

独孤求死已经死了七天，再想起的时候，我的心里竟然还和第一天得知它死讯时一样，满满的想落泪的酸楚。

为了一条鱼而伤感，就如小王子对它玫瑰的思念。

十几条孔雀依然安静地在鱼缸里游动着，我漠漠地看着，心底没有一点波澜。这些鱼还只是鱼，而那一条孤单的锦鲤，早就游进了我的心海。

它是一条大名鼎鼎的鱼，办公室的人认识它，学生们见过它，我所有的好友称赞他，我在我的心底敬仰它，珍视它……它，是一条能够创造奇迹的鱼。

去年生日的前一晚，我像往常一般走在回家的那条巷子里。可巧那天眼熟的小摊旁多了一个卖金鱼的人，从没养过金鱼的我忽然就动了心买了两条。一条红色，一元，很美；一条乳白，五角，普普通通。"这种东西活不过一个星期的！"心里打着鼓，却依然在左右摇摆中带走了这两条鱼。

我将它们放进装水仙的绿色瓷盆中，剪了枝绿萝放进去，再漂了几朵枯干的水仙花进去，一个别致的鱼缸就这样诞生了。每天下班回来细心地给它们喂食，隔天再换水，鱼儿成了每天我期待的欣喜。参与并见证生命的成长，能在浮躁的心底开出静美的花来。然而好景还未展开就戛然断裂，在我收留它们的第三天，红色的金鱼就和水仙花一起漂在了水面上，肚皮上一条条红色的血丝……那条乳白的鱼儿就在它的旁边，吐着串串的水泡，不游走，不离开。我愣愣地坐在书桌上看着，不打理，不难过，只是心里翻江倒海地想着关于鱼的所有典故。如果鱼的记忆真的只有七秒，那该有多痛苦，忘记又看见，看见又被戳中，难过又在忘记，忘记又再想起……周而复始；鱼真的有眼泪吗？留下的小白鱼隔着水轻轻触碰它的伙伴，一呼一吸之间，像是亲吻……

老黄回来径直拿了我眼前的鱼缸，捞走死去的金鱼。说："这鱼是撑死的吧，你看它的肚子。"我疑惑地看着那条小鱼，同样的食物放进去，死去的怎么会是大鱼？

师傅说："金鱼是活不过七天的，剩下那条不久也会死的。"我信了。然而过了七天又七天，那条金鱼依然在水里安闲地吐着泡泡，一会儿藏在绿萝的根须下，一会儿出来玩笑似的吃两口鱼食，就是没有死！我心里的希望就又点燃了。它一个人游来游去多寂寞啊，我就再去给它找了个伴儿。这次我买了一条黑色的金鱼，依然比它大，买它的时候生猛的游来游去，看起来生命力异常旺盛的样子。谁曾想，又是两天之后，这条黑鱼又直挺在了鱼缸里。

是鱼食太多吗？是鱼缸太小氧气不足吗？养鱼知识贫乏的我想来想去也没有头绪。

"难道这条鱼是个克星？和它在一起的每条鱼都被他三天之内克死？"我在办公室里唠叨到。可从那时起，我就为那条死不掉的小鱼儿而默默赞叹，并且留意观察起了这条鱼。

它是条自知、自律的鱼。无论我喂多少鱼食，每次它都欢快的迎上来吃一阵，但是只吃一口立刻停下优哉游哉的和绿萝嬉戏去了，任鱼食在身边随意漂着，不再理睬。过了半天，玩饿了的鱼又跑来吃几口，再游走。我恍然大悟！原来它知道自己能吃多少，可以承受多少，这真是一条自制力极强的鱼呀。单是这一点便让我汗颜，每当疯于玩乐，暴饮暴食，抱怨工作的时候，回来看看这条能管住自己嘴巴和行动的小鱼，心里就会获得些许的宁静和力量。

时日既久，我发现这条鱼的神奇之处还不止于此。它喜欢钻进绿萝稠密的根须里左右冲撞，喜欢到石头边一动不动地待着。它半天一动不动地冥想，一点声响都不弄出来，时常害我以为它又死了；它又忽而自己不停地叭叭响亮地吹起泡泡，害我疑心水里的空气不够要帮它换盆新水，可等我走到跟前它就没了声响，水也清澈的没有任何混浊的迹象，待我退回来，它又巴巴地吹个不停，洋洋得意似乎故意挑衅似的。我又气又乐，这死鱼竟然还会调戏姑娘！这条淘气可爱，懂得愉悦自我的小鱼啊！哈哈哈。有时不经意的看过去，鱼儿游到挂着露珠的叶子底下张望，那亮晶晶的水珠里也许藏着它心中浩渺的海。

我时常看着它就会笑起来，我多么庆幸，遇见这样一条小鱼，一条耐得住寂寞的鱼，一条懂得生活的鱼，一条有趣的鱼，一条让我看着看着就想微笑的鱼。

我的独孤求死，我看着它活过了春天，挨过了夏天的炎热，又悠然地游过了秋冬，完全打破了这种小鱼无法活过一周的魔咒。它成了我的骄傲，我的传奇，没有一个人不为我的鱼儿而惊叹。

一年过去了，有天换水时用渔网捞它上来的时候，我惊异的发现它竟比刚来时大了一倍，平躺在渔网上不服气的绷着，脑袋和尾巴一下一下拍在网上，似乎在抗议着我长久以来对它的忽视。是呀，我心热了不到一个月之后就一直是老黄给它喂食、换水，天天只看着鱼缸的我都没有发现它奇迹般的生长：长了大约一厘米，原本乳白的色彩渐渐着上了一种浅橙色，亮而减淡，有一种不动声色的美。

六月末的一天，我在学校东边的小路上看见一个拉着小车卖鱼的小贩。一下子兴起，打算给我的小鱼换一个大的水缸。总是窝在那个水仙盆里，虽然雅致但也太憋屈了。有人说，鱼缸的大小决定了鱼生长的速度，我也想给我的鱼儿一个更自由的天地，让它的世界更大更敞亮。买好鱼缸，又买了五条色彩绚烂的孔和一条红亮亮的锦鲤，为我的小鱼做伴。谁料老黄专断地让那些新来的小鱼独占了大鱼缸，我的独孤求死却依然孤零零地困在古朴狭小的水仙盆里。

我把锦鲤捞出来和它做伴，希望小鱼能和它的第三个伙伴长久、快乐地共处。但吃个晚饭逛个街的时间，红色的小鱼就已经躺在了地板上，愣是活生生的变成了一枚鱼干。霎时，我的心里似有千万条鱼奔突涌动，整个胃翻江倒海，整颗心都被它的悲惨震碎，我不敢走向前，不敢看，不敢想，我不能接受几个小时前还活生生的鱼遭受过的最惨烈的死法。躺在床上怎么也闭不上眼，整个大脑都被那条可怜的鱼占据，直到后来濒临崩溃的我学着台湾导游教的方法，唱着"南无额弥陀"超度了那可怜的鱼才终于闭上了眼。

又一个伴儿死去，我的独孤求死又变成了孤零零地一个，"独"而"孤"，不知是这名字挟持了它的命运，还是它的命运注定它成为孤独的存在。再也不想着给它找个伴儿了，那条鱼的死让我彻底放弃了这愚蠢的想法。我知道我的独孤不是天生命大，而是体量小，懂得克制，懂得隐忍，懂得在困境中求生存而已。那些鱼儿的死去，要么是无法抗拒食物的诱惑，要么是从大水缸中挪来，还无法忍受局促的环境，**想要挣脱却最终挣脱掉生命。**

锦鲤死时的惨像幽灵一样盘踞在我的心里，挥之不去。我有意无意开始疏远那条小鱼，不看它，不喂食，不换水。大概有一两个月我都没有搭理过这条鱼。那天一个姐妹过来聊天，谈到了我声名在外的独孤求死，我又心血来潮地端了鱼缸去给它换水。第一步，拿出绿萝；第二步，取出石子，第三步，倒水……哗的一声过后，我的嚎叫声立马炸开——鱼被我倒进洗手池了！我闭着眼睛，捂着脑袋愣在原地，眼泪都惊得没有了迹象。还好朋友及时冲进来，小鱼又从鬼门关中夺回了一命。

经过这一次，我对我的独孤求死越发充满了崇敬与歉疚，这是一条生命力多么顽强的鱼啊，也许它的存在就是为了度化我的懒惰与懦弱。

小鱼最终还是躺在水仙盆里，一年半的日子，它最终也没有享受到那个我原本是为它而买的大水缸。

暑假从家回来那天，我第一件事就是去佳佳那里拿回鱼儿换水，边走边设想着盆里的鱼屎会积到多厚。开门的是佳佳老公，我还没说完要拿鱼的话，他就出人意料地说了声对不起。我忽然想起从毛球回来时孔雀死了一条的事情，立马笑嘻嘻地说："没事没事，是不是那个孔雀死了？"（孔雀养了不到一个月，而且有十六七条，我心里对它们没有对任何生命都应该建立的一丝珍视。）他愣了一下，微露尴尬。

"不是，是一条的那个！"

"不可能吧！"我心里怎么也无法相信，认定他是开玩笑。我的独孤求死怎么会死？不可能死，绝不可能！我嬉皮笑脸地说道。

"就是那条死了。真对不起，昨天发现它死了，本来想买一条一样的给你们的，没想到今天你们就回来了……"

我定了定神，微笑地表达了谢意："没事，没事，真的谢谢你们。

如果不是你们帮忙照看的话，我的鱼可能早就死了。就是一条小鱼嘛，没事没事。"如果没有不是他们的照料，原本死掉的，会是所有。

我端着空空的水仙盆笑着退了出来，嗓子眼堵着，眼睛发涩，绿萝还水盈盈的绿着，小石子被浸泡的愈发圆润，盆里的水清澈如许，没有我预想的厚厚的鱼屎，没有一粒杂质，只是不见了鱼儿的踪影。我把空水仙盆放在屋外的窗台上，不愿再看见。

求死的小鱼终于死了，而我却没有一点欣喜。不是我给它起名叫独孤求死的吗？不是我又是去毛里求斯又是回家的吗？！我原以为寒假给学生不换水养了十几天都还活蹦乱跳的鱼儿绝不会死，谁知道它竟在我的自信与大意里孤零零地死去。

"哎，死了连个尸首都没看到。"老黄有天忽然伤感地说到。

心里酸酸的。一想起它，深深地自责就像潮水猛涨，一直从脚底，没过我的额头。小时候我养的小猫小狗死了，我坐在旁边不停地哭，不停地哭。妈妈总是骂我没出息，说为个动物哭什么呢，眼泪就像尿水。我苦笑，这一次我终于出息了，我一滴眼泪也没有落。只是每次想起，心底就像落了巨大的石头，窒息的黑色气息如蛇蔓延，缠绕，抽得我的心压抑的疼。

我的独孤求死死了，这是它死去的第七天。我不能为它做任何事情，写出这样一篇不像样的文字放在这里，权作它游过我生命的浪花一朵。

幸甚乐哉，有师如斯

（一）

"云山苍苍，江水泱泱，先生之风，山高水长。"

近两天翻看《先生》一书，敬服慨叹于蔡元培、胡适这类影响国民素养与未来的大师，也不由得想起自己的老师来。

云大银杏道上碧绿又金黄，金黄又碧绿，臭臭的白果在不知名的兰花间藏过两度，散布各处的石桌凳对我们的温度不再陌生……两年的时光快得像一眨眼，像一场梦。而就在那半梦半醒的时候，一缕阳光略过眼帘，我揉揉眼睛坐起来，看见对面坐着另一个人。他眉目清灵，神色在熹微的晨光中显得柔和而坚毅。我转头望向窗外，三月的昆明莺声呖呖。

大三那年我们要完成一篇学年论文，当时正准备考研的我偶然间在书里发现了一个叫消费文化的新名词，就草率而坚定地将自己学年论文的主题定为消费文化与文学发展。就这样，学院指定了魏老师做我的论文导师。我只知道他是我们上一届同门的班主任，很年轻，至于他教什么，有什么样的建树，人品如何，我一概不知。

第一次走进魏老师的办公室，还不等我开口，他就微笑着看着我说："小姑娘，你蛮有想法的嘛！你要写的这个主题是国内学界最新的一个课题，我在北大读博的同学刚定的博士论文题目就是这个。"他边说边拉过一个板凳让我坐下。

"是吗？啊！那我……"我语无伦次地回答着，心里又是欣喜又是惊慌，一时之间不知如何是好，手塞进兜里又拿出来，背在后面又觉不适，只好从包里救命似的掏出纸笔，以掩藏我剧烈地紧张不安。

"你说说，你准备怎么开始研究呢？"老师扶一扶鼻梁上的眼镜，敛起了刚刚的笑容，和气又郑重地问道。我怎么会知道呢！我只不过是看到了一篇文章忽然就对它敏感起来，我甚至都没读懂什么是"消费文化"，平时考前抱佛脚的我哪里会知道学术研究是怎么一回事。不巧我的选题又是一个最新课题，我只愁着后面我该去哪里找材料编完这论文了事呢。

我不知该如何回答，羞赧地冲着老师傻傻地笑，眼神闪躲。这位老师二十七八岁的模样，留着民国先生一样的发型，鼻梁上架着一副宽眼镜，看着有些古板土气却又透出一股稳健、蓬勃的英气，颇有几分儒士的风范。我寻思着，这样的老师应该是比较好说话的吧，索性放开了说吧。

于是我仅靠着看过一遍的那一篇文章的零星印象，惴惴不安地对着老师连回忆带编地比划了一大通，说着我对消费文化和文学发展的所谓见解，还越说越慷慨激昂。现在想来真是汗颜，"初生牛犊不怕虎"，那时的我说得该是怎样的浅薄和漏洞百出。老师一定听出了些什么，原本凝神倾听的他忽而轻轻眯了下眼睛，眼里闪过一丝疑惑，一瞬间却又没了踪影，恢复了一贯柔和含笑的眼神。

等我说完，老师又不迭地表扬了我一通，说我有着敏锐的感知力和独特的视角，有想法又有勇气，敢于挑战一个未知的领域云云。我被老师夸得一下子找不着北，差点忘了接下来我还得做那篇论文。"这样吧，咱们得先找一个切入点来做这个研究。你回去先想想，有没有哪个很典型的例子特别能说明消费文化的影响的。"老师说。

这位睿智又善良的老师看明白了我的轻狂无知，又不忍戳穿，他只是默默地拿起了智慧的凿子，一点一点地用鼓励和建议凿开我的一无所知，教我如何做事，如何做文章。直到最后凿出了一条渠，引了知识和生活的清泉来灌溉我贫瘠许久的学习之田。

那次谈话之后，我变得"聪明"、"勤奋"了许多。由于没有现成的资料，我一个人泡在图书馆里啃完了一本本文学理论书籍、电影学书籍、游戏设计类书籍，短短的一两个月时间，我似乎读了比前两年的总和还多的书。当然，我的论文并没有那么顺利就通过，其间反反复复改过五六遍，直到最后听到"改"字我已经到了要哭的地步。这是后话了。

老师对于学术的态度极其严谨，甚至到了严苛的地步。平素温文尔雅的他只要论文在手，仿佛立刻换了一个人一样，冷面无情，让总抱有侥幸心理的我不寒而栗。他有时毫不隐讳地直指痛处，将我做了很久、自我感觉良好的研究点评的一无是处；有时一句要添内容，就得让我从头再来，牺牲掉多少吃饭、游玩的机会；有时甚至是一个词语一个标点都要跟我抠出来——探讨……在论文做到最艰难的时候，我甚至疑心选这个题，跟着这个看似观世音实则克格勃一样的导师是我最大的不幸，然而每有新发现、新进展时老师热情的肯定和赞许又会顷刻吹散这些灰秃秃的不满和抱怨，给人阳光普照、晴空万里。我的论文一直改到提交的前一刻，老师给了很高的成绩，末了他还添了一句："其实这个论文还可以改得更好的。"

大学最后一年，傻大胆的我几经周折，最终将考研的目标定在了北师大。此时已是八月底，距离考研仅剩四个多月，而我的复习才刚刚开始。有个晚上我在东楼的自习室复习，眼见已经九月份，而要复习的这些内容统统是陌生的，我越读越没有自信，扔下笔，想放弃。

犹豫再三，我给魏老师发了一条短信。没想到老师很快给了回复——敏而好学，必有所成。我一个人在东楼的大厅里握着当年那个破旧的诺基亚一遍一遍地看，穿堂风凉凉的，心里却涌起一阵阵温暖。就这样简单的八个字，在我的自信心濒临低谷的时候，它重又给了我力量，因为我的老师夸我"敏而好学"，这是这么多年来，一个老师给我的最大的赞美和认可。

后来我如愿考上师大，此后好像再没有见过这位老师，再没有过任何联系，以至于现在，我再也想不起他的名字。

然而，就是这样一个连名字都没有留在我记忆里的老师，却给了一个学生莫大的影响。他有敏锐的眼光发现学生的长处，他有善良智慧的心灵给人以赞赏，他有严谨、细致的治学态度给人以方法，他有热心、及时的关注给人以力量。"学为人师，行为世范"，提笔时我为记不住他的名字而深感愧疚，而写到现在，豁然开朗，记不住名字也许最好，这样的人就叫"老师"，"老师"就是他最美的名字。

多年以后我也终于明白，那个花明柳绿的春城三月，在我半梦半醒之际照进来的那一缕阳光便是我的老师，而对面的那个人，就是我自己。我想，一位老师对学生最初的启蒙与最深远的影响，也许就是让她走近真实的自我，让她认识内里被遮蔽的另一个自己，一个未觉醒、未开化的自己。如此，足矣。

（二）

昏暗迷离的灯盏，慵懒浪漫的法式音乐，一杯咖啡，一杯红茶，两个对坐在阁楼上的人。

"如果有一天中情局给你打电话问我的情况你会怎么说？"光头黑超淡淡地问道。

隔着墨镜，我看不见他说话时的眼神，但表情的严肃、冷峻一目了然。我笑，一点不当回事地说了句，"我当然说我不认识你了"，进而盯着墨镜后的眼，顿了顿，"我本来就不认识你。"

他是我在文林街贴小广告招来的学生 tiger，那天我们第一次见面。那幕谍战片一样的情景十年之后想到他时依然会第一时间就冒出来，让我在窗外青蛙的零星叫声里抿嘴便笑了起来。后来 tiger 拍了板，请我做他的汉语教师。我一直不明白他是怎样在很多学生里选择了我。如今想来，大概这和我一贯的憨傻、单纯有关吧……

tiger 是个谜一样的人，一个极有风格的人。中年、光头、墨镜、寡言，一张不苟言笑、满是横肉的冷漠胖脸；中等身高、体格健壮，两臂上的肌肉块块凸起，走路的姿势虎虎生威，再配上他时常嚼在嘴里的牙托以及黑色书包上的拳头挂坠，你不难确认，他是一个名副其实的拳击手。但彼时他已经退役，只是偶尔带着昆明的一些拳击手去国外打比赛，用他的话说，他只是个单纯的 babysitter，为运动员做些服务工作。我对他那套说辞将信将疑，在我看来，他纯粹是个外国大片里保镖的模样：光头、黑超、黑体恤、面无表情……除了枪，应有的装备估摸一样不缺。我做他的老师只为了实习、赚外快，其他事情只要与国无害，我管他真真假假。

一个极多话、极好奇、极无心机的我，遇上一位极寡言、极淡漠、极深不可测的外国中年大叔，这样的师生组合从一开始便矛盾丛生。我们的拉锯战也就从第一次见面全面展开。因为最起码的尊重，我坚持请他摘下墨镜，告诉他在中国戴着墨镜与人说话是非常无礼的事情。他起先不为所动，貌似轻蔑地从鼻子里哼一声，但终于拗不过我的执着，摘下眼镜无奈地说："你们中国人讲究真是多，戴上眼镜怎么就能说明不尊重对方了，为什么总要看重这么形式化的东西呢？"我笑笑，不说话，但从此只要我开始上课这墨镜就是再不乐意，他也会在我的傻笑里摘下来。

我不多问，他不多说。上课只教汉语，不谈政治、不谈其他。有一课语法特别难，我用汉语怎么讲都没讲清，急得语无伦次直挠头。Tiger 冷冷地打量着我，不解地问："你为什么不用英语讲？"我告诉他，我们老师讲过，为了让学生更好地学习汉语、练习汉语，教师必须尽量用汉语教学，少用英语。他叹了口气，头一次从嘴角挤出来一抹很难揣测的笑意，"你英语这么差，不在这时候练什么时候练呢？"那语气竟然像爸爸一样和蔼却不容置疑。我红了脸还要继续辩解，他又恢复了以往的冷漠，"就这样吧，以后你都用英语教，练英语！"与那个为了多练汉语竟想出让我做女友这样馊主意的韩国欧巴比起来，这个一向冷言冷语、神秘兮兮的保镖大叔却一句话里让人对他肃然起敬。

大三第二学期功课繁重，我也开始了考研复习，对教了半年多已经渐渐熟起来的 tiger 便有了些许忽视。为了省时间，我把学习的地方从文林街的各个咖啡屋搬到了云大校园的石桌上。说是为他省去买饮料的钱，实则紧张过一段以后慢慢懈怠。接连两三次，我都是见着他了才扫一眼教材，觉得教外国人汉语这么简单，按部就班糊弄糊弄就过去了。那一次也一样。我照例翻开《汉语教程》看了两眼便开讲，讲到自己也搞不清的地方三言两语略过去，不敢抬头直视他的目光。半晌，tiger 不说话，书也合了起来，破天荒地对我说累了休息休息，我给你讲个故事。春天的钟楼两旁树木葱茏，樱花开的繁盛，小松鼠时不时从石桌旁边溜过又蹦到树上，在啃完行人喂的食物后吱吱致谢。我的心早已不在这汉语课上，只想早点讲完早点离开，一听要讲故事立马坐正来了精神。他道，我原来有个汉语老师，是个男生。那个人很不错，跟我相处得也很好。可是他每次给我上课时都是照着书讲，一点新意和变化都没有，还常常犯错。我虽然不说他，但我觉得作为教师，这是一件非常不负责任的事情。后来他说忙也就不再教我了……他不紧不慢地讲完了这个故事，山石一样的表情自始至终都没有丝毫变化，我从他的面容和语气中感觉不出任何情感的流露，但就是那毫无波澜的故事却让我如坐针毡，恨不能找片叶子遮住自己的颜面。他看出我的不自在，幽幽地补充了一句，你不是这样的老师。

这个看起来冷酷、寡言的人竟藏着这样一颗细腻却善良的心，不惜"找"来这样一个"故事"，希望我改变，却不希望伤害我的自尊和颜面。如果要问后来的我如何成为一位责任感强又认真、努力，总在寻求突破、创新的汉语教师，那这一课，一定是导水的沟渠。

我不清楚那一课我是在怎样一种悔愧交加中撑完最后一分钟的，待我着急收拾书欲逃走时，tiger 却从包里掏出一张白纸，径直拿走我手中的铅笔在纸上画了起来。他把一条线段分成长短不一的几份，在上面标上数字和不同符号，看得我莫名其妙。他头也不抬地说，我猜你们老师不教一节课的时间具体怎么安排吧。想到那位一上课就吹嘘她在泰国怎样怎样风光的女老师，我使劲地冲他点点头。"我跟你分享一下我们英语课一般的上法吧。"他拿着铅笔敲敲刚刚画的线段，边说边将关键词标注在相应的位置上。"一般来说，前五分钟复习上节课的内容。接下来的十五分钟学习新知识，然后给出大概 15 分钟的时间，以活动的形式让学生自己学习、进行操练，最后的 5 分钟回顾所学的新内容。听明白了吗？"他将那张纸塞进我手里，拎起他那挂着小拳头的破书包转身就离开了。看着他黑漆漆的熊一样野而笨的背影，我的鼻子忽然就酸了。我使劲揉了揉鼻孔没让自己矫情的掉下眼泪来。

我安慰自己说，人家只是为了让自己学好汉语，傻瓜别想太多，他那样的怎么看都不像个好人！这么想着想着，自己却笑起来了，认识这样一个人，多么好。也是在那一天我才知道，tiger 并不只是他自己随口说的什么 babysitter，大多时间里，他的身份是昆明一所职业学院的大学英语教师。这人不多说话，却也从不隐瞒，虽然我从来都不知道他真正是谁，但这又如何？

子曰："三人行，必有我师焉。"韩愈亦云，"师者，传道授业解惑也"。所谓师者，并不在于身份，在于资历，凡有可学之处，有所授道业，能解祸患者，皆可成师。tiger 于我而言是学生，但更是一位让人敬畏的长者，是老师。两年的时间里，我在他身上所领悟到的、学习到的，有形的、无形的，当然并不止以上这些。他的一些话，我至今还铭记在心里，作为做人行事的一些参考。比如说，他因为要求教师正装上课所发的牢骚教会我真实与真诚，"一个老师都不能按照自己喜好穿着，他的虚假和形式主义如何教育的出真实而有个性的人……"的确，撇开穿着不说，教师无疑是学生模仿的重要对象，真实的品行本身比说辞更有力量。又因我常常评判国内外某些事物的好坏，他便不咸不淡的跟我说过下面一番话。"我们不需要也没有资格去评价他人和别的文化，因为这个世界没有统一的标准，存在原本就多元。这个世界缺少的不是评价，而是尊重……"正如他所言，人不应该轻易地去 judge，而应用心去观察、去体会、去分析、去比较……，你可以说喜欢或不喜欢，那是你的情感、你的自由。但以自己的知识与观念去随性判断好坏便需谨慎，因为你所面对的事物就是它原本的样子，所有的不同都需要尊重……很多类似的让人听的懵懵懂懂的话，如今想来却是金玉良言。没有什么东西或是什么话语就是真理，他的话也一样，但他至少为我提供一种新的看世界的思维方式和路径：少评价，多了解；少偏见，多尊重。我早就分不清楚，我们之间究竟谁是谁的学生。

大四时我考研离开昆明要前往北京，tiger停了汉语课，从中国文化的特点和全球需求现状试着帮我做一个职业规划。而我就像他曾教导的一样，倾听、尊重却永远保有自己的想法。有一年我在北海公园看到一个和他长得几乎一样的人，跟在一个中国女人旁边，小声交谈。我看着那背影许久都无法从兴奋中清醒过来，拿起手机就发了一条短信过去。他回复，那不是我，我在昆明。

每年春节都会发条祝福短信给他，直到那一年，那个号码回复我发错了。我才知道那个我从来不知道从何而来又何时而去的tiger，是真的从本就疏离的我的世界中远去了。而那又何妨，当我再想起的时候，我仍能对自己说：幸甚乐哉，有师如斯！这就足矣。

老兰

老兰是我到单位前知道的第一个人。我知道他是一位特级教师，做着"五阶"学习法的课题，出过书……这些，都是求职时搜索出来的。后来我参加海淀区的演讲比赛——那是平生第一次尝试演讲，我讲述的核心人物就是老兰。前两天因为工作原因整理这些年的证书、奖状，看到那张硕大的"参与奖"，就想起了这样一个老头子。

"文明，从它与人心擦亮的第一点星火开始，从它让人类褪去蒙昧的第一抹微笑启程，它驾着旷古强劲的东风，在历史的长征中砥砺得越发绚烂、越发清逸，也越发厚重……想到文明，有个身影火苗一般越蹿越高。他明月一般，用宽广的胸怀、渊博的学识、儒雅的风度给身边的每位老师、每个学子清淡的洒下了一片澄明的月光；他以文明的举止、谆谆的教诲、极高的修养无言地滋润着每一个需要成长的心房。他就是……"

看着当年演讲稿里这些幼稚、矫情而虚夸的措辞，哑然失笑。但假如把文字里的"每个"换成"我"字，那便没一字假话。

我是很久以后才知道老兰只有五六十岁。他那一头华发，脸上的纹路，垂下的脸颊以及走路时的迟缓蹒跚，总让人误以为他是和我爷爷年龄差不多的老者。唯一能震破这个假想的，是老兰上课和评课时洪钟一样的声音，抑扬顿挫、大开大合，底气十足。

"是个好苗子！这堂课上得不错，年轻人如果能好好积累、继续钻研，以后定能大有所为……"老兰在陈述了几个优缺点之后，声气铿锵地总结道。那是工作第一学期我开公开课时的情景。作为一个非科班出身的"外行"教师，第一次开语文公开课实在是如履薄冰，不管之前准备的多么认真、用心，修改过多少次教学设计，直到课已经结束，我的心里还是忐忑不安。老师们都是善良的，不愿为难刚入职的我们，言辞里都是鼓励和褒扬，我深知这一点。老兰是最后一位起来点评的，特级嘛，压轴出场。那天我讲《皇帝的新装》，老兰从主题的挖掘、活动的设计、作业的布置等各个方面都给了极高的评价，当然不足也一个未落下。那些具体的话语早已模糊了，只有最后的几个字一直清晰如昨，始终激励着我发奋向前——"以后定能大有所为"——哪怕单单是善意的虚言，在一个人缺乏自信看不清前方时，也是药效十足的定心丸。

老兰这个老特级上课自是不用多谈，但他最让我警醒的绝非他的课。

老兰是高中教师。有次我们初中部教学研讨会邀请他作为特级教师代表参会，我才真正懂得了所谓特级的"特别"究竟在何处。记得那天他是第一个入场的，其间很多老师默默离场，而他一直从四点听到六点钟的校长总结，笔记满满地做了几大页。点评完后，他忽然说道："其实刚才我是想离开的，因为作业还没有判完，原本今天要发下去，但我已经来了，就要坚持到底、就要认真倾听，这是做人最基本的诚信，也是对他人最起码的尊重……"。对比呆坐了两个钟头，走神无数次，一字未落纸上的自己，老兰那几大页纸的笔记和诚恳的发言就是当头棒喝。他的特级原来不只标志着特别出众的才能与丰厚成果，而是特别勤奋、特别敬业的简洁代名词。倘若每个人都能有这样一种精神与行动力，怕是不出众也难。

老兰在学校最后的岁月在我看来其实是有几分苍凉、窘迫的，不过或许他并不这样认为。有次我跑到高中楼特地去听他的课，出来的时候却心酸得想要掉眼泪。那节课讲的是意象，台上的老兰口吐莲花、循循善诱、慷慨激昂，台下的高三学子们却冷漠异常。有人在做数学题，有人高声闲聊，有人偷偷塞几口零食，有人趴在桌子上趁机小憩……一眼扫过去，整个班级几乎没一个人在听课。老兰怒了，以文人式的腔调大喝了几声，怒其不争。我不敢抬头看这位老人的窘迫，假装埋头记笔记，但那气愤、无奈与绝望却在颤抖的声音里表露无遗。"切"，"又来了"……学生的嘘声和不屑从我四周灌进耳膜，安静了一两分钟之后，冷漠如常。这情形让我想起小时看戏的情景，台上的老生卖力表演，台下的观众嗑瓜子，打哈哈，还有拎着小板凳打着哈欠离场的。我看不懂表演，只吃糖葫芦，四围好像只有爷爷全情投入的观看，激动的时候还叫声好，在腿上打着拍子和着唱……我想那老生并不寂寞，至少他还有一个真正的观众。但这节课呢？我不是那个观众，我只是个旁听者。老兰的落寞要向何处去烘烤、晾晒？后来听说，那个班级的学生、家长对老兰不满，认为他的教法不能提高学生的高考分数。家长要求他务实，但老兰依然不急不慢教他心中真正的语文，双方认识上的鸿沟越来越大，最终的结局便是僵局……

老兰退休后还在继续写书。听说他租了个铺面，开了家书画店，售卖自己的书画和其他艺术作品，算是过得清雅、遂心。我不知道他的生意做得如何，也没去过那家店，只看过老兰自己印的一本介绍作品的小册子。册子里的书法作品笔力遒劲、飘逸，颇有风骨；水墨画清新淡远，余韵无穷，实有风致。里面仿佛还有几张他与书画大家的合影，站在自己的作品旁，笑的纯粹而满足。这样也好，靠自己的才华生活，以自己的兴趣为伴，也不枉一生所爱、所求吧。

"兰老师人如其姓，兰芝一般沁人心脾。走在我们的校园，如果您看见一位气质儒雅，主动向年轻人打招呼的老教师，他一定是兰老师；如果您看到会场上第一个坐上的可敬老者，他一定是兰老师；如果您走进一间课堂，每次精彩答案后都响起热烈掌声的，他一定是兰老师；如果您再去办公室小坐一会，听到教诲年轻教师写文著述、勤搞科研的，那一定也是兰老师。再者，如果您还能抽空听听我们的语文研讨课，最后那位起身用诗歌般优美、论文般严谨的语言一语惊醒梦中人的，更一定是兰老师……"

如今这样一个身影已不能再见到，愿他健康、喜乐吧。我的那次演讲由于紧张和拙劣的技巧仅仅获得了一个"参与奖"，但能参与也好，就像有的人，曾经或深或浅的参与过你的生活，留下几片身影或思索，就足矣。

愈是大家愈和气

牛气冲天的绝不是大家。

相反的，愈是大家愈是和气。当学问做到极致，学识沉淀下来，人因为内里的丰盈与自信，反倒会放下所谓的"高度"或"身份"，亲切起来，可爱起来，如同我们身旁参天却寻常的白杨树。

近来有幸，三天之内连见两位学界大家。一位是北大的漆永祥教授，一位是福建师大的孙绍振教授。

听漆教授的讲座，是在整本书阅读的教学研讨会上。说来惭愧，在这之前，孤陋寡闻的我对这位先生全无半点了解。

"现在的小学生啊，是在做大学生的事儿，什么研究、创新啊，大学生呢，反而在学小学生该学的事儿……"我正翻出《论语》字帖准备走走神，台上一句新奇论断立刻使我回过魂儿来，张大耳朵瞪大眼，兴味勃勃地凑着听。漆教授开始讲他在北大中文系处理学生工作时的一些趣事，他说一句，台下笑一句，说一句，台下再笑一波，然一波未平一波又起，台下笑声不断，他却始终一副冷脸，仿佛"热闹都是你们的，和我并没有多大关系。"

漆教授谈国学经典，大开大合，从总体概况谈到一本之用，讲得简明通透、妙趣横生。更让人钦佩的，是他将古代经典与现代生活打通，用一个一个"段子"让你笑着，也悲着，笑过悲过又深深认同，所谓经典确是有着的恒久的价值与始终生长着、鲜活着的生命力。

同座的姑娘细声说："呀，终于又找到大学上课时的感觉了！"

深以为然。至今我的脑海还不时回荡漆教授的金句，"哎，高考那些日子，我们就是靠这些段子坚持下来的啊！""他必须去机场接你呀，要知道，你对他有养育之恩！"……因为坐得太远，我看不清先生说话时的样子，只听得他话语爽快、利落，和他的故乡一样，有着大西北黄土高天一般的质朴、刚劲与豪迈。

孙绍振教授是南方人，听他讲话，更像是一缕春的和风，吹到人的脸上软软的、暖暖的，能把整个春天的温情都绽开在你面颊上；又像是一杯温水，温和，清甜却又绝不温吞。

知道孙绍振这个名字大概是在六七年前的一次培训上。那时刚参加工作，对新接触的语文教学满心迷茫。什么都不会，又不知道该从哪个方向打开切口。那次培训中，主讲人谈到语文老师的基本功就是文本解读，而要说文本解读，现在研究做得最好的学者之一就是孙先生……我随即买了好几本先生的书，细细研读下来，还真像打通了某一股气脉，自此在教学上忽地开了点窍，也渐渐喜欢上自己琢磨文本了。

进了清华附小的讲堂，我特地找了个前排的位子，方便结束后直接窜上前找先生签字、拍照。谁知坐定一看，书却忘拿了。正懊恼着，一阵掌声从前到后海潮一样层叠响起，只见一位花白头发的长者被簇拥着走了进来。花白头发！我心头一惊。先生竟然已这等高龄了！这些年见他的新作一本一本面世，看他在博客上关心时事，评议高考，我似乎从未关注过什么年龄！大概潜意识里以为，这样敏锐、热情又勤勉的人怎么可能是位头发花白的长者？

想来，我的确是错了。然而他开口一讲话，我发觉我又错了，头发花白又能代表什么呢？

先生说话常带笑，声音饱满，笑声朗朗，虽说一口南方口音教人听不懂个别字句，但那也没有关系，笑语里的真诚就像是某种神奇的溶液一般，无形化开言语的"隔"，使人真正安坐下来，沉浸在每个懂得或不懂的字眼里。

主持人请他坐着开讲，他歪起嘴巴一笑，说："好吧，站着坐着总相宜。"定睛望去，黑框眼镜后的世界，还像孩童一样澄澈、明亮，又盈满喜悦。

讲座的主题是"情之动"。先生谈到他独到的研究成果，整个人自面上、声音，到肢体，都像是一朵热气腾腾的笑容。讲到开心处，他两手叉腰，头往后一仰，满脸的欣喜、自得，比戴红领巾的少先队员还要神气三分。一会儿又变个花样儿，两个胳膊往身后一划一划，像驾个轻舟将自己渡进了芙蓉浦上。

正热闹着，"嘟嘟嘟……"包里的手机又喊又抖，也来凑热闹。全场屏住了呼吸。想来，讲座之中手机突然响了，多么尴尬。但那面上的笑容却丝毫未褪，他径直拿起手机，瞄一眼，眼睛一眯，大声说："对不起，我在上课呢！"也不管台下的反应，径直又塞回兜里，像什么也没发生一样，接着开讲。

这个先生，率真的可爱！

他又就着刚刚的"真情虚感"继续展开。讲到激动处，情不自禁地抬起右手，左右拨拉，又用食指使劲地甩、甩、甩，力度大的，像柄震动中的弹簧刀似的。待到简单陈述时，手的节奏又舒缓下来，手指头匀称地往下一点一点，就像孩子们唱歌时悄悄在裤兜旁边打着节拍。少顷，一指禅又变作神掌，往旁干脆一推，半点也不拖泥带水，颇有一股子指点江山的豪情与快意。这时节，他的眼睛里仿佛有道道璀璨而含笑的光，直直地投进听者的眼眸，融进心底。我坐的虽近，但离讲台至少也有五六排的距离，不知怎么，某个手掌挥动的刹那，我竟似清楚地看到手背上几颗清晰的老年斑来？大概，真的是错觉吧。

谈"情"，从诗歌说到散文，先生又举朱自清先生的名篇——《荷塘月色》。说到有些评论家批评朱自清出门散步不带太太，刚还在胸前顿挫的食指忽地一收，插到腰间，"你他妈不带太太的太多了，好不好！"一时间，台下惊笑一片，都和着拍掌笑起来。他也眯眼一笑，嘴角一动一动的上扬，看不出是觉得舒畅了，还是有点点羞涩。

这个先生啊，真是一身的真性情，好生可爱！

他讲着，笑着，点拨着你，启发着你，感染着你，又句句都落在他最核心的研究理论上。这样一位先生，不但是严谨审慎的理论家，更兼有文人率真的天性。你一点感受不到学界专家的身份气息，感受不到距离——不居高临下，亦不拒人千里，只觉是位有学识又有意思的长者，坐在台上和我们认真地聊聊诗，聊聊天儿，聊聊家常而已。

我觉着有趣，拿笔在笔记纸的边缘给他临场"素描"起来，描得正高兴，台上的先生嗓门陡然提了半分。哦，又到他得意的新发现了！不信你瞧，他的眼里闪烁着一道道亮光，一道道"悟道明见"后的窃喜，脸上两块肌肉胖胖地往上一提，显得那般和气、狡黠。

这个先生啊，真是有着一股子天然的"调皮"的，如孩童们真挚、透亮。

此时，前排草绿色的座椅陆陆续续空了几许，再一回头，后半个会场只剩一排排白色的空座椅，零零落落地坐着几个还在凝神倾听的人。我并不觉得稀奇。再不走，该是回家最堵的时刻了……先生却好像并未注意到这些，表情、语气，演讲的兴致没打半分折扣。我目不斜视地盯着他，喜悦、热情、不疾不徐，对鉴赏方法的讲解和阐释并未因会场的变化有那么一点点潦草、轻慢，非要说个尽兴，说个明白才好！

是谁说的，情之流动才最真实、最动人？不知此情此景，台上先生的心里，到底有没有那么一些"情之动"呢？

五点二十二分。礼堂外已如墨染，混着雾霾的浓稠污浊，仿佛要吞掉这一室的清新、明亮。老先生似乎也注意到了时间，"今天没时间讲了"，他顿了顿，"但还要讲一点。这个很重要！唉，没时间了……还是要好好讲一讲的。"全场皆笑，他也笑。掌声里，那很重要的一点紧凑地铺展开，简明扼要，直入人心。我再不敢分心做什么"素描"，"唰唰唰"记下要点。

"超过了很多时间，但我还有很多话要讲。但是就到这里吧，这会儿北京可能会堵车，很抱歉！"晚上六点整。这位头发花白，架副黑框眼镜的先生，此时也已坐在台上，整整三个钟头！期间没休息过一次，似乎连水面前的水杯也没功夫动一动……

我没有上前要签名，也没有要求拍照。我以为我看到、听到的一切已经足够，不需要更多的东西来做纪念。胡老师说，"愈是大家愈是和气"。三天时间，听到了两场精彩讲座，遇见两位博学又可爱的学者，心里甚是欢喜。盗了这句话到此处，做个题目。

音乐，是哪种颜色的精灵？

往四周看去，绿色的、黑色的、蓝色的、黄色的……颜色各异的线悬在一双双长相不同的耳朵外，仿佛一棵棵瘦长的树，那么靠近你，去隔绝尘埃与喧闹。有时看来更像结在人们体外的两根血管，明晃晃地向着精神或肉身输送着什么。

这样的情景你并不陌生，像我一样不懂音乐却单纯的喜欢它的人也从不少见。音乐是一堵墙，公交车上挤得最近的两个人可能会因为音乐隔成两个世界，借着它暂时逃出当下聒噪而拥挤的世界。因为它是渡船、是河流、是森林，是桥梁……它用声音送你一片羽毛，任轻盈的灵魂坐在洁白的飞舟之上，恣情舒展、自由徜徉。

我从来不是自私的人，但因为喜欢音乐，却偷偷地做过那么一件自私的事儿——教孩子们写乐评。大概我做的事情只是在打开一扇小窗子，让他们离音乐的世界近一点，再近一点。不用像我一样，生来对音乐有着天然的狂热，却只能如园外的野草，不时往园子的方向探一探，再探一探，随风扭扭腰肢，而始终看不清楚，只有风里捎来的香气打身边路过时，带我到想象世界看见那片园子里缤纷的颜色。

音乐究竟是什么颜色？我不懂得音乐，只是隐约觉得，我们喜欢听、喜欢唱的歌儿就是世界的颜色，心灵的颜色，它变幻不定，但始终逃不出一个"我"。

音乐是一种情绪，人们因为心情选择音乐，音乐同样感染人心。

音乐是一种艺术，一种科学，它精密、严格的就像数学，错位一个节奏都像刺耳裂帛。

音乐是一种工具，可以用来疗伤，可以为生活中的婚丧嫁娶、典礼仪式等等着色，可以成为影视艺术必不可少的叙述方式……

音乐也是一种记忆，只要它一响起，便打开你一段岁月。

几年前在国外工作时，关系要好的德国同事请我去参加她老公的个人音乐会。音乐会在市中心的广场上举行，几曲下来，虽有西班牙语的障碍，但每首乐曲的大致情感和艺术魅力便已欣赏了一二。演罢，同事领了她的艺术家丈夫同我打招呼。"对不起，我的歌曲都是西班牙语的，可能你听不懂，有机会我演唱英文歌的时候再请你赏光。"长着一头蜷曲长发的他一脸的歉意。"您的演奏非常精彩，最后一首是一支情歌吧，讲的大概是一对青年男女曲折动人的爱情故事，对吗？我听的眼泪都落下来了！"我连忙向他解释道。帅气面庞上疑虑一扫而空，瞬间以一种西方式的狂喜取而代之，凑过脸来，热情地行了一个贴面礼，仿佛我是一位知己。"Sandy，你真是一个懂音乐的人！"

我的确听不懂西班牙语的歌词，但歌曲的旋律，不同乐器音色的调和不难传递出作品真实的内涵和情感。音乐是一种无障碍的语言，有它独特的诉说方式，它可以打破国界、跨越不同的人种、不同的语言，直抵心灵。它是以声音为字的文章，只要以心灵去翻阅、去体悟，便会渐渐懂得，渐渐走进它最美的花园。

有次与好友一起去听交响乐。当时的表演团体甚至是表演的曲目现在已经完全记不清楚了，但那段音乐唤醒的美丽画面到如今还不时在我的脑海中浮现。随着指挥手中的小棒一扬，不同乐器发出的乐声如流水一般缓缓流淌开来。只是过了一两个小节，眼前的乐团和观众仿佛都在乐声里隐匿了起来，刚刚还在闹市中我忽然来到了一片浓绿的森林：低矮的灌木丛上几只小鸟叽喳着跳跃在枝头，忽而又向高处窜去，惊起密叶间漏下来的一缕缕慵懒的阳光；小松鼠们撑着伞尾在高处的枝干上恣情蹦跳、嬉闹，一个长而有力的跳跃里，叶面上刚还安睡的水滴透明地垂落入茸茸的苔藓上，霎时消失在了绿的海洋。嫩白的蘑菇一朵一朵抖擞着撑开伞盖儿看热闹，色彩斑斓的热带鹦鹉扑棱着花哨的翅膀，伸长了懒腰……忽而，群鸟争鸣，远山欢唱，花朵在摇摆，雨滴在起舞，阳光强弱相间眨起眼睛，雨后的溪流奔腾着向远方探秘……

这哪里是音乐会现场，这是一片美丽而欢腾的自然天地！生活中的种种不快与烦恼悄然消释在这样一片神秘园里，心灵慢慢沉下来、静下来，在雨后还带着芬芳的土地上，开出一朵美丽的花儿来。你在音乐中忘了世界，忘了自己，只有生之喜悦与天地的大美充盈于心间，在离开的那一刻将美丽变成一片笑容，藏在心田。

余华谈及音乐对自己写作的影响时曾经这样表述，"音乐一下子就让我感受到了爱的力量，像炽热的阳光和凉爽的月光，或者像暴风雨似的来到了我的内心，我再一次发现人的内心其实是敞开着的，如同敞开的土地，愿意接受阳光和月光的照耀，愿意接受风雪的降临，接受一切能抵达的事物，让它们都渗透进来，而且消化它们。"是的，音乐让人打开内心，发现心灵与生活的无限广袤与渺小，继而，不断开辟，不断接纳，和同为一。

我不懂得交响乐，不懂得乐器，谈音乐其实也只是在阐述自己的一种原生态的朴实感受。好的音乐，它能以不同音色的配合，节奏的快慢，音调的高低，如此随意又如此精密的表情达意；好的音乐，能以它的温柔或热烈，一条一条抚平心里的皱纹。乐起，心到，卸下顾念和戒备，任思绪沉浸在音乐中，柔化，松弛，一点点伸长，一点点舒展，化为鱼、为鸟、为风，自在翱翔。

　　俄罗斯画家康定斯基认为，几乎每一种色彩都能在音乐中找到相对应的乐器，比如淡蓝色是长笛，深蓝色是大提琴，绿色是小提琴……画家以自身的视角由颜色向音乐寻求契合之处，换个角度来说，声音本身也有它的色彩，我们听得见，看得见，也画得出每一种音乐的模样。如果每个人的心里都住着一个音乐的精灵，那么你的精灵，是什么颜色？

她的耳环

有天早上起床，我习惯性地摸来手机扫一眼微信。看到一条信息，我登时坐了起来，结结实实地清醒了。信息是迟老师昨夜发的，问我我们学校上课的时间安排，说要来听某位新老师的课。

我急急回复，也不知是否误了事。虽说迟老师不是来听我的课，但一整个早上心里都充溢着莫名的欣喜。认识迟老师大概有六七年了，她是区里专门负责教师培训的老师，我初为人师、初为骨干都是在迟老师的班里淬炼出来的。私下里，她更像一位和蔼可亲的大朋友，我们一起去"追"过美女作家，谈过文学、艺术、教育工作，现在也在同一个写作群、阅读群里，每天"打卡"相见——当然，她就是这些群的发起人。

没想到我竟真的遇到的她。食堂窗口排队点餐的时候，我瞧见前面一个背影有些亲切，一个垫步走上前双手抱住她的胳膊。刚说了一两句，两粒泛着柔和光芒的浅粉色珍珠耳坠倏然进入视线，圆圆的、亮亮的，水滴一般缀在细长的丝线下晃晃悠悠，颇有几分清新、温婉的模样。

"啊！您戴耳环了！我还是头一次看见您带耳环呢！"我同以往一样咋咋呼呼，"大呼小叫"着。"真好看！"我说。

我竟不自觉地想要伸手去摸，快触戴到耳朵时猛然打住。不对，这好像不是"尊师重道"之礼。悄悄缩回手。

"我前段时间新打的耳孔……"她补充道。

"好看，好看，真好看！"我嘴里念叨着，又不敢太耽搁迟老师的事情。遂道别退去。但一整天里那两颗莹润的粉色珠子总在我的眼前悠悠地晃着、闪着，像她美丽的眼眸一样，于无声处说着最动听的话语。

那话语说着说着，我便看见更多或华美、或精致、或质朴的耳饰，在我的眼前与回忆中，闪耀着她们特有的美丽光芒。

我仿佛又瞧见旧年岁里老祖母坐在门外竹椅上晒太阳的样子。九十来岁的她头发一丝不乱，对襟的暗色衣袄干净、平整，几乎没有一条多余的褶子。长得出奇的耳垂上仍是挂着一对银质耳环，从我有记忆起，一直到她离去。手工打制的耳环色泽已经有些暗了，看起来旧旧的，却总有着一股子我说不清楚的味道，教人总是忍不住多去望两眼。不知是因为那张安详宁静的脸，认真体面的生活习惯，还是仅仅因为耳环本身？

还有我每周都要挑衅的一位女神。我总习惯在周一升完旗后撩开她耳畔柔软的长卷发，看看这周她又戴上了哪种耳饰，是珍珠、蓝珀、墨翠、碧玺？还是哪种我根本认不出质地的美丽来。

不光是耳饰。她的耳饰与手镯、戒指、项链，甚至衣服、围巾、鞋子、腰带……全都用心搭配起来的，无论简洁大方，清新淡雅，还是袅娜妩媚，只站在那里，就是一幅会说话、眉眼盈盈的动人景致。试想，当你见到如此美丽的可人儿，能不多看她几看，多听她几声，多做她几道有趣的"作业"吗？

这，还真不知是因为只因为耳饰。

想起一个不太好笑的笑话。我是个极爱耳环的人，从六岁扎了耳孔就开始了自己的"耳环"人生。我喜欢戴耳环，收集耳环，欣赏耳环，无论走到什么地方总要带一对当地的耳环回来，挂在一面亚麻的方步上，只看着，就满心喜悦。但初入职时学校规定严格，不允许女教师佩戴任何饰物，说是给学生做了什么不好的榜样。我仿佛是郁闷了好大一阵子，每每多看两眼我蒙尘的耳饰就咬牙切齿地想要辞职，觉得活的没了自己，是何等的无趣……

也许你会觉得这是小题大做，但对自由与美的压制与扼杀，难道真的不算大事？我们所求的大概真的不单是佩戴饰物，我们所要的是活出自我生活的美感与质地，是自然真淳地拥抱自我人生。而美——我总以为——它是对自己，对他人最起码的尊重与悦纳。

谁能否认，生命、爱，与美？因为热爱生命，我才热爱生活；因为热爱生活，我才衷情于一切美好。正因为要努力发现美好、造就美好，我才更用心地去爱、去生活、去思考，去花费时间和精力——用心计较、细致经营。最终，那些为此花费掉的时间与精力，也便成了美的享受与美自身。何乐而不为？

那么姑娘，当我们在每天的纷繁忙乱里还能想用心挑选一对适合自己的耳环时，我相信你我心种涌动着的，是种生的热情与向往。

不只是耳环。

每个人都有她的嗜好，总有他专注投入的地方，总有她愿意沉浸或耽溺的某一片田园。可能是白鞋子雪白的帮儿，没有头屑从不油腻的头发，每天好看的衣着搭配，面上的自信与美丽的笑容；可能是干净的办公桌，一盆多肉或繁茂的绿植，一个精致的小卡片，一只喜欢的笔；可能是去护肤，可能是健身，可能是读书，可能是旅行，可能是写作，可能是做菜……也可能是摄影、画画，或是每天简简单单地去看一眼天边的朝晖、云朵以及夕阳下光色渐变的云层……

不管你的"可能"是什么，都是用心生活。你的每一分精致，每一分投入，都是十分爱自己、百分爱生活的动人情致。

我想，没有人永远不老。但就算老去，也要自始至终有自己的喜好，自始至终努力保守一份从容与优雅，一刻不懈怠地走在——寻找未知自我的道路上，更好，也更美。哪怕是容颜老去，还有灵魂的青春不离不弃。

这样的美好，没有年龄，没有止息，没有他人，甚至，没有我。

现在学校终于允许戴耳环了，我却不戴了。哦，亲爱的自己，千万别说，你是因为孩子……就从今天的这对珍珠耳坠儿，重新开始！

醉美

来宁夏，出于意外，亦感于意外。

到银川第二天，我计划好去沙湖游玩。一大早，我急匆匆啃着菜饼子，拎着豆浆便打车前往北门汽车站，生怕耽搁了末班车又浪费了宝贵的一天。

一开车门，司机大姐轻拍旁边的座位示意我坐好。等我坐定，大姐隔着天蓝色的口罩眉眼弯弯地冲我一笑，"赶快喝豆浆吧。"这突如其来的话语让我略感诧异，只好尴尬地告诉她，车里汽油味有些大我喝不下。

"等会你上车了就不方便喝了。"她道明原因。我朝她笑了笑，没有言语。

"豆浆空腹不能喝啊！"她又补充道，语气平平常常，就像我们在朋友感冒时说的那句多喝水一样，并没有什么刻意或不寻常。而我却被随口而出的这句话，被这样一位陌生人的关切撼动了。脑海里像刮过一阵微微带露的清风，又像接过冬天里妈妈放在我手心的热红薯，凉凉暖暖的都是爱与善意。

我仔细打量起这位大姐，四十来岁的年纪，衣着极不起眼，浅蓝色的口罩遮住了她说话时的笑脸……我直道谢谢，想来在一个陌生的地方受到这样的礼遇，已使我不知如何表达了。我拿起手机想拍下车前面大姐的简介牌，又怕这样的拍摄有些不大礼貌，只好作罢。

车子等红灯的时候，大姐忽而"哎呀"惊叫了一声，继而侧过身面向我，猫着腰直说"对不起"，一脸歉意。"姑娘，对面就是汽车站，我今天脑子糊涂了没有看到。"我忙说没事，转过去就好。大姐很认真地瞄了眼前方，"转过去还远，会多花钱的。你就从这里下车吧，走过去就是了。"

付钱的时候我才知道，大姐的孩子今天填报高考志愿，她因为心急这事儿开车有点走神，才有了刚刚那幕。可等我下去一看，车子不过就开过了四五米，这和前一天凌晨打车去首都 T2 时那位花言巧语骗我绕弯路的司机师傅简直就是两个世界的职业道德。

我问她："孩子考得好吗？"她一下子自豪了起来，言语里都是笑意，直说考得好、考上了、考上了……只是她一点不懂怎么指导孩子报志愿，才这么心焦。我边下车边告诉她查报志愿的报纸，手里拿着钱包和找的零钱，急急地关上车门。待我转身要走了，大姐还在背后大声嘱咐道："拿好钱包啊……"黄土一样质朴沉实的声音，弯弯转转地，在风里飞扬。我想，这样一位善良的妈妈，她的孩子一定不会差，无论填报哪个大学，都会有他自己美好的人生吧。

都说最美的风景在人情。的确如是。

银川，一个被称为"塞外江南"的地方，城市干净大气，生态环境绿色健康，处处惹人喜爱和留恋，但它最美的，真是这样澄澈的像沙湖水的人们。在他们的眼睛和言语里，我没有触到一丝杂质和雾霾。弟弟说，"晕车好啊，沉醉在银川。"是的，这一方水土一方人，最美，醉美！

记录无意义

一

"姐姐，你是科学家吗？"

一个清亮又柔软的声音从秋千架旁响起。我抬头，旅馆老板五六岁的小儿子不知道什么时候站在我旁边。

"不是啊，为什么这么说？"我看着他因为太白细而透着红血丝的脸，笑笑地问。

"因为你在看书。我妈妈说科学家都要看书。"他盯着我手里那本阳光书吧买来的《你幸福了吗》，大眼睛忽闪忽闪，水亮亮的自信很是迷人。

我从秋千架上跳下来，摸摸小家伙的脑袋，说，"真的不是。"

眼前的泸沽湖微波荡漾，花儿洁白又缠绵的水性杨花开满近岸，摇摇摆摆，有条小鱼在背后窜了一下，又扑通入水，我看不见水花，只听见湖水一样澄澈的声音，"姐姐一定是科学家！"

我把秋千让给他和北京来的小朋友，穿过葵花田间的小径，坐上木屋外的露台，继续翻书。同行的两个姐妹因为六小时的盘山车程，早已是吐得吐，发烧的发烧，只剩我一人清早在这湖畔，静静地坐着，看着，等到水雾慢慢散去的时候数湖面上洒落的点点阳光。

"姐姐，送给你！"刚刚的小朋友跑过花田，一边喘着粗气一边笑嘻嘻地嚷叫着。等他跑到近前，小心地把紧捂着的双手开了个缝，露出一只翅膀幽蓝而透明的蓝蜻蜓。

"我们抓了好久的呀，漂亮吗？"眼前的他像等着妈妈发糖一样满是期待地看着我，蜻蜓在他的掌心里不时扑棱几下翅膀，我想它在想念天空和湖水。我拍拍他的肩膀，一二三四的夸了半天。"蜻蜓想家了，你送他回家好不好？"末了，我说。

我见他眉头轻轻一蹙的犹豫，鞋子上还粘着湖畔、田边的铁锈色泥土。阳光一跃一跃，在向日葵花瓣上热闹的争吵，他跑进花田，摊开了双手。回过头来，笑得和阳光，一般闪眼。

二

他们三个人上了一辆空巴士，从 J 城回 A 城。

她和她并排坐，他坐在前排。

他第一次扭头，双手扶着椅背，下巴抵在好看的手背上。说：

"你以后要去哪里？"没有回音。

"你去哪里呢？你去哪里我去哪里。"他直勾勾地逼着眼前的姑娘，无赖的架势已然拉起。

"神经病！"她两眼一斜，悠悠地骂了一句。

他转过头。不久，继续回头满口胡言。她伸出手使劲在那脑袋上敲了一敲，惊起一片睡着的阳光。午睡已经醒转，那阳光伴着窗口透进来的尘埃肆意狂欢，有一种按捺不住的温暖化在了空荡荡的车厢里。他依然嘴上开花，她始终低头沉默。等他终于安静了，转过头去，她偷偷用指尖碰了碰那根根直竖的头发，缩回手，站起来，坐进了最后一排的阴影里。

那车厢在沉默里恢复了宁静，只听见车轮沉沉的碾过石头路。

三

他，对面办公室的老师，儿子比我还大一岁，可当他谈论着"女朋友"的时候，却分明一副初恋小孩的神情。

他说，他十三岁时就喜欢上她，后来因为种种原因失去联系。三十年后，他再次遇见她，她成了三个孩子的妈妈。

她是一个人，他也是一个人。

他对我说，她打算写一本书呢。我们都笑了。

一个大概五十岁的男人，因为她说最喜欢一首老歌，就承诺一个星期后弹奏给她。他每天赖着学校的音乐老师教他，天天苦练，只等着那个约好的星期六。他请我用汉字帮他写下"我爱你"。

"我要送给她！"

言语间有一抹超越了岁月的羞涩与幸福闪烁在眉眼间，有一种说不出的可爱。我说好啊，立刻动笔写好，还剪了几只橙色的蝴蝶装饰红色的底。

"这蝴蝶是象征着相恋的人的，祝你们幸福！"

我看着那个爸爸一样的人眼里透出孩子般的紧张、羞涩与甜蜜，忽然间觉得，生活这个样子，也不错了吧！

四

颐和园漫步，走到十七孔桥边，匆匆的脚步却被一阵笛声缚住。你索性靠着已见斑驳的红色长柱，凝望着吹笛的老者，看气息从他手指与竹笛的轻触中淌出青绿、脆亮的乐音，起起落落、远远近近，待到笛声从鼓膜窜进心里，眼中早晃荡起温热的泪水，却，浑然不觉。

有时候你想就这样停下来，看着，听着，沉默。你默默地听着一首曲子，默默地看着一个人，或只是想到什么，心就落石一般，下沉、下沉，深不见底。你不想开口说话，也许这样，你所谓的玻璃心会被那黑色的隔绝和冷漠漆饰，如山石坚硬。

慢慢地你会发现：容易泛滥的，总归不会被珍惜，比如泪水，比如易起而执拗的深情。有些"远"大概是最好的距离，有些相背便是最好的相对；有些曾经的"忘不了"会在多年后变成"想不起"，有些原以为的"想不起"却变成玩笑一般的"忘不了"……

人生不过就是一场阴差阳错的刚刚好，只要你还好好活着，还爱着那时和今日的自己，就是美好。

五

妈妈来北京的第二天告诉我关于爷爷去世的一些事情。我诧异地向她确认了三遍，"真的？"妈妈低眼，回应。话语绳索似的抽紧心房，一瞬间又松开，等惊愕、剧痛之后，除了印痕，竟是意外的松弛。原本想起爷爷就失控痛哭的我，忽然之间却平静了下来。

爷爷去世前一晚，我莫名奇妙地想起过世的奶奶，号啕大哭了几个钟头，想打电话给爷爷，但九点多钟了，爷爷早睡了吧，已经按下拨出键的手慌忙又挂断。知道那个事实之后，有时我会想，假如那个电话我拨出去了，我的爷爷还会不会在这世间多活几天？继而又松了口气，心下释然。我们不能选择生，为什么不能选择离开的方式，当以无法忍受的疼痛为生献祭的时候，是不是有尊严的选择也值得尊重。

我整晚守在棺前，为棺顶的长明灯拨灯芯，添油。灯下隔着棺木大概是爷爷心脏的位置，黑漆漆的幕布背后，我想象的出爷爷躺着的样子。整晚，拨灯芯，添油，眼在流泪，手在发抖。就这样陪爷爷走过最后一程，我想，我也该放下了，放下远去的人，也放下悲伤。

…………

断断续续不停书写。并没有什么深入灵魂的热爱，只是记录无意义。没有鸡汤，没有什么深刻的哲理，不犀利，或许也不温情，甚至找寻不出任何值得掂量的意义。如此这般的留存，不过是时光里的纪念。每当我写下这些无用的点滴，无用的文字，只是等待它再打开，再相遇之时，看得见封着时间标签的文字里窖藏里，心的角角落落，和走过的路。

雕刻时光

雕刻时光的大名早就听过，雕刻时光的宝地也曾去过，但真正注意到"雕刻时光"这四个字，还是从昨天公交上随意瞥去的那一眼。

忽然之间，心门就被嵌在墨绿色门楣上的四个大字敲响。吱呀一声，逸出一根一根明亮细暖的阳光，如竹笛一般，情一动，气一舒，就吹出了悠远绵长的律动。这乐声鲜丽、轻柔，赶着一枚一枚大笑的酒窝，就从心间淙淙地淌了出来。

不久前的曾经，我总说时光是注定要消逝的。所以逝去的，不如意的，就不再追究，任时间独自在过去的暗影里追悔、慨叹，而我站在一旁，假装着豁达，或偶尔豪气的撒手放开。而对于未至的，充满希冀的时光，就像向对毛主席保证一样，拳头暗握，神情坚定，信誓旦旦，或是恋人似的昂扬着、憧憬着，间或上下掂量，举棋不定着。然而对于当下这个不可复制的节点，真正关注并用心对待的人却往往寥寥无几。一些人看似珍视当下，其实只是将它视为对过去遗憾的某种弥补；一些人仿佛扣紧此刻，其实也只是把它当作通向未来梦想的一座桥梁。可当下不该只是一种补偿，不该只是桥梁。它真实可感，像晨雾裹你在纯白洁净的沁凉中；像阳光打在你微笑或忧伤，青春或苍老的面颊上；像呼吸吐纳在你生长或衰退的躯体里……它是唯一一片你能够真正把控、真正享受的时光，我们却恰恰常忘了它，忘了呵护它，忘了宠爱它。

那我们该用这片质地精良的时光来做什么呢？来回忆？来做梦？

来蹉跎？来奋斗？来裁剪一件衣裳，赢取一场赌局？……不同的你定会有不同的做法、不同的点子，而那间连锁的绿房子用四个大字来告诉我，时光是要用来雕刻的。这新鲜的念头无由冒出来的时候，我着实吃了一惊。原来时光是用来雕刻的，像面包师眼前甜甜的奶油，像贮藏雨色气息、土味芬芳的木头，像丝绸般细腻柔滑的多彩橡皮泥，像泰国原生态的香皂，像莹润如脂的蜡，像洁白如玉的米，像发丝，像枣核，像顽石，像美玉，甚至像抚顺焦黑油亮的煤炭……如此这般，素来神秘、玄虚的时光一下子从神坛跳到左手掌心，那般亲近，那般鲜活。

这一刻的时光落在了掌心，我们可以选择的，是让行动和念想铸成一把刻刀，握于右手，细心喜悦地——雕刻时光。让我们把每个现在刻成一件件心仪的艺术品，无论质朴或精美，都理直气壮、优雅自信地摆在生命的大厅，摆在时光的长廊里，如此才能无愧时光——在那一刻停留过。

当下是用来享受的，也是用来消耗的；当下是用来发现美的，也是来欣赏美、创造美。如果你愿意，它便是我们最美的拥有，最真的供奉。

如果你乐意，随你将时光雕成一朵花、一棵树，一只青鸟，或一株栖了青鸟、开满花的树。

如果你喜欢，由你将时光雕成一件华服——光彩夺目、美丽诱人；雕成一颗水果——饱满通透、香气扑鼻；雕成一艘小船，载着一船星辉、满心恬淡，恣意漂流在一江秋水之上……

如果你梦想，而且你长于创意，乐于坚持，你还可以将它雕成一支歌、一阕词、一首诗，雕成一溪云，一横眼波，一段思念，雕成一切一切你想拥有或描绘的梦。

　　拿起你的刻刀吧，雕你的闲适，刻你的忙碌，哪怕是你正受的苦，遭的累。就算我们不打磨、不抛光，不上色，它也会是最上乘，最独特，也最珍贵的——你的作品、你的艺术，将其随意摆在时间的展厅里，它也足以让最恢宏的博物馆羞涩。当我们在下一刻回望时，过去便是一条流金点点的河流；向下一秒展望时，未来便是一幅无限延展的珍品画轴，岂不美哉！

　　于你，何不暂停路过的哒哒马蹄，听时光絮絮诉说。每个我们，何妨静下心、放下念，笨拙或熟练地操起刻刀，把当下雕成生活永不单调、永不粗陋的艺术，雕成栩栩如生的雕塑。

　　我想，读一本书，呷一口茶，看一出戏，爱一个人；赏一道新的风景，认出一种不知名的植物，学一样新的本领，维持一个旧有的兴趣……我想，去锻炼，去旅行，去疯狂，去沉淀，去做好工作，去摆平挑战，去走出困境。在静里，在动里，在当下里，左手光阴，右手刻刀，缓缓地，雕刻时光。

真情、真文、真君子

　　"高的天和深的湖水让我想起你的眼睛来。"这是读陆蠡散文时随手摘来的一个句子，简单质朴，像滴干净透明的水，像陆蠡自己。

　　读陆蠡，仿佛读一个天真诚挚的大孩子。一双浸着江南水色的眼睛，清秀的面庞，内敛而深沉的嘴角。他也许不常开口，不善言辞，而眉宇间闪现的尽是孩子般的坦诚、善良与真淳。我忘了偶然瞥了一眼的照片中的样子，只是从文字的力度与温度间如此推想。巴金先生在谈到好友陆蠡时说，他是有一颗金子似的心灵的；袁振声在陆蠡散文集的序中说，陆蠡的散文贵在一"真"字，因为高尚的人格，从而造就了高妙的文格。确是如此！陆蠡英年早逝，但就在他并未完善的文字里，我读出了一个人思想与文学发展的真实轨迹，读到了文字背后站立的活生生的人，读到了一颗善感、浪漫、多情、睿智、矛盾而又痛苦的心。

　　从《海星》开始，文字简短、凝练，时有灵感的火花迸发。读陆蠡，像读一首稚嫩的诗，诗里是作者不曾失去的童心。谁曾用贝壳去大海里捕捉星星，谁曾想夏夜跳起的鱼儿原是为了晾干热汗？谁曾说爱人的发丝好似森林？一首一首简短的文字，像梦呓，像牧歌，呓语和歌声里有童年的记忆，和记忆中家园的点滴。也许我们一开始握笔只是为了追忆，追忆逝去的美好，或是编织另一个世界，让自己沉溺或躲藏，试图藏在这回忆的珠贝里，把心呵护成一颗珍珠，让内里的自我与生活的琐碎或阴霾站远。

到了第二本《竹刀》，文字依然清丽，乡土的气息更加浓郁，文章的结构渐渐讲究，叙述和描写的技巧日益见长。可是我却读得有点吃力了，总是一边读一边等，在愈见精致的文字里愈发显出急切来：总想看个究竟，到结尾却每每怅然所失。仔细琢磨，原来渐趋成熟的文字和慢慢娴熟的技巧里，仿佛缺失了以往一针见血的语言力度与情感力量。作者笔下的故乡总像包裹在土色的雾里，似真似幻，而诗意的文字也似乎与写实的主题生出一种隔膜，明知批判的意图鲜明，却读不出一点犀利与痛快，不过也许这正是陆蠡文字独有的味道，就如温和、深沉、含蓄的他自己！而有的文章却是硬着头皮也读不下去的，比如《苦吟》。尽管这类文章里的哲理性意味越来越强，很多语句耐人咀嚼、发人深省，但为"文"造"文"，为"文"造"情"的痕迹却从文字间大模大样地显露了出来。作者的文人气息在纸笔的碰撞与厮磨中更见浓郁，但文字却使人读完不明所以，或是干脆读到一半就丧失兴致。这也许是写作者的一个必要历程吧。一开始为文多因真情与灵感，因而质朴真淳，极易打动人心，产生共鸣，而到一定阶段，便会探寻行文的技巧，语言的打磨，甚至为了消磨时间而写作，这时尽管技巧层面在乎其上，而内在的力量却可能无法与之匹配，甚至为外在的形式所削弱。

好在《囚绿记》这一集，陆蠡的文字重又变得沉郁、蕴藉，语言平实而韵味十足。作者真正地从童年的梦与回忆中的故乡走出来，蜕下过浓的"乡土味"，将自己的文字实实在在地扎根于现实生活中，并且真诚地用文字给自己的心灵织起彩色的衣裳，将本真的自我不设防地袒露、剖析，甚至是自我批判。这样的文字是可爱的，因为它触碰到的是生活，是生活中的自我。有时放下形式的桎梏自由的书写，语言和结构反而浑然天成，如流水，如行云，如漂移不定的心绪，从不刻意却从来都曲折有致、引人入胜。特别是那一篇《寂寞》，印象中不但写尽了"寂寞"的"真容"与"神韵"，也将作者的内心与炎凉的世态通过笔尖一并披露，"我用感情的粘丝，织成了一个友谊的网，用来捞捉一点人世的温存。想不到给我捞住的确是意外的冷落。"可惜作者在他自己最后一本散文集的序里一语成谶，"写这序的，是自白的意思，也是告罪的意思。以后，不想写什么了。"

也许作者真的不想写什么了，而他，也真的不能写什么了。陆蠡最动人的，就是他的"真"：他的文写的就是他的人！连他的死，都和他的文中别无二致。

陆蠡写过这样一个故事，有一位没有避难固守家中的山民被日本兵捉到，日军的汉奸告诉他只要能帮"皇军"打听清楚其他村庄的人员情况，再帮他们带路，就保证不会伤害他，还会赏他几块大洋，而山民一言不发。传话的汉奸一遍比一遍焦躁地说着"皇军"的意思，旁边的"太君"高声喊着"毙了他！"但山民始终面不改色，沉默不语，始终不为诱惑和威胁所动。不久，山间响起了一阵刺耳的枪声……这是作者给文中人物安排的结局，这人物其实也是他自己。抗日战争爆发后，陆蠡主编的《文学丛刊》因为登载抗日小说而被日军查获，他恰巧因为外出逃过了这场灾难，可正直单纯的陆蠡并没有因此置身事外，而是"自投罗网"地找到日军，厉声要求释放被关押的同事，归还书籍。随后他被日军逮捕。

"你赞成南京政府吗？"日军问。

"不赞成！"

"日本人能否征服中国？"敌人又问。

"绝不可能！"

年轻的陆蠡被施重刑，从容不迫，被害狱中，卒年34岁。

　　最伟大的作品是以人格写就，陆蠡的情感、志向、品行、思想都熔铸进了他薄薄的三本小册子里，他的文字就是他延续的生命，年轻而成长中的生命！也许他的文学成就算不上辉煌，甚至谈不上丰富；也许他的为人木讷单纯，谈不上风流俊赏、气度翩翩，但他却捧出一片真挚的童心给文学，抛出一颗不屈的丹心献给民族！生命虽短，光焰虽弱，他的人生至少也拥有了自己追寻的圆满。这便是陆蠡，不凡的平凡。

假如他偷走了你的影子

有时候你的影子才是真正的你，你相信吗？

哦，亲爱，在你笑我痴笑我无聊之前，不妨先问问自己：

你有多久没有认真瞧过自己的影子？你是否曾思考过影子与你的关系，或者，你始终认为，影子只是阳光和你自己的一个无声相遇？始终认为，影子，不过就是影子。

有这样一个故事，它告诉我们一个关于影子与爱，与人生的动人故事。假如你读到这个故事，你的心中一定不只有暖，有感动，更会生出一种与自己的影子对视、交谈的热切渴望来。

在一法国的一个小镇上，有个淘气又善良的小男孩"我"。"我"个头很小，没法吸引自己的"真命天女"伊丽莎白青眼相加；"我"父母离异，我总觉得是因为自己不够优秀才没能留住爸爸。但"我"拥有一项神秘的特殊能力，"我"能偷走别人的影子，和影子交谈，能从别人的影子里读出他的生活，他的内心世界，甚至是一个人隐秘却厚重的生命困境。

正因为如此，小男孩"我"利用这项无人知晓的神秘能力帮助了很多人。比如从火海里救出他的大朋友警察伊凡，并以善意的谎言解开了伊凡捆绑自身半生的心结；比如听了好友马克影子的求助，想办法让马克去亲身体验了一次自己的"梦想"，从而真正发现对自己最有意义的活法，其实就是他一直厌弃的当下——做了平凡却幸福的面包师。当然，"我"还通过阅读影子，遇到了一个美丽的"聋人"女孩克蕾儿，并最终守护到，争取到了属于自己的爱情。

这故事最打动人的其实不是"偷影子"这个天真、动人的故事，不是"有情人终成眷属"的浪漫结局，不是作者通俗却直入人心的语言表述，而是在故事的发生于发展之中，总有一个声音不断的追问你，这个"影子"究竟是指什么？这个"影子"究竟对我们每个人意味着什么？这个"影子"到底在对阅读的你、我说些什么？

我想，"影子"首先是它黑色的存在。黑色，是隐秘。就像夜晚的黑暗、静谧，我们看不见万物，但万物始终都在夜幕中默默存在，在生长，在呼吸，在休憩，在沉思。这黑色，其实就是遮蔽在意识世界之后的隐蔽自我。它不起眼，若有若无，我们常常忽略它，看不清它，但它始终就像内心的一段段没有意识到，或不愿揭示，不愿承认的隐秘心绪，伴随你，哪怕偶尔分离，但始终在暗夜的背后，等待你。

故事里，警察伊凡的影子诉说着他母爱的缺失，以及她对母爱永恒的渴望和怀念；吕克的影子并不像吕克那班霸道、狂傲，反而无声诉说着主人在生长过程中长期缺乏关注，缺乏爱的创痛；马克的影子等"我"走上阁楼站在月影中的时机，主动前来寻找帮助，希望"我"帮助自己最好的朋友，走出现在捆绑自己的处境，真正去追寻个体人生的价值和意义……

还有很多这样的影子，这些影子倾诉给我的话，是那些主人们自身都没有发现或没有勇气承认过的隐秘内心。

真实的内心。

所以影子正如它如我们每个人的关系一样。它模糊不清，它漆黑一片，它是"我"形体的变形，它真实存在却又无法触摸，无法独立存在。所以影子，其实就是真正的"我"，一个在光的照耀背后，潜藏、躲闪、换了形体，却永恒追随的——真实自我。

"人们连他人都不会关心了，更何况他人的影子……"当"我"怀疑别人会发现我的影子不对时，那片孤独的影子告诉他说。是的，当我们外在的顺逆、悲喜都没有时间关心了，我们哪有什么心思和精力，叩问他人灵魂的深处？哪有什么兴趣去关注身边的他人，他到底是个怎样的人，他的生活或心灵是否在经受着哪般我们未曾觉知的喜悦和困扰？我们自然太少去关注他人的影子了，我们甚至早都忘了关注自己身后始终追随的影子，忘了在奔命一般的前行中，问问自己的心，问问自己到底是谁，问问自己终其一生到底想成为一个怎样的人，问问自己，你真的——快乐吗？或者，你也觉得痛吗？

"你偷走了我的影子，不论你在哪里，我都会一直想着你。"克蕾儿凝视着我，漾出一朵微笑，在纸上写下这样一句话。

克蕾儿是一个有着海藻般美丽长发的女孩，当"我"在海边遇见"她"的时候，她听不见声音，不能说话，但笑声却像大提琴的声音一样美妙。"我"陪她去灯塔沉默地坐着，看海，我陪她一起放风筝，看她用风筝在天空书写一个个清晰的符号，书写她的心。在短暂的几天相遇中，"我"偷走她的影子读懂了她的生活，她的内心，并一天一天爱上了她。然而克蕾儿的"爱"也从影子而生，她说"你偷走了我的影子"，不正是偷走了我内心的全部隐秘和眷恋，偷走了一颗心？

这是多么美的情话啊，"你偷走了我的影子，不论你在哪里，我都会一直想着你。"从此，我的影子在你那里，我想念你，如同思念我生绝不分离的——影子。假如有一天你的真心与爱交付与他人了，那么我想，你的影子不仅给了他，那个"偷影子的人"才会成为你一生不舍得忘却，不舍得离开的——影子。

也正是因为这份从心底生发的爱，因为心灵的相通、相契，克蕾儿最终走出了自闭症的阴影，走出心底隐秘无边的黑森林，飞入天空，变成一只美丽的大天鹅。她渐渐接受了自己，克服心中的障碍，单单因为"我"赞美她大提琴一般动听的笑声，最终通过不懈努力，成为一位优秀的提琴家。多年之后再相见，容貌变了，处境变了，童年的印迹似乎也都不在了。一瞬间，似乎一切都变了。但当我用风筝唤醒她当年的影子，才发现内里的自我从未改变，等待从未改变，在彼此相认的那一刹那，依然笃定地确信——爱，始终在那里。

爱就在"我"的影子里，在我心底。时光斑驳，际遇隔阂，但心底有一个位置，有一个名字，有一种只与你有关的柔软，从未被填满。

"我"说，八月里，仅仅遇到一个克蕾儿，每个早晨就再也不一样，每个当下也不再同于以往，而孤独便能拭去。人生最大的幸运，就在于遇到那个能看到你的影子，还存了私心偷走它的坏家伙吧。

"看着照片中的他们，我不禁想问，到底发生了什么事？他们的爱情怎么能就这样凭空消失？爱是何时离开的？又去了哪里？爱情，莫非像影子一样，有人踩中了，就带着离去？还是因为爱情跟影子一样怕光，又或者，情况正好相反，没有了光，爱情的影子就被拭去，最终黯然离去？"小时候的"我"藏在阁楼中，独自看着父母离异前的甜蜜照片，感慨道。那时他还没遇到自己的"真命天女"克莱尔，他还没有真正弄懂爱情和影子的关系。但这一个个从影子而来的比喻不就是爱情的本体吗。

当有人踩中我的影子，触摸到我内心隐秘的柔软、脆弱，填满空洞了许久的被理解、被关爱的渴望，我的影子就会被他带着离去；

爱情怕光，那光是寻常人生一天天的相互陪伴，是柴米油盐工作娱乐的事事碰撞，没有这道光，怎么看得清爱情在生长过程中的裂缝、碎裂，甚至日渐消亡！又或者，没有了光，爱情的影子就被拭去，最终黯然离去。

　　读到最后，打动我的其实是爱。对父母的爱，对朋友的爱，对陌生人的爱，对异性的爱。所有的爱，它的源头似乎都是对自我和他人生命真诚的凝视、关怀与理解。

　　那一瞬间，我也似乎读懂了自己，读懂了自己的孩子。

　　有一天，刚刚会走路的女儿追着自己的影子游戏，她趴在地板上歪着脑袋"咦、咦"地惊叫着。那时，阳光从清晨的窗帘里透出来，黑色的盆栽在白地板上微微摇漾，一切都是那么静谧，又那般灵动。然而今天我才明白了那么一点点，影子是那么美好，那么虚无，又那般真实的东西，它跟这世界，跟你我牵连不断，但似乎只有孩子的眼才能真的"看见"。因为，只有孩子真的关注每一样所见，包括自己；只有孩子，才对这世界始终保有最纯粹的好奇与"爱"……

　　故事里的那个"我"不就是个孩子吗？我们，也可以一直都是孩子——在自己的影子里。

谁道闲情抛掷久

南唐词人冯延巳在《鹊踏枝》中写道："谁道闲情抛掷久？每到春来，惆怅还依旧。"词人的"闲情"是春愁、闲愁，是某种莫可名状的愁绪，但当我脑中在反复回旋着这首词时，"闲情"二字不复轻盈，反像一记软鞭，看似不痛不痒地，抽打我满满当当的骄傲生活。

贺铸在《青玉案》中如此写道，"凌波不过横塘路，但目送、芳尘去。锦瑟华年谁与度？月桥花院，琐窗朱户，只有春知处。飞云冉冉蘅皋暮，彩笔新题断肠句。试问闲情都几许？一川烟草，满城风絮，梅子黄时雨。"

一川烟草，满城风絮，梅子黄时雨。

贺铸笔下的"闲情"从何而生，存在于何处，有着怎样清晰的形象，词人无法说清。"试问闲情都几许？"它漫无目的、漫无边际，缥缈游移，却又无处不在、无时不有；它可以是种愁绪，也可以仅仅是凝神于外物、自心时的一种单纯的情绪流动。这种若有若无，似真还幻的"闲情"，大概只有那"一川烟草，满城风絮，梅子黄时雨"差可比拟。

哪怕只是一段闲愁呢，请允许自己奢侈回问一下，我们有多久没有像少年时因一场雨落寞，为一朵花神伤，为思念一个人、一座城而辗转难眠？假如"闲情"只是闲愁，还有几个人跋涉在生活的高山之间，有那么分秒的间隙，咂摸这样一份奢侈的"愁"呢？

诚然，"闲情"绝不只是一段轻愁。

吴文英道，"有花香、竹色赋闲情，供吟笔。"

周密云，"花外琴台，竹边棋墅，处处是闲情。"

韩淲自言，"醉倒城中不过溪。溪外无尘，惟掩柴扉。水浮桥漾翠烟霏。一片闲情，能几人知。"

还有什么？

还有"玉楼金阙慵归去，且插梅花醉洛阳"，还有"小楼一夜听春雨，深巷明朝卖杏花"，还有"拏一小舟，拥毳衣炉火，独往湖心亭看雪"……

假如我们追寻古人的步伐，那闲情便是，白居易"尽日松下坐，有时池畔行。行立与坐卧，中怀澹无营"的惬意、释然；是王维"行到水穷处，坐看云起时"洒脱、旷达；是王勃"闲情兼嘿语，携杖赴岩泉"，与自然天地的亲近、触摸；是林逋"疏影横斜水清浅，暗香浮动月黄昏"的傲寒梅花……

在古人的生活中，闲情是赏花、养竹、抚琴、下棋、听雨，是游冶、酬唱、吟啸、漫步，是举杯邀月隐，把酒话桑麻……而今不复古，在全然不同的生活环境中，我们的"闲情"又是什么？

我以为，"闲情"首先是闲情逸致，是有时间、有心思去做一些寻常事务之外的事情。比如，赏景、会友、旅行、听琴、吃一盏茶……时代不同，环境迥异，而人之天性从来相似。当我们遇到美的人或事物，自然会带上一抹会心的笑容，停下步子，观察、欣赏、品味、感受，用我们的感官与心灵同时去采撷万物之美。

夏日午后，一朵白莲盛开在层层叠叠地绿意中，你会追逐那如冰如雪的色，如梦如幻的香；一只翠鸟飞过，婉转的鸣声啼醒了天空，你会屏息倾听，听那滴溜溜圆转的声线，在浅绿泛黄的明丽色泽里，落下一颗颗散珠碎玉；一幅画儿挂在路过的走廊，你不经意一瞥，画上的某一束光某一笔线条，某一片山水某一粒人影訇然扣响你的心扉，你会放慢步子，默默看它，让你的眼、你的心，你的情一点一点随着光阴渗透进画纸里……

这种对"美"的感受与欣赏，便是闲情最可宝贵的美质之一。

在此之外，对快乐的追求与享受，亦是闲情。工作之余，梦想之外，我们还需要以闲情来滋润、装点寻常的生命，用它来松弛紧绷的神经，抚慰疲惫的身体。我们玩游戏，看电影，上剧院，下馆子，唱歌跳舞，谈情说爱……这些都是闲情，是悠闲的情致，适度的娱乐与必需的休憩。其实你细思，这所谓闲情无一样不是生活的必需！

然而我们只掀开了第一层纱。请你再用心凝视它！

闲情是天然，是生而为人，对美，对快乐，天然地喜好和追求；闲情是悠然，是不急不慢的步履，是物我两忘的平静、旷达；闲情是安然，是此心安处是吾乡的沉实、恬淡，不惊不躁，一往情深；闲情，更是坦然。

"闲情"需要一个人无我的专注和沉浸。它让人慢下来，细下来，静下来，观察、思考、发呆。如果你观察一个孩子，她看花的时候眼里只有花儿，看蚂蚁的时候想不起青蛙。当你真的懂得倾听一场雨，欣赏一朵花，那么你收获的将不止是雨，不止是花，是外物的清晰与完整，是自我心灵的舒展与打开。也正因如此，闲情从来便是人文艺术产生的湿地，是思想萌发的源泉。反过来，装得太满，抽得太紧，反而会扼杀掉生命本身的灵性与创造力，让人在日复一日机械的流水线上沦为模样一致的单调物件，沦为"事业"或所谓"梦想"的行尸走肉。

只有活的通透、明白的人才有魄力拥有闲情，气定神闲。他不急，不贪，不激进，也不畏缩，于他而言，闲情，便是一种难得的智慧与坦然。想要在务实与勤勉之间保有闲情，需要我们平衡"拿起"与"放下"，重新去思考"多"与"少"，"实"与"空"。正是这个过程教人明白，万事万物的存在、发展绝不是简单绝对的非黑即白，而是阴阳和合的微妙辩证法。因此，能够有勇气在各种"梦"膨胀、各种"欲"扭曲的现实人生中保有一份闲情，绝不是慵懒、闲散，而是得失、多少、进退、消长之间的纯粹坦然——坦然放下沉重的担子或伟大梦想，去为个人身心、性灵"虚度时光"。

是的，"虚度时光"，不荒废不堕落又不沉溺的"虚度时光"，健康美好有品位的"虚度时光"，在如今这个时代，是有多难？我多么想也拥有这样的坦然，提醒自己不忘自我，不忘趣味，不忘时时拥抱落在身后的灵魂，甚至肉体。

但当我在一分钟掰成两半花的"有为"中挤出时间审视自身时，不禁黯然。

多久没听过昆曲了？曾经那么迷恋的，几个剧院追着去听的雅致。

多久没看过电影了？曾经每有口碑新片必定杀进影院的热切。

多久没静静地一个人翻过书了，读小说，看哲学，品美学……不用中途被打断，不用跟睡眠抢时间？

多久没有和最好的朋友坐下来喝杯茶吃个足够畅谈的"饭"？而非你哄着你的，我哄着我的，孩子……

多久没有去旅行过了？去追着一只蝴蝶拍照？去邂逅一段未知美景与路人……

只有我吗？我们有多少人辗转在工作、家庭与自己的理想之中，像是拿生命跟时间在赛跑！谁道闲情抛掷久？谁道闲情抛掷久？到底是我们抛却了闲情，还是闲情抛弃了我们？甚至，当你在对着电脑抬起疲惫的眼睛时，你是否还记得闲情为何物？

它原是一种生命兴味与质感啊，走着走着，我们为何离她越来越远？

因为书

（一）小书店

一个学生模样的姑娘和老店主相谈甚欢。

"这书就剩这本了，别的地方你轻易找不到"，花白头发却一身知识分子气质的老太太说，"拿去吧，你正需要读读这样的书。"

"是呀，谢谢您，这本书我已经找了好久了。好多同学想买都没买到！"小姑娘快活地说着，眼睛里闪着亮亮的光。

"我能刷卡吗？"她说。老太太告诉她往前走几步就能取款。我背对她们随意翻书，仿佛过了许久，才听见一个支支吾吾的声音，"我假期没回家，买书花了许多钱……"她的声音越来越低，低得让人可以想见那种羞涩的模样，"我快没钱吃饭了，您让我刷信用卡吧……"听到这里，我的心一惊，回头看见老奶奶抱歉的神色。她噼里啪啦地打着算盘，温暖和蔼地说："你给五十吧，零头抹掉。"我找不到自己要的书，转身走出了书店。

（二）校园

校园甬道上，一个身影快速地从我身边闪过，牵走我的视线。只见一个身量瘦小的男生大摇大摆健步前行，红书包，白衬衣，蓝旧裤，还有一双醒目的千层底黑布鞋。那样子在我看来有着几分荒诞和夸张。只见他摆臂潇洒、脚底生风，嘴里念念有词。我听不清他念的究竟是什么，但从那抑扬顿挫和意气风发里，料定是经典诗文。我不禁想，是什么让一个看似不起眼的生命活得这样快意洒脱，这样豁达自信？

（三）食堂

我旁边桌子的女孩一落座便亮声向同伴说道："你知道为什么南方人比北方人有钱吗？我听过这样一个段子，非常有趣。"这个话题立刻引起了我的兴趣，我放慢吃饭速度，用力听她说。原来南方人见面喜欢喝茶，喝的是清茶，谈的是生意，茶越喝越清淡，人越谈思路越清楚，自然越来越富有。北方人见面喜欢喝酒，一面喝酒一面瞎吹又奉承，酒越喝越浓，人越喝越醉越糊涂。多么有趣的论调，且不说科学与否，单从茶、酒的视角思考社会经济，本身就可发人深省，让人惊叹不已。

因为书，生活与思想，便有不同。